Marianne Wintersteiner

Maries Seidenschuhe

Marianne Wintersteiner

Maries Seidenschuhe

Roman

rosenheimer

Inhalt

Unstillbare Sehnsucht nach Wien

Die Luft riecht nach Schnee. Marie läuft barfuß über das Gras und zieht zwischendurch immer wieder einmal den rechten, dann den linken Fuß an die Oberschenkel, reibt ihn sacht an der eigenen warmen Haut und rennt weiter.
„Großvater", ruft sie, als sie in die Stube stürmt, „draußen ist Schnee. Jetzt kann ich meine neuen Schuhe anziehen."
Der Alte im Schneiderwinkel hebt langsam den Kopf. „Das ist kein Schnee, das ist erst Reif. Neue Schuhe! Als ob's keine Latschen gäb'." Die Latschen haben eine Kappe aus Leder und dicke Holzsohlen. Der Großvater schnitzt sie selbst.
Marie hat keine andere Antwort erwartet. Die neuen Schuhe, zwei Nummern zu groß, weil ein vierzehnjähriger Fuß ja noch wachsen wird, sind nur den Sonntag da und für den Gang in die Stadt, was hin und wieder notwendig ist. Die übrige Zeit stehen sie, glänzend schwarz und mit Fetzen ausgestopft, in der Kammer.
Marie ist an den Schneidertisch getreten. Dort liegt ein aufgeschlagenes Modejournal, ein Wiener Modejournal. Sie nimmt es zur Hand und blättert darin. Schlanke Herren mit schmaler Taille sind darin abgebildet und Damen in herrlichen Kleidern, die eine Tornure hinten bauscht, daß es aussieht, als hätten sie alle einen Buckel unter dem Gürtel.
Der Großvater nimmt ihr das Heft aus der Hand, blättert es an der vorigen Stelle wieder auf und sagt: „So einen Rock werde ich machen."
Der vom Pfeifensaft braune Finger tippt auf einen gemalten Herrn in einem Pepitaanzug, dessen Rockrevers fein gepaspelt sind. Der Großvater sagt nicht, daß es ein alter

Rock mit abgestoßenen Kanten ist, den er nur „auf neu" herrichten wird. Neue Röcke bekommt er wenige zu arbeiten. In Tattenitz ist man sparsam. Und käme nicht zwischendurch Kundschaft aus Hohenstadt, würde man wohl jahraus, jahrein kein neues Stück zwischen die Finger bekommen.
„Großvater", sagt Marie plötzlich, „Großvater, ich möcht' nach Wien."
Der Alte lacht. Es ist ein trockenes, spöttisches Lachen, doch schwingt ein Unterton mit, der zu dem Spott nicht passen will. Er war ja selbst als Handwerksbursch in Wien gewesen.
„Auf dich haben s' gewartet, grad' auf dich, drin in der Kaiserstadt."
„Ich geh' in Dienst. Die Salinger Otti ist auch in Wien im Dienst. Und es gefallt ihr."
„Das sagt sie. Ob's ihr wirklich gefallt, das weiß nur sie."
„Und wenn's ihr net gefallt, so braucht's ihr net zu gefallen. Hauptsache mir gefallt's. Dann kauf' ich mir auch so ein Kleid wie das da."
Marie nimmt dem Großvater das Heft wieder aus der Hand, schlägt die Seite mit dem wunderbaren Kleid auf und zeigt es ihm. Der Alte schaut nicht auf das Journal, er schaut in Maries Gesicht. Die blauen Augen brennen darin mit dem Glanz, den er an ihnen kennt, wenn sie sich etwas in den Kopf gesetzt hat.
„So ein Schmarrn", sagt er deshalb gröber als eigentlich beabsichtigt und schlägt das Heft zu. Er legt es in die Schublade, und damit ist für ihn der Fall erledigt.
Marie geht in den Stall, um die Ziegen zu melken. Sie kommt mit einem Melkkübel in die Stube zurück, gießt von der schäumenden Milch etwas in einen Bunzeltopf, den sie nun hinüber zum Lammwirt trägt. Dort trinkt ein Herr Sedlatschek, der jeden Herbst zur Sommerfrische in

Tattenitz weilt, die Milch. Er ist ein Wiener. Nein, eigentlich ist er kein Wiener. Er ist als junger Bursch dahin gekommen, aber er stammt hier aus der Gegend. In Wien hat er es bis zum Portier gebracht, und er ist ein richtiger Herr geworden, meint die Marie, der sogar ein paar Worte Französisch spricht.

Jetzt steht er am Fenster der Gaststube und wartet auf seine Ziegenmilch. Die trinkt er, weil er es an der Lunge hat. Und da ist die Ziegenmilch das beste. Jedes Jahr fährt er nach der Saison nach Tattenitz. Seinen Kollegen in Wien sagt er, er fahre nach Karlsbad. No ja, er trinkt halt in Tattenitz zur Kur die Ziegenmilch, wie die anderen in Karlsbad den Mineralbrunnen. Ihm schmeckt die Ziegenmilch so wenig wie denen wahrscheinlich das labbrige Wasser.

Er gießt die Milch aus dem braunen Topf in ein blumenbemaltes Kaffeehaferl und trinkt sie mit deutlichem Widerwillen.

„In drei Tagen", sagt er, „in drei Tagen, Marie, da hab' ich wieder was anderes zu trinken."

„Warum denn?" fragt Marie.

„Weil ich dann wieder daheim bin und Champagner trinken kann. ›Wien, Wien, nur du allein...‹", trällert er, und Maries blaue Augen bekommen wieder den glitzernden Schimmer. Der Herr Sedlatschek hebt Maries mageres Kinn zwischen seinen fleischigen Fingern gönnerhaft ein wenig hoch. „Kriegst auch ein anständiges Trinkgeld, Mariedl, weilst mir so brav die Milch gebracht hast. Und genützt hat sie. Mein Stechen in der Brust ist weg. Ja, die gute Tattenitzer Luft und die frische Ziegenmilch!"

Marie blickte den Herrn Sedlatschek groß und blauäugig an, mit beschwörender Gewalt sozusagen. Sie sagt mit fester, heller Stimme: „Ich möcht' so gern nach Wien, Herr Sedlatschek. Bittschön, nehmen S' mich mit!"

Der läßt erschreckt ihr Kinn los. Das fehlte ihm noch, sich mit so was Halbwüchsigem zu belasten!
„Wo denkst du hin, Marie! Was sollt' ich denn mit dir in Wien anfangen?"
„Ich kann arbeiten. Geschirr waschen kann ich und Betten machen. Fragen Sie nur die Lammwirtin. Der hab' ich schon oft geholfen."
„No, Mariedl, da hilfst ihr halt brav weiter, gelt?"
Maries hellblauer Blick wird dunkelblau. Das wird er immer, wenn sie zornig ist oder traurig. Jetzt ist sie beides. Der freundliche Herr Sedlatschek, der sie immer so gern streichelt, ist jetzt gar nicht mehr freundlich, sondern frostig und ungeduldig. Sie spürt es, die kleine, magere Marie.
„Und ich geh' doch nach Wien", sagt sie schnell und hoch. „Sind so viele andere auch schon nach Wien gegangen, warum denn nicht ich?"

Dann ging alles doch ganz schnell. In den drei Tagen, die Marie bis zu der Abreise nach Wien noch blieben, hatte sie fieberhaft gearbeitet. Der Großvater hatte ihr den Rocksaum auslassen, und ihre Muhme, die Peppitant', hatte versprechen müssen, nach dem Großvater zu schauen. Der wehrte allerdings trotzig ab: „Das braucht's net. Ich werd' schon allein fertig."
Und dann hat die Marie noch den Stall gemistet und geputzt, daß er fast sauber wie eine Stube war, hat dem Großvater soviel Einbrenn' vorgeröstet, daß er wohl ein Vierteljahr damit seine Suppe würde anrühren können, hat noch Brot gebacken und sein Bett frisch bezogen, und dann ist sie mit dem geflochtenen Strohkoffer hinüber zum Lammwirt gegangen. Der Großvater hat ihr vom Fenster im Schneiderwinkel nachgeschaut. Sie hat es wohl gespürt, denn sie drehte sich um und winkte zurück. Und

der Großvater machte in die Luft ein Kreuzzeichen: „Gott segne ihren Ausgang, heilige Maria, segne ihren Ausgang, Jesus Christus, segne ihren Ausgang“, murmelte er und ließ das Bügeleisen wieder über das Revers eines Anzugs gleiten.

Beim Lammwirt wartete schon der Herr Sedlatschek.

„Na endlich!“ sagte er und hob den Koffer auf den Kutschwagen. „Warum kommst denn so spät? So was darfst in Wien erst gar nicht anfangen, verstehst?“

Hätte sie ihm sagen sollen, daß sie noch schnell zur Gretl in den Ziegenstall hatte müssen, um Abschied zu nehmen von dem störrischen Vieh? Und es war, als hätt’ die Gretl es gespürt, daß Marie fortgehen wollte. Sie hatte sanft ihre schönen großen Hörner an ihrem Umschlagtuch gerieben und ein wenig gemeckert, wie sie es immer tat, wenn sie zärtlich sein wollte. Und Marie hatte ihren Kopf umfaßt und ein paar Tränen geweint, die sie sonst bei niemandem weinen durfte, denn sie ging ja aus purem Eigensinn in die Stadt, wie der Großvater gesagt hatte.

Im Zug kamen ihr dann noch einmal die Tränen. Aber es waren Freudentränen, weil sie ihren Kopf nun doch durchgesetzt hatte. Sie fuhr das erste Mal in ihrem Leben mit der Eisenbahn. Erst vor ein paar Jahren hatte man die Schienen nach Tattenitz verlegt. Natürlich nicht bis zum Dorf, da wären ja die Fuhrleute und Kutscher brotlos geworden. Nein, man mußte von der Station Budigsdorf ein großes Stück laufen oder sich fahren lassen. Marie war noch nie auf den Schienen gefahren, nur gehüpft war sie auf ihnen, von Schwelle zu Schwelle, und hatte sie gezählt: eins, zwei, drei – bis dreitausend. Dann hatte sie Rast gemacht und war auch schon im nächsten Ort gewesen. Denn die Eisenbahnstrecke war natürlich kürzer als die Straße. Aber erwischen durfte man sich nicht lassen. Doch der Streckenwärter hatte einen dicken Bauch und

konnte deshalb lange nicht so schnell rennen wie ein halbwüchsiges Mädel.
Aber jetzt saß sie im funkelnagelneuen Zug am Fenster, und alles flog an ihr vorüber: Häuser, Bäume, Felder, Kühe und Leute, die neugierig stehenblieben, wenn die Eisenbahn vorüberfauchte.
Das Eisenbahnfahren war ja so schön! Herr Sedlatschek lehnte in der Ecke und schlief. Wie konnte ein Mensch nur schlafen, wenn er mit der Eisenbahn fahren durfte!
Am Abend kamen sie in Wien an. Alles, der Bahnhof, die Straße, die Häuser – herrliche, riesige Häuser –, war in gleißendes Gaslicht getaucht. Marie stand und staunte. Am liebsten hätte sie vor Rührung schon wieder geweint. Aber der Herr Sedlatschek mahnte ungeduldig: „Komm, komm, sonst sind die billigsten Kutschen schon weg!" Er schubste sie in einen Wagen, setzte sich neben sie, und dann rollte die Kutsche ohne Gerumpel durch die erleuchteten Straßen.
Im Hotel Eden sagte der Herr Sedlatschek zu seinem Kollegen: „Das ist ein Nichterl von mir. Die bleibt ein paar Tage bei uns."
„So, so, ein Nichterl!" erwiderte der Mann in der Livree. Doch die Art, wie er das sagte, gefiel der Marie gar nicht. „Wo wird's denn schlafen, das Nichterl? In deinem Zimmer? Ich glaub', daß da die Gnädigste was dagegen ham wird."
„Das kannst ruhig meine Sorge sein lassen, Karli. Es findt sich schon was für das Hascherl."
Es fand sich auch etwas – nämlich in der Kammer von dem Stubenmadl Sophie. Die holte eine alte Matratze vom Dachboden – diese war eisig kalt –, und auf der schlief die Marie, zugedeckt mit einer zerrissenen Pferdekotze vom Dachboden, die auch eisig kalt war. Aber Marie spürte das kaum. Ihr war heiß und selig zumute. Sie war ja in Wien.

Jemand rüttelte Marie an den bloßen Schultern. „Geh, wach auf! Schlafst ja wie a Ratz", knurrte das Stubenmadl Sophie. „Avanti, die Matratz' und die Decke müssen wieder auf den Oberboden. Mann kann sich ja sonst net umdrehn herin."

Marie tauchte aus ihrem Traum auf, in dem sie mit der Ziege Gretl geschäkert hatte, und kehrte in die Wiener Wirklichkeit zurück. Sie rappelte sich hoch und schleppte die schwere Matratze über die hühnerleiterartige Bodentreppe unter das Dach. Nun wird sie am Abend halt wieder so kalt sein, dachte sie.

Aber noch war es nicht so weit, noch lag ein herrlicher, langer Wiener Tag vor ihr, der erste in ihrem Leben. Er begann mit Geraunze von seiten der Sophie und wenig später von seiten des Herrn Sedlatschek, der gestern noch ausgiebig seine Ankunft gefeiert hatte. Er blickte Marie von der Seite her an, runzelte die Stirn und brummte zu sich selbst: „Was mach' ich nur mit dem Ganserl?"

Die Sophie hatte den Stoßseufzer gehört und sagte spitz: „Das merken S' erst jetzt? Wo soll denn das Madl hin? Bei mir kann s' nicht mehr schlafen. Ich hab' keinen Platz für sie."

„Das kann ich mir denken. Für so a Tschapperl hast keinen Platz, für ein ausgewachsenes Mannsbild langt er aber, gelt?"

„Werden S' nicht ordinär, Herr Sedlatschek", sagte Sophie kalt und wandte sich dann an Marie: „Du kannst doch net mit solchen Schuhen hier umeinandlaufen. Schaust ja wie ein Pawlatsch aus."

Marie wußte zwar nicht, was ein Pawlatsch ist, aber daß man ihre herrlichen neuen Schuhe hier schlecht machte, das begriff sie durchaus.

„Ich hab' keine andern", sagte sie kämpferisch mit ihrer hellen Stimme.

„Dann geh hinauf und hol dir von mir ein Paar. Die mit den Spangen, die passen dir schon. So kannst nicht vor die Gnädige treten, mit solchen Schinakeln."
Marie ging nach oben, angelte unter Sophies Bett einige Schuhe hervor, suchte zwei zusammengehörige mit Spangen aus und zog sie an. Sie paßten beinahe, nur ihre Fersen gingen mühsam in die feinen Schuhe hinein. Sie drückte und zog und stopfte, bis schließlich die wunderschönen Schuhe doch an den Füßen saßen. Dann stakte sie glücklich die Treppe hinab. Die hohen Absätze waren recht hinderlich. Und sie waren auch schuld daran, daß Marie der Länge nach über die Türschwelle fiel, als sie zur Gnädigen ins Zimmer wollte.
Die hob ihr Lorgnon und lachte dabei: „Das ist also das Ganserl aus Tattenitz", sagte sie.
Marie strich ihren derben Kattunrock glatt und stotterte: „Ich bitt' um Entschuldigung, bittschön."
„Alsdann, machen wir's kurz, Sedlatschek. Das Madl kann hierbleiben. Sie soll der Toni in der Küch' helfen. Einen Schlafplatz hat s', wie Sie gesagt haben?"
„Ja, ja", beeilte sich der Herr Sedlatschek zu versichern. „Bei der Sophie ist genug Platz. Und die hat nix dagegen."
Oho, die Sophie hatte sehr wohl etwas dagegen, daß sie Dauereinquartierung bekam. Es kostete den Herrn Sedlatschek große Mühe und ein Schlafgeld von einem Gulden wöchentlich, daß Marie auf der Matratze unterm Dachfenster in ihrer Kammer schlafen durfte.
Viel schlief sie nicht, die kleine Marie aus Tattenitz. Morgens um fünf stieß sie Sophie mit der Schuhspitze an: „Wie man nur so einen Schlaf haben kann!"
Sie war schon fertig angezogen, und Marie mußte sich beeilen. Die Matratze wurde aufgestellt, ein alter, zerschlissener Vorhang darüber gedeckt – man konnte sich nun wieder „umdrehn" in der Dienstbotenkammer.

In der Küche führte Frau Toni, eine wuchtige Person mit knallroten Backen, ein strenges Regiment. An dem „Ganserl" aus Mähren ließ sie ihren Grant, ihren Zorn, aus. Marie ertrug das Keifen und Schelten mit Geduld, was ihr freilich oft schwerfiel. Sie schleppte die schweren Töpfe zur Abwasch, rieb und scheuerte sie mit feinem Sand von den angebrannten Resten frei, während die weißen, feinen Teller ein anderes Küchenmadl spülen durfte. Marie scheuerte sich die Finger am weißen Sand wund, und die mollige Antschi stand derweil am Spülschaff und tauchte die Teller ins heiße Wasser. Die Essensreste hatte Marie vorher abkratzen müssen. Die hochbusige Antschi brauchte nur mit einem Wascherl über die Teller zu wedeln – das war ihre ganze Arbeit. Bei der wurde sie freilich immer molliger und fescher. Das vierzehnjährige Mariedl, wie sie der Herr Sedlatschek als einziger nannte, wurde dagegen immer magerer und spitzgesichtiger. Wenn sie abends um zehn dann auf die Matratze sank, hatte sie keine Zeit mehr, an den Großvater, an Tattenitz und an die Ziege Gretl zu denken. Und zum Schreiben auch nicht.
Er wurde Weihnachten. Das bedeutete natürlich noch mehr Arbeit als sonst, noch mehr hetzen und rennen und putzen und schleppen. Gerade schleppte sie einen Sack Reis die Hintertreppe hinunter zur Souterrainküche, als sie am Treppenabsatz dem Herrn Sedlatschek in die Arme lief, das heißt, stolperte. Der runzelte die Stirn: „Der Sack ist doch viel zu schwer für dich, Mariedl. Wer schafft dir denn so eine Arbeit an?"
„Die Frau Toni", sagte Marie erfreut. Längst wußte sie, daß der Herr Sedlatschek eine gewichtige Persönlichkeit im Dienstbotenbereich war und daß selbst die Köchin Toni ihn mit „Herr" Sedlatschek anredete. Jetzt nahm dieser Herr Sedlatschek den Reissack auf die eigene

Schulter und das Mariedl an die Hand. So trat er furchtlos vor die rotbäckige Toni.
„Sie, Frau Toni", sagte Herr Sedlatschek. „So ein Reissack ist für so eine halbe Portion, wie das Mariedl ist, zu schwer, wissen S'! Warum trägt denn den nicht die Antschi? Die hat doch das nötige Format für so eine Arbeit."
Antschi machte große, empörte Augen. Sie stand am Küchentisch und stach Sterne, Herzen und Monde aus Teig aus. Eine Tätigkeit, die Marie für ihr Leben gern auch getan hätte. Aber an so etwas war ja gar nicht zu denken. Toni, die Köchin, schnaufte verächtlich durch die dicke Nase.
„Ein Reissack ist nicht schwerer als ein Kartoffelsack, Herr Sedlatschek. Und daß die Marie daheim keine Kartoffelsäcke getragen hätt', das lass' ich mir nicht weismachen."
Natürlich hatte die schlaue Köchin recht. Die Säcke, die die Marie daheim zu schleppen hatte, waren nicht leichter gewesen. Aber daheim konnte sie sich ausruhen, wenn sie wollte; hier hieß es gleich: „Wisch den Boden in der Speiskammer auf! Stell die Gläser ins Regal! Trag die Teller zum Aufzug! Schaff den Dreckeimer auf den Hof" – und so weiter.
„Alsdann", sagte Herr Sedlatschek, „Frau Toni, machen wir's kurz. Die Gnädige will nicht, daß ein Dienstbot' im Haus so ausschaut wie das Mariedl - so verhungert, mager und abgearbeitet. Für die schwere Arbeit ist sie noch zu schwach. Das soll die Antschi machen oder der Laufbursch. Verstehn S'?"
Natürlich hatte Frau Toni verstanden. Aber sie verzog ihren Mund und brummte: „Was der Herr Sedlatschek nur für einen Narren an dem Madl gefressen hat!"
Säcke brauchte Marie zwar nicht mehr zu schleppen, aber

ihr Tagwerk war immer noch schwer genug. Es gehörte auch zu ihren Aufgaben, aus dem Heißwasserkessel in der Küche eimerweise Wasser in die Gästezimmer zu tragen. Es wurde in die bemalten Porzellankrüge auf den marmornen Waschtischen in den Gästezimmern geschüttet. Zwei Krüge konnten mit einem Eimer Heißwasser gefüllt werden. Man kann sich denken, wie oft das „Wassermadl" rennen mußte. Das kalte Wasser, das in gläsernen Karaffen neben den Prozellankannen stand, konnte von der Wasserleitung im Etagenflur geholt werden. Das war immerhin schon ein Fortschritt, den es keineswegs in jedem Hotel gab. „Bassena" wurde diese Wasserstelle genannt. Sie hatte jedoch den Nachteil, daß die Leitung in strengen Wintern einfror. Man erzählte Marie sogar von einer Überschwemmung, die ein Rohrbruch vor zwei Jahren in der Belle-Etage angerichtet hatte.
Zu Maries mühevollsten Arbeiten zählte also das Wasserschleppen am Abend, wenn sie schon todmüde war. Einmal fiel ihr der Eimer aus der Hand – das Heißwasser ergoß sich über ihre Füße, den Teppich und floß die Treppe herab. Sie hatte im Halbdunkel eine Stufe verfehlt, stand nun zitternd da und wußte nicht, was sie zuerst tun sollte. Ein Gast trat aus der Tür, erblickte das weinende Häuflein Elend, zog Marie ins Zimmer und löste ihr vorsichtig die schwarzen Strümpfe von der verbrannten Haut.
Inzwischen hatte die Sophie das Malheur entdeckt und zeterte: „Jessas, was hat denn die Marie jetzt schon wieder ang'stellt? Wo bist denn, du ung'schickte Trutschn?"
Der Gast trat auf den Flur und sagte laut: „Warum bringen denn Sie nicht das Wasser, hm? Das ist doch keine Kinderarbeit. Holen Sie mir einmal die Frau Dingelreiter!"
Die Gnädige kam, beugte sich erschreckt über Maries Füße und seufzte: „Unsere Pechmarie! Tut's denn sehr

weh? Gleich soll der Doktor kommen. Verständigen Sie ihn, Sophie!"
Marie wehrte ab: „Das braucht's doch nicht. Das wird von selbst wieder gut."
Die Brandwunden heilten auch tatsächlich rasch. Und der Laufbursche mußte der Marie künftig beim Wassertragen helfen.

Der Heilige Abend 1886 begann für Marie wie jeder andere Tag, doch im Laufe dieses Tages wurde alles ganz anders. Nach dem Geschirrwaschen sagte Frau Toni: „Jetzt helfen mir die Antschi und die Marie beim Christbaumschmücken!"
Marie hatte noch nie einen Christbaum gesehen. Er war aber zunächst nur eine einfache grüne Fichte, wie sie zu Hunderten im Tattenitzer Wald wuchsen. Und irgendwie kam es Marie ungehörig vor, daß man diesen großen Baum mit Nadeln und Astwerk in den Speisesaal schleppte. Er stand groß und grün auf einem Stockerl, auf das die Frau Toni vorher eine weiße Serviette gebreitet hatte.
Doch dann staunte das mährische Ganserl: Aus einer mächtigen Schachtel packte Frau Toni das herrlichste Spielzeug aus, das man sich denken konnte. Sie nannte es „Christbaumschmuck", und Marie wagte kaum, all die zerbrechlichen zarten Glasvögel, Purpurkugeln, Sterne anzufassen, um sie in die Zweige zu hängen. Die Frau Toni mußte des öfteren mahnen: „Tummle dich, Marie, um vier muß der Baum fertig sein!"
Und um vier Uhr war er auch wirklich fertig: Er stand da in strahlendem Glanz, umsponnen von weißen Fäden, und Marie blickte stumm auf die Pracht. ‚Wenn das doch der Großvater sehen könnte!' dachte sie. Es kam selten vor, daß ihre Gedanken daheim waren – sie hatte ja gar keine Zeit, an etwas anderes als an das Nächstliegende zu

denken. Aber jetzt wünschte sie den Großvater herbei, der allein daheim saß, wenn man die Ziege Gretl und ihre namenlose Schwester außer Betracht ließ.
Etwas wie Heimweh regte sich in Marie, und dieses sonderbare Gefühl wuchs, als sie am Abend mit den anderen Dienstboten in die Kerzen schaute. Frau Elsa Dingelreiter, die Gnädige, saß am Klavier und spielte. Sie spielte wunderschön, und Marie fühlte sich wie in der Kirche – ja, noch feierlicher als in der Kirche, wo die Andacht durch das Frieren an den Zehen und Fingern gestört wurde. Hier im Speisesaal war es angenehm warm. Es roch nach Kerzenwachs und frischem Backwerk, und alle waren friedlich und freundlich – auch zu ihr, dem jüngsten Küchenmadl, dem mährischen Ganserl, dem man bisher eifrig die Flügel gestutzt hatte.

Wien – Ort der zwiespältigen Gefühle

An diesem Heiligen Abend ist die Marie zum ersten Mal dem Herrn Dingelreiter begegnet, dem Vater von der Gnädigen. Er saß gleich neben Marie in seinem Lehnstuhl, weil er nicht mehr gut zu Fuß war, der alte gnädige Herr. Und wie ihm der breite Schal von den Knien gerutscht ist, hat die Marie flink zugegriffen und ihn aufgehoben. Dann hat sie den feinen Wollschal wieder über seine Knie gebreitet, schön bedächtig und sorgfältig. Sie stopfte ihn noch links und rechts zwischen den Stuhllehnen fest, damit er nicht noch einmal herunterrutschte. Der alte Herr sah belustigt in das Mädchengesicht, aus dem ihn zwei Augen in leuchtendem Waschblau anschauten.

Herr Sedlatschek trat unruhig von einem Fuß auf den andern. Warum war denn das Mariedl gar so eifrig und zudringlich? Und nun machte sie auch noch den Mund auf und sagte: „Jetzt rutscht er aber nimmer runter, der Schal."

„Danke schön, mein Kind", erwiderte der alte gnädige Herr. „Du bist ein gefälliges, braves Mädel. Warte." Und er zog einen Beutel aus seiner feinen Hausjoppe, knüpfte ihn auf und drückte Marie ein Geldstück in die Hand. „Wirst es schon brauchen können", sagte er noch.

Freilich konnte sie es brauchen. Sie bekam im ersten Jahr keinen Lohn, nur hin und wieder Trinkgeld von Gästen, wenn sie flink war und dem Laufburschen zuvorkam. Sie trug dann den Herrschaften den Koffer aufs Zimmer und heimste ein kleines Trinkgeld ein. Vom Herrn Sedlatschek bekam sie auch hin und wieder ein paar Kreuzer, das war schon alles. Das Geldstück aber, das sie jetzt in der Faust hielt, war ein Silbergulden, viel Geld, das wußte sie. Sie war dem alten Herrn sehr dankbar.

Im Hotel Eden geht alles drunter und drüber. Ein Gast hat sich angesagt, ein hoher Gast. Marie kann sich den ausländischen Namen nicht merken, aber der Erwartete ist ein Graf. Besonders reich ist er wohl nicht, sonst würde er im Continental logieren und nicht in dem billigeren Hotel Eden. Dort wird nun das „Fürstenzimmer" für ihn gerichtet, die feinste Bettwäsche hervorgeholt, noch einmal aufgebügelt, daß nur ja kein Fältchen im Damast bleibt. Der Herr Ober zieht seinen Galafrack an, die Gnädige ihr Taubenblaues, und alle, auch Marie, bekommen frische, gestärkte Schürzen.

„Aber du bindest dir eine alte drüber, sonst ist die weiße bis zum Nachmittag schmutzig", sagt die Frau Toni.

Am Nachmittag kommt dann der hohe Herr. Sie müssen sich alle an der Treppe aufstellen, schön dem Rang nach, Marie ganz unten. Dann hält die Kutsche gerade dort am unteren Ende, und der Herr steigt aus. Er schaut der Marie geradewegs ins frische, vom vielen Hetzen und Laufen rote Gesicht. Marie taucht aus dem Knicks wieder auf, und der Herr Graf streicht ihr doch wahrhaftig über den strohblonden Schopf – wie es der Herr Sedlatschek in Tattenitz manchmal auch gemacht hat. Marie bekommt glänzende Augen, während die Antschi zischt: „Immer mußt du dich nach vorne drängeln! Warum bist du denn nicht ausgewichen wie die andern?"

Ach ja, jetzt erst merkt es Marie: Sie steht zwei Schritte vor der Empfangskolonne, die lautlos zurückgetreten war, als der Fiaker weiter vorn gehalten hatte. Marie hat jetzt einen roten Kopf. Sie steht seit dem Vorfall am Heiligen Abend sowieso in dem Ruf, zudringlich zu sein. Das bringt ihr natürlich wenig Sympathie ein. Sie wird von der Köchin nach wie vor geschurigelt, wo es nur geht, und ein freundliches Wort hat sie schon seit langem nicht mehr gehört. „Gans, Bauerntrampel, Trutschn", das sind so die gängigsten Prädikate, die man ihr an den Kopf wirft. Auch Sophie, das Stubenmadl, die ja der höheren Region angehört und mit dem Küchenpersonal nichts zu tun hat, ist ihr gegenüber unfreundlich und mürrisch. Selbst der Herr Sedlatschek scheint kühler zu werden, nennt sie nicht mehr Mariedl, sondern Marie, wie die anderen auch.

Und jetzt das mit dem Grafen! Marie wäre am liebsten eine Maus, um sich im Erdboden verkriechen zu können. Aber keine gute Fee tut ihr den Gefallen. Sie muß das hämische Schelten und die Bosheiten der andern über sich ergehen lassen, als man wieder im Untergeschoß anlangt.

„Die Schürze her!" schreit die dicke Köchin. Als Marie sie nicht schnell genug abknöpfen kann, reiß die Frau Toni sie ihr vom mageren Leib und verabreicht ihr bei dieser Gelegenheit auch gleich eine Ohrfeige. Marie wird rot, ihre Augen sind dunkel vor Wut, und im nächsten Augenblick springt sie die Dicke wie eine Wildkatze an, reißt so sehr an ihren Haaren, daß der falsche Zopf in Maries Hand bleibt, und schreit: „Schlagen lass' ich mich nicht, Sie! Das sag' ich Ihnen, schlagen lass' ich mich nicht!"

Die Köchin ist so verblüfft, daß sie den Angriff nicht abwehrt. Sie schwankt, greift nach einem Halt, den sie in Form einer großen Blechkanne findet, deren heißer Inhalt sich auf das Pflaster des Küchenbodens ergießt. Ein paar Spritzer bekommt auch ihr langer Rock ab. Das alles lenkt von der Angreiferin ab, die inzwischen das Weite gesucht und gefunden hat. Marie rennt – immer noch wutentbrannt – an der Portiersloge vorbei, hört von dort

den Herrn Sedlatschek rufen: „Wo willst denn hin, Marie? Ist doch schon finster draußen!“ Doch Marie läuft weiter, die Straße entlang, irgendwohin.
Die kalte Vorfrühlingsluft ernüchtert sie. Ihr Herz klopft vom Rennen und vor Wut wie ein kleiner emsiger Hammer unter der dünnen Bluse, aber allmählich beruhigt sie sich und geht langsamer.
Die Straßen sind von Gaslaternen erhellt, und Marie kommt zu Bewußtsein, daß sie jetzt, zum erstenmal seit einem Vierteljahr, wieder auf der Straße ist, sozusagen spazierengeht. Man hat sie wie einen Vogel in einen Käfig gesperrt, in dem es außer Arbeit und unfreundlichen Worten fast nichts anderes gibt. Sie fühlt sich auf einmal ganz frei. Immer noch hockt der Zorn dumpf in einem Winkel ihrer Seele, aber dieses Gefühl wird allmählich schwächer. Während sie planlos, immer ihrer Nase nach, durch die Gassen läuft, wird sie immer ruhiger. Plötzlich erkennt sie, daß es noch etwas anderes gibt als schuften und schlafen, daß sie in einer herrlichen Stadt lebt, die ihr noch alles schuldig geblieben ist: Glück, Lebensfreude, Abenteuer. Ist sie deshalb nach Wien gefahren, um als schlecht behandeltes Küchenmadl ihr Jungsein totzuschlagen? Hat sie es da beim Großvater nicht viel besser gehabt? „Ich geh’ nicht mehr ins Eden zurück“, beschließt sie. „Ich such’ mir was anderes, was Besseres. Ich brauch’ keinen Sedlatschek und keine Gnädige!“
„So allein, kleines Fräulein?“ sagt auf einmal eine Stimme hinter ihr. Sie dreht sich um. Ein Herr steht da und lächelt. „Wohin willst denn du, mitten in der Nacht?“ fragt der Herr weiter. Jetzt merkt Marie, daß er eine Uniform anhat, allerdings eine, die Marie nicht kennt. Ein Gendarm ist er nicht und auch kein Soldat. Doch eine Uniform ist immer gut. Marie sagt schnell: „Ich suche ein Asyl.“ Was ein Asyl ist, weiß sie, Antschi hat es ihr er-

klärt. Da sie beschlossen hat, nicht mehr heimzugehen, braucht sie anderwärts ein Dach über dem Kopf. „So, so, ein Asyl. Du hast also kein Zimmer, bist gar nicht in Wien daheim, was? Bist von zu Hause ausgerissen, was? Da hast du aber Glück gehabt, daß du mich getroffen hast. Was machen wir denn jetzt mit dir?" Marie schupft die mageren Schultern. Es ist ihr ziemlich egal.
Vertrauensvoll blickt sie den Uniformierten an: „Könnt' ich nicht vielleicht bei Ihnen und Ihrer Frau übernachten? Morgen such' ich mir dann was anderes. Nur heute Nacht, da wär' ich froh, wenn ich ein Quartier hätt'."
Der Uniformierte, er heißt Alois Fiedler, wie sich später herausstellt, nimmt Marie an der Hand. Warum soll sie die eine Nacht nicht in seiner Küche auf dem Kanapee schlafen? Eine Ehefrau hat er allerdings nicht, der Herr Aufseher Fiedler. Es ist nicht so einfach, eine Frau zu finden, die ihr Leben im Zuchthaus verbringen will, sozusagen in nächster Nachbarschaft mit Mördern und Dieben. Denn der Herr Fiedler ist Aufseher in einem Zuchthaus.
Und so kommt es, daß Marie auf einem schwarzen, lederbezogenen Kanapee hinter vergitterten Fenstern übernachtet. Sie träumt in dieser Nacht von einem Räuber, der ihre weiße Schürze stehlen will und sie ihr heftig vom Leib zu reißen versucht. Aber dann ist es nur die Hand vom Aufseher, der sie weckt und sagt: „Ich muß zum Dienst. Kaffee steht auf dem Herd in der Emaillekanne. Und Brot liegt auf dem Tisch."
Marie bestreicht das Brot mit Sirup und trinkt den heißen Malzkaffee so hastig, daß sie sich die Lippen verbrennt. Dann wäscht sie sich genüßlich mit warmen Wasser aus dem Wasserschiff im Kachelherd, fegt die Brotkrümel vom Tisch und denkt nach. Es ist schwer, einen Entschluß zu fassen. Einerseits möchte sie der Köchin Toni

nie mehr unter die Augen treten, andererseits kommt sie sich Herrn Sedlatschek gegenüber undankbar vor, wenn sie sich nicht doch noch einmal bei ihm meldet. Also kritzelt sie auf eine schon beschriebene Postkarte an den Rand: „Lieber Herr Fiedler, ich muß jetzt ins Hotel Eden. Vielleicht komme ich noch einmal hierher. Gott vergelt's für das Nachtquartier und Frühstück. Marie Portisch."

Sie legt die Karte obenauf auf den halben Brotlaib und geht fort. Gegen zehn Uhr kommt Marie beim Hotel an. Gerade bringt der Fleischhauer die Blechwanne mit Fleisch und will sie Marie aufdrängen. Aber die wehrt energisch ab. „Tragen Sie das Fleisch nur selbst in die Küche", sagt sie patzig.

Aber ganz so hoch zu Roß, wie sie tut, ist ihr nicht zumute. Wenn doch der Herr Sedlatschek in der Portierloge wäre! Aber dort ist er nicht. Er ist auf seinem Zimmer, das nicht wie die übrigen Dienstbotenkammern unter Dach liegt, sondern ebenerdig, mit einem Fenster hinaus auf den Hinterhof.

An diesem Fenster steht Herr Sedlatschek und starrt hinaus, als Marie nach schnellem Anklopfen eintritt. Dicke Pfeifenrauchschwaden machen die Luft in dem Raum schwer atembar. Marie hustet und sagt dann zögernd:

„Ich bin wieder da, Herr Sedlatschek, aber ich geh' gleich wieder. Ich hab' es nur sagen wollen, daß ich meinen Dienst aufkündige. Mich hat die Köchin geschlagen, und das lass' ich mir net gefallen."

In Herrn Sedlatscheks Gesicht zeichnet sich zuerst größtes Erstaunen ab und dann ebensolche Erleichterung. Er läßt sich in einen Sessel fallen und lacht. Dabei erinnert sich Marie an die Wirtsstube im Lammbräu daheim. Dort war er so wie jetzt hier: lustig, jovial und freundlich. Aber die ganze Zeit über seither war er nicht so gewesen: Da

war er eine gewichtige Persönlichkeit im Hotel und sie das dumme, kleine Küchenmadl. Jetzt sagt er grollend, aber doch mit einem lachenden Unterton:
„So, so, schlagen darf man also das Lausdirndl nicht, gelt? Aber das Lausdirndl darf eine ehrsame, gestandene Köchin anspringen wie ein Wildkater, was? Und ihr die Haare ausreißen, was?"
„Die waren ja nicht angewachsen. Das war ja nur ein falscher Zopf", sagt Marie und lächelt jetzt auch. Es sieht recht erbarmungswürdig aus, dieses Mädchenlächeln im spitzen, mageren Gesicht. Und das Lächeln dringt auch nicht bis in die großen, noch kindhaften Augen. Die blikken ernst und wie auf der Hut.
„Das Reden hat keinen Sinn mehr", sagt der Herr Sedlatschek jetzt. „Geh hinunter in die Küche und bitt die Frau Toni um Verzeihung! Nachher ist alles wieder gut. Alsdann, geh, Mariedl. Heut gibt's Rouladen, da mußt mithelfen."
„Das darf ich doch nicht. Beim Essenkochen darf nur die Antschi helfen. Ich muß derweil den Fußboden putzen und den Hof kehren."
„Geh nur, heut darfst bei den Rouladen helfen, wirst sehen."

Und sie durfte wirklich. Die Köchin sah sie bei der herausgestotterten Entschuldigung kaum an. Sie sagte, während sie das Fleisch weiter zurechtschnitt:
„Wasch dir die Händ' und bind dir eine Schürze um! Kannst die von gestern nehmen. Dann belegst du das Fleisch mit Gurken und Zwiebel."
Nach dem Mittagessen stand plötzlich auch die mollige Antschi neben den schweren gußeisernen Töpfen und begann, sie mit Widerwillen auszukratzen. Das ging dann zu zweit freilich schnell. Marie durfte auch die feinen Tel-

ler spülen und anschließend das Besteck blankreiben. Den Hof kehrte der jüngste Laufbursche, und beim Fußbodenwaschen fing Antschi in der gegenüberliegenden Küchenecke auch mit dem Aufwischen an.
„So", sagte die Köchin, als der schwarzweiß gewürfelte Fußboden blank und feucht glänzte, „so, jetzt gehst du an die frische Luft, Marie. Aber um drei bist du wieder da, zum Äpfelschneiden." Marie konnte es kaum fassen: Mit einem Schlag war ihr Leben viel leichter geworden.

Der Frühling brachte zunächst viel Arbeit für Marie. Das Haus wurde vom Dachboden bis zum Keller geputzt, jede winterliche Spinnwebe entfernt, das Messing blankgerieben, daß Marie am Abend die Finger wund waren, und frische Gardinen wurden aufgesteckt, wozu das leichte Mariedl besonders gut geeignet schien. So kam sie auch in das Zimmer des alten gnädigen Herrn. Er saß in seinem Lehnstuhl, warm zugedeckt, weil vor dem Gardinenaufstecken erst die Fenster geputzt werden mußten. Das erledigten die Hausmädchen, denn damit hatte die Küche nichts zu tun. Und auch das Aufstecken der Gardinen wäre Arbeit der Dienstmädchen gewesen. Aber weil Marie sich so geschickt anstellte, mußte sie die Ringe der weißen Mullwolken an die Stange fädeln und sie, hoch auf der Leiter, in die Haken drücken.
Der alte gnädige Herr sah ihr freundlich von seinem Lehnstuhl aus zu. Sie genierte sich ein bißchen, weil sie fürchtete, daß man ihr, wenn sie so hoch auf der Leiter balancierte, unter den Rock sehen könnte. Aber danach stand dem alten Herrn nicht der Sinn. Ihm gefiel die kleine Marie in ihrer flinken Beweglichkeit, ihrem Eifer. Und ihre auffallend intensiv blauen Augen, die an Waschblau erinnerten, gefielen ihm auch. Wenn jemand alt wird, hat er oft noch einmal ein Verlangen nach frischer Jugend,

weil er glaubt, daß ein Widerschein der Jugendfrische auch zurück ins eigene Herz fällt. Die Kleine konnte seine Enkelin sein. Aber seine Tochter, die Gnädige, hatte vor lauter Betriebsamkeit keine Zeit zum Heiraten gefunden.

„Wenn du fertig bist, kommst noch einmal zu mir herein“, verlangte der alte gnädige Herr freundlich, und Marie beeilte sich, um möglichst bald in das feine, vornehme Zimmer zurückkehren zu können. Sie sagte zur Köchin: „Ich soll noch zum alten gnädigen Herrn kommen. Vielleicht soll ich ihm was helfen.“

Nein, sie brauchte nichts zu helfen. Sie mußte sich nahe zu ihm an den Lehnsessel setzen und seine Fragen beantworten. Das war nicht immer leicht.

„So, so, da bist du also in Nordmähren zu Hause, Marie. Weißt du auch, wer aus dieser Gegend in die Wienerstadt gekommen ist? Der Herr Vater und die Frau Mutter von unserem Schubert Franzl. Von dem hast doch schon etwas gehört, von dem großen Musikus, net wahr? ‚Das Wandern ist des Müllers Lust ...‘“, trällerte der Alte vergnügt. „Also, du siehst, daß es noch mehr Leut’ aus eurem Gebirg nach Wien gezogen hat. Nicht nur ein Schneidertöchterlein aus Tattenitz ...“

‚Er redet so schön wie unser Herr Pfarrer‘, dachte Marie und vergaß vor lauter Zuhören und Antwortgeben ganz das Ticken und Schlagen der Uhr an der mit brauner Seide bespannten Wand – bis der Gong plötzlich mit hallendem Ton zum Abendessen rief. Marie sprang so erschreckt auf, daß der alte Herr sagte: „Aber laß dir doch Zeit, Kind. Wirst doch net verhungern. Oder geben s’ dir wirklich so wenig zu essen bei uns?“

Ach, hatte der eine Ahnung! Marie stürzte die Treppe zur Küche hinunter. Die Köchin hatte ein mokantes Lächeln aufgesetzt.

„Da hast aber eine rechte Arbeit gehabt bei dem Alten, was? Bedank dich bei der Antschi! Die hat deine Arbeit für dich gemacht."
Marie dankte und erntete ein saures: „Daß du dir nur net einbildst, daß ich das noch einmal für dich mache! Zweiundfünfzig russische Eier füllen!"
Doch Antschi mußte noch öfter für Marie einspringen, denn der Alte hatte wohl einen Narren an ihr gefressen. Sie mußte mit ihm ausfahren. „Könnt' ja sein, daß mir schwindlig wird, und da ist's besser, es ist jemand bei mir", sagte er zu seiner Tochter.
Die Gnädige hatte nichts dagegen. Marie war eine billige Gesellschafterin und entlastete die Chefin. Denn seit Marie um den Alten war, brauchte sie nicht ihre knappe, kostbare Zeit zu opfern.
Marie bekam sogar ein neues Kleid. Genaugenommen war es nicht ganz neu, die Hausnäherin hatte es aus einem alten Kleid der Gnädigen geschneidert, aber Marie fand sich großartig in dem weichen, blauen Wollstoff, mit dem Samtkragen und weißer Seidengarnitur. So ausstaffiert fuhr Marie an der Seite des alten Herrn hinaus ins Grüne. Der Fiaker rollte schön langsam, so daß ein nachkommender ungeduldig mit der Peitsche knallte, aber Herr Petermann, Kutscher und Gärtner im Eden, lachte nur und streichelte mit dem Peitschenende die braunen glatten Kruppen seiner Rösser. Der alte gnädige Herr wünschte langsam zu fahren, und so fuhr er eben langsam, auch wenn sich zehn Kutschen hinter ihm ansammelten, die auf dem Promenadeweg nicht vorbeikonnten. Marie beugte sich aus dem Wagen und hätte dem Kutscher des andern Wagen gern eine lange Nase gedreht. Doch so etwas konnte man zwar hinter dem Rücken des Tattenitzer Schullehrers tun, nicht aber im Tiergarten in Lainz.

Sie ließ ihre Augen flink herumspazieren, hatte rote Backen vor Eifer und Begeisterung und dachte: ‚Wenn das doch der Großvater sehen könnte! Oder wenigstens die Salinger Otti, die auch in Wien ist und irgendwo Dienst tut.' Ob die Otti sie nicht einmal besuchen könnte – nun, da sie nicht mehr jede Sekunde angehängt war? Sie durfte jetzt jeden zweiten Tag schon um neun Uhr abends ins Bett, weil sie sich in der Zeit von neun bis elf mit Antschi abwechselte.

„Sag einmal, Marie, was möchtest du denn später mal werden?" fragte da Herr Dingelreiter neben ihr in das Klappern der Hufe hinein. Marie wandte sich ihm zu. Was meinte er? Was sollte sie denn werden wollen?

„Nun", fuhr der Alte fort, „irgend etwas hast du dir doch sicherlich als Lebensziel gesetzt, nicht wahr? Oder willst du ewig Küchenmadl bleiben wie die Frieda?"

Frieda, alt und geistig ein wenig beschränkt, war das Aschenmadl in der Küche im Hotel Eden. Sie mußte dafür sorgen, daß genügend Scheit- und Reisigholz im Ofenwinkel war, daß der riesige Herd funktionierte, also regelmäßig geputzt wurde, was sie mit einem Federwisch, einem Gansflügel, erledigte. Mit dem wurden alle gemauerten Züge gefegt, und die Frieda sah nachher rußgeschwärzt aus – zum Lachen. Nein, eine Frieda wollte Marie nicht werden. Was aber sonst?

„Eine Köchin", sagte Marie schnell, „eine Herrschaftsköchin möcht' ich werden, wie die Frau Toni."

„Das ist schon eher was", meinte Herr Dingelreiter. „Aber da hast du auch kein einfaches Leben, Marie. Da mußt du immer auf der Hut sein, daß dir nichts anbrennt und daß dir die Küchenmadl nicht über den Rahm kommen."

„Da pass' ich schon auf", versicherte Marie.

Während sie durch den Maiennachmittag mit dem Fliederduft und dem Geruch von frisch geschnittenem Gras fuhren, der in ihr die Erinnerung an Gretl, die Ziege, wachrief, begann Marie an ihre Zukunft zu denken. Hatte ihr Ehrgeiz bisher nicht weiter gereicht, als fein gewandet durch Wien zu stolzieren, statt im Ziegenstall auszumisten und mit krummem Rücken Kartoffeln zu legen, sah sie jetzt ein letztes Ziel: eine Frau Toni zu werden, der die Küchenmadl zu parieren hatten, die sich vom feinsten Braten sattessen durfte und der man respektvoll begegnete – sogar die Gnädige. Aber wie wurde man eine Frau Toni? Maries runde Stirn zeigte zwei dünne senkrechte Falten, weil sie nachdenkend die Augenbrauen zusammenzog.

Da war die heisere, hohe Greisenstimme von Herrn Dingelreiter wieder an ihrem Ohr:

„Alsdann, Marie, wenn du die Kochkunst zu deinem Lebensinhalt machen willst, dann müssen wir was tun. Geschirrwaschen kannst ja jetzt schon. Was kannst denn noch, Marie?"

„Nudelflecken auswalken. Das ist schon etwas, gnädiger Herr. Das muß man schon können, sagt die Frau Toni. Sie müssen ganz gleichmäßig dünn sein, wissen S'."

„Und sonst hast noch nichts gelernt?"

Marie dachte wieder nach. Was konnte sie noch an Küchenkünsten? Da sagte sie: „Einbrenn' machen, Buchtelteig, Erdäpfelplatz, Palatschinken, Butter rühren, Blut- und Leberwürste stopfen ..." Oh, es war eine ganze Menge, was Marie küchentechnisch fertigbrachte. Daß sie all das von der Großmutter gelernt hatte, brauchte sie ja nicht zu verraten. Aber das wußte der Gastronom Dingelreiter auch so.

Er hatte auch einmal als Laufbursche angefangen, war wie Marie aus der hintersten Provinz nach Wien gekommen, mit allerlei praktischem Wissen von zu Hause, und so

hatte er es allmählich bis zum Küchenchef im Parkhotel gebracht. Der Sprung in die Selbständigkeit war ihm freilich erst mit Hilfe einer Einheirat geglückt.
„Und ans Heiraten denkst wohl nicht, Marie?“
Nein, ans Heiraten dachte Marie nicht. Dann hatte man ja, statt nur für sich selber, für einen Mann und ein Dutzend Kinder zu sorgen, bekam womöglich noch einen Hallodri wie den Weber Anton, der sein Geld im Wirtshaus versoff und nachher Frau und Kinder prügelte. Selbst die Großmutter hatte ein schweres Leben gehabt mit ihren vielen Kindern, von denen sie so vielen hatte ins Grab nachschauen müssen – auch Maries Mutter, der Schwiegertochter.
Nein, ans Heiraten wollte Marie nicht denken. Das sagte sie auch Herrn Dingelreiter, der leise auflachte.
Auf dem Heimweg ließ der Alte halten und kaufte das *Illustrierte Familienjournal*. Er holte den Kneifer hervor und blätterte darin.
„Da schau her“, sagte er, „da haben wir etwas für dich: ‚Stoßseufzer einer Londoner Herrschaftsköchin: Man verlangt viel von uns. Wir müssen sehr exakt sein, müssen alles können, gut rechnen, schreiben, lesen. Man fragt uns, ob wir Französisch verstünden, wegen der feinen französischen Küche, ob wir genug geistige Qualitäten hätten, um in Rezepten stets auf dem laufenden zu bleiben. Man verlangt von uns Fähigkeiten wie von einem Apotheker, damit unsere Kochkünste keinerlei leibliche Beschwerden hervorrufen. Wir müssen eine Nase haben, die der eines Spürhundes gleichkommt, damit wir Wohlgeschmack, aber auch Verderbnis der Lebensmittel rechtzeitig erkennen. Wir müssen bis Mitternacht auf den müden Beinen sein, um den Herrschaften noch einen Kaffee oder Tee zubereiten zu können. Und um vier Uhr schon wieder aus den Federn, weil frischer Kuchen zum Früh-

stück gewünscht wird. Wir müssen mit Händlern und Marktfrauen streiten und werden dann doch betrogen. Wir leben in ständiger Aufregung, so daß nur wenige unseres Metiers alt werden und die Früchte ihres anstrengenden Lebens genießen können ...'" So las er aus dem Originaltext vor.
Der Alte machte eine wirkungsvolle Pause. „Na, Marie, willst du immer noch Köchin werden?"
Ja, das wollte sie.

Ein Paar weiße Seidenschuhe

In der folgenden Zeit durfte Marie immer wieder zum alten Herrn in den Salon. Er läutete einfach und befahl Sophie, Marie aus der Küche zu holen. Die junge Gnädige ließ es geschehen. Also saß Marie auf dem samtbezogenen Schemel zu Füßen des Alten und hörte zu, was er ihr zu sagen hatte.

„Schau, Marie, du bist net dumm, gelt, das weißt du. Aber du mußt für deine Bildung etwas tun. In die Schul' kann ich dich nicht schicken, das erlaubt die junge gnädige Frau nicht. Also wer' ich dich selber unterrichten. Aber wehe, wenn du net fleißig bis, du künftige Herrschaftsköchin! Schau mich an. Ich war auch nur ein kleiner Laufbursch' – und was bin ich jetzt?"

Marie sah hoch: „Ein gnädiger Herr", sagte sie schnell. Sie wußte inzwischen, daß man immer schnell antworten mußte, dann galt man als vif.

„Ja, ein gnädiger Herr. Vielleicht wirst du auch einmal eine gnädige Frau? Aber dann mußt du lernen, Marie, und noch einmal lernen!"

Dazu war Marie ja durchaus bereit. Sie konnte schon in der Tattenitzer Volksschule Gedichte auswendig hersagen wie keine zweite. Aber das verlangte der gnädige Herr diesmal nicht. Sie sollte etwas anderes tun: in ein dickes Heft mit Pappdeckel und liniertem Papier alles hineinschreiben, was sie dachte und tat. Diese Lektionen las dann der gnädige Herr durch, besserte die Fehler aus und gab ihr Ratschläge. Die erste Lektion war schwierig. Sie sollte ihren „Lebenslauf" schreiben, wie der Herr das nannte. Er erklärte ihr die Sache auch:

„Alles, was du bisher erlebt hat, alles mußt du aufschrei-

ben. Auch von deiner Mutter, deinem Vater – was du halt von ihnen weißt."
„Ich hab' nur noch den Großvater", sagte Marie. Es stimmte nicht ganz. Bis vor drei Jahren hatte sie auch noch die Großmutter gehabt. Aber es schien ihr schon schwierig genug, von einer Person zu schreiben.
„Also schreibst vom Großvater. Ich helf' dir schon."
Und Marie schrieb in ihrer schönsten Schrift – vorher hatte sie auf einem Stück Packpapier geübt – in Sophies Kammer, am Fensterbrett stehend:

> „Mein Großvater ist ein Schneider, der kann paspelierte Röcke machen, daß sie nachher wie neu sind. Er wohnt in Tattenitz. Ich habe dort auch gewohnt, aber ich wollte in die Wienerstadt. In Tattenitz haben wir ein Haus mit einer großen Stube, darin mein Großvater arbeitet – gleich neben dem Fenster, weil es dort hell ist. Wir haben einen Deckel, auf dem schneidet der Großvater zu. Sonst liegt der Deckel auf dem Stubenbett. Aber es schläft niemand darin, nur wenn eins krank ist. In der Kammer nebenan steht das Bett vom Großvater. Meines steht auf dem Dachboden, neben dem Kamin. Es ist warm dort. Im Kamin räuchern wir Ziegenfleisch, weil wir immer zwei Ziegen haben, und die Zickeln schlachten wir.
> Wir haben einen Lehrer gehabt, der hat nie zu mir sagen müssen: ‚Sprich lauter, Marie' – wie zu den andern. Er hatte ein hölzernes Bein, das haben wir einmal gesehen ..."

Der gnädige Herr korrigierte Maries Aufsätze und sprach über sie. So kam es, daß die nächsten schon deutlich besser wurden.

„Was habt ihr denn da?“ fragte die junge Gnädige, als Marie dem gnädigen Herrn einmal gerade das Pappdeckelheft reichte.
„Ein Tagebuch“, schmunzelte der Alte, „die Chronik einer zukünftigen Herrschaftsköchin.“
Die Gnädige lächelte säuerlich.
„Was Besseres kann sie wohl nicht tun, die Marie?“ Und sie nahm dem Vater das Heft aus der Hand und las:

> „... so hat mir der Großvater echte Lederschuhe gekauft. Sie sind immer noch zu groß, aber bald werden sie passen, hat der Großvater gesagt. Die Schuhe haben keine Ösen, sondern Haken. Deshalb muß man sie fest schnüren, sonst fallen die Schuhbandln wieder runter. Aber wenn man sie zu fest schnürt, dann schneiden sie ein ...“

„Wie interessant“, sagte die Gnädige und lachte. „Und unter das Zeug schreibst du auch noch eine Eins, Vater?“
Der Alte nahm der Tochter das Heft aus der Hand, strich darüber und sagte: „Sie soll schreiben, was sie bewegt, meine Liebe. Heute sind es noch Schuhe ...“
Kopfschüttelnd verließ die Gnädige den Salon.

Bald darauf fuhren der alte gnädige Herr und Marie wieder ins Grüne. Herr Dingelreiter erzählte Marie vom Kaiser, von den kleinen Erzherzögen und den Erzherzoginnen. Marie erkundete sich, ob die kleinen Erzherzoginnen auch schon Kronen trügen.
„Freilich, zu besonderen Anlässen.“
Ob sie damit auch in die Schule gingen?
Herr Dingelreiter lachte und erklärte, daß die jungen Herrschaften in einer privaten Schule unterrichtet werden. „So wie du. Ich unterrichte dich im Salon.“

Damit hatte er aber noch nicht Maries Frage nach den Krönchen beantwortet. Marie nahm an, daß die Prinzessinnen mit Krönchen im Haar auf den feinen Schulbänken saßen. Wozu waren sie schließlich was Besseres? Marie kannte das Bild von der Kaiserin Sissi. Sie trug eine Krone und war wunderschön. Die Frau Toni behauptet zwar, daß die Kaiserin „sonderbar" sei, aber der Herr Sedlatschek hatte versichert, so was behaupteten nur die Roten, die überhaupt gegen alle feinen Herrschaften seien. Auf die Roten hatte Herr Sedlatschek nämlich einen Pik. Und Marie natürlich auch – sie war immer Herrn Sedlatscheks Meinung. Und Herr Sedlatschek war wieder Herrn Dingelreiters Meinung. So hatte alles seine Ordnung ...

Als Marie an diesem Nachmittag heimkommt, wird sie vom Herrn Sedlatschek empfangen.
„No, was glaubst du, Mariedl, was für eine Überraschung ich für dich hab'? Komm herein!" Er zieht sie schnell in die Portiersloge. Dort sitzt im Winkel auf einem Korbstuhl der Großvater.
Marie stürzt auf ihn zu und ruft: „Ja, bist es denn wirklich du, Großvater?"
Der Schneider Jakob Portisch sagt: „So verändert werd' ich mich wohl nicht haben in dem halben Jahr, daß du mich nimmer erkennst. Warum hast denn du seit Weihnachten gar nichts von dir hören lassen?"
Marie legt den rechten Arm um den Hals des alten Mannes und sagt: „Ich hab' so wenig Zeit gehabt, Großvater."
„So. Aber zum Ausfahrn mit den Herrschaften, da hast Zeit, gelt? Brauchst dich nicht ausreden, der Herr Sedlatschek hat mir schon alles erzählt. Daß du einer Köchin bist an den Hals gesprungen und daß du dann durchgebrannt bist und erst am nächsten Tag heimkommen bist. Das sind ja schöne G'schichten, die du in der Wienerstadt

anstellst. Ich bin gekommen, daß ich dich wieder heimhol'. Hast dir jetzt wohl die Hörndln abgestoßen. Jetzt brauch' ich dich daheim. Ich hab's im Kreuz und auf der Brust, und die Erdäpfel müssen in den Acker. Und das Gras müssen wir heuen. Und ..."
Marie ist vor Schreck ganz steif geworden. „Aber Großvater", sagt sie, weiß im Gesicht, „ich kann doch jetzt nicht auf einmal wieder heim."
„Warum denn nicht? Du hast deinen Willen gehabt, bist einen ganzen Winter lang in Wien gewesen, und jetzt fängt für dich halt das Arbeiten wieder an. Im Winter kannst meinetwegen wieder hierher."
Ach, es ist dem alten Schneider wirklich ernst! Es ist kein „G'spaß", wie er früher manchmal einen machte, um sein Enkelkind zu necken. Jetzt heim müssen! Um im Winter wieder als letztes Aschenputtel anzufangen – wenn man sie dann überhaupt wieder nähme! Vorbei die Ausfahrten, die Gespräche im Salon des gnädigen Herrn – ach, mit allem wäre es dann vorbei!
Sie schlägt die Hände vors Gesicht und beginnt hemmungslos, wütend und hilflos zu schluchzen. Jakob Portisch rutscht unbehaglich im breiten Korbstuhl hin und her, schielt zum Schiebefenster hinaus, was wohl der Herr Sedlatschek dazu sagt, der draußen auf und ab geht, um Enkelin und Großvater nicht zu stören. Was soll der alte Schneider mit diesem Häuflein heulenden Elends machen? Er streicht ihr über das hellblonde Haar. Aber Marie schüttelt wild die streichelnde Hand ab. Dann schaut sie ihn aus tränenüberströmten Augen an und zischt:
„Du glaubst, ich bin hier nur spazierengefahren, was? Und hab' nur mein Vergnügen gehabt, was? Ich hab' mehr als daheim geschuftet, Großvater! Frag nur den Herrn Sedlatschek. Jeden Tag komm' ich erst spät in der Nacht ins Bett. Und anfangs hab' ich gar nicht schlafen

können, so hat mir das Kreuz wehgetan. Und du meinst, ich bin nur aus Hetz in Wien! Ich will hier was werden! Ich will das feine Kochen lernen, eine Herrschaftsköchin will ich werden, verstehst?"
Maries Mundwerk läuft wieder so geschmiert wie daheim, nachdem man es hier sehr gebremst hatte. Herr Sedlatschek kommt herein und schiebt das Schiebefenster zu. Dann wirft er einen interessierten Blick, der nicht ohne Mitgefühl ist, auf die kleine, wütende Marie, geht wieder hinaus und zieht die Tür hinter sich ins Schloß. Er ist neugierig, wie der Kampf ausgehen wird...
Gerade kam die Gnädige durch die Glastür und wollte das Vestibül durchqueren. Herr Sedlatschek machte ein paar eilige Schritte, und die Chefin sah, daß er etwas von ihr wollte. Sie blieb stehen. „Na, was gibt's, Herr Sedlatschek? Hat der Herr Karl wieder den Nachtdienst geschwänzt?"
„Nein, das nicht – oder ja, er hat ihn natürlich wieder geschwänzt, aber das haben wir schon untereinander ausgemacht. Es ist was anderes." Wirkungsvolle Pause. „Der Jakob Portisch, der Großvater von der Marie, ist heut zu Mittag angekommen. Er möcht' das Mädel wieder heim nach Mähren nehmen."
Die Gnädige machte eine ungeduldige Handbewegung. „Warum denn? Es ist doch jetzt alles in Ordnung. Sagen S' dem Alten, wir können das Mädel nicht entbehren, jetzt, wo bald die Saison anfangt. Das war doch net ausgemacht, daß die Marie im Frühjahr wieder heimgeht?"
Herr Sedlatschek versicherte, daß das durchaus nicht ausgemacht worden war. Im Gegenteil, die Marie soll auf unbegrenzte Zeit dem Hotel Eden zu Diensten sein. Nein, eine Probezeit war auch nicht ausgemacht.
Dem Großvater wurde das nun vom Herrn Sedlatschek mitgeteilt. „Also, so einfach, Herr Portisch, geht das

nicht, daß Sie, grad' wenn's Ihnen paßt, das Mädel wieder heimholen können. Da hätten Sie die Marie erst gar nicht fortlassen dürfen. Wo soll denn die Gnädige auf einmal ein neues Küchenmadl herkriegen, so von heut auf morgen?"
Wenn der Herr Sedlatschek nun meinte, der alte Schneider würde rasch aufgeben, so irrte er sich. Jakob Portisch hatte das sündteure Fahrgeld nach Wien doch nicht ausgegeben, um unverrichteter Dinge wieder heimzukehren. Das sagte er Herrn Sedlatschek in aller Deutlichkeit.
Da räusperte sich jemand vor dem Schiebefenster. Es war der alte gnädige Herr. Er schob das Fenster von außen auf. „Was hör' ich da? Grad' hat es mir meine Tochter gesagt. Die Marie soll uns verlassen? Aber das ist doch nicht Ihr Ernst, Herr Portisch?"
Jakob Portisch versicherte, daß es ihm durchaus ernst sei. „Meinen Sie, gnädiger Herr, daß ich umsonst nach Wien gefahren bin, mit meinen Schmerzen im Kreuz, und das viele Geld ausgegeben hab' für eine Eisenbahnfahrkarte?"
Herr Dingelreiter rieb seine Nasenspitze zwischen Daumen und Zeigefinger, wie er es immer tat, wenn er nachdachte. Dann trommelte er leicht mit den Fingerkuppen gegen die Glasscheibe, daß sie vibrierte. Nur dieser schwirrende Ton war in der Luft, sonst war atemlose Stille. Herr Dingelreiter sagte in diese Stille: „Lassen Sie's gut sein, Herr Portisch. Sie bekommen die Fahrkarte ersetzt und etwas Geld dazu, damit Sie sich eine Hilfe nehmen können."
Der Schneider fuhr auf: „Ich lass' mir die Marie nicht abkaufen, und ich brauch' auch kein Almosen. Ich –"
„Das ist kein Almosen. Die Marie hat den ganzen Winter brav gearbeitet. Das ist jetzt ihr Lohn, den S' heimnehmen können. Wenn die Marie einverstanden ist."
Klug war der gnädige Herr! Marie wäre ihm am liebsten

um den Hals gefallen. Der Großvater zwinkerte mit den rotgeränderten Greisenaugen. Ein bisserl tat er der Marie jetzt wieder leid. Aber da sagte er schon: „Kommt Zeit, kommt Rat, gnädiger Herr. Ich überleg' mir die Sach' noch."

Das Sprücherl kannte die Marie. Sie hatte es oft genug von ihm gehört. Damit machte er alle Entscheidungen spannend. Wie weit es dem Großvater dabei nur um den Effekt ging oder um echtes Überlegen, das wußte man nie. Jetzt stand er vom Korbstuhl auf, strich die Hosenfalten seines gutsitzenden, tadellos gebügelten Anzugs glatt – er war modisch mit schwarzem Stoff gepaspelt wie der damals im Modejournal abgebildete Anzug – und nahm den Hut vom Tischchen: „Komm, Marie, jetzt zeig mir dein Zimmer. Wir müssen noch unter vier Augen reden."

Oje, ihr Zimmer! Wie sollte sie dem Großvater erklären, daß „ihr Zimmer" aus einer alten Matratze bestand – in der Dienstbotenkammer der Sophie? Ob sie einfach sagen sollte, die Kammer sei ihre?

Aber der Großvater sah mit einem Blick, daß in dem schäbigen Raum zwei Personen hausten. Da lag ja auch das Kleid der Sophie über dem Stuhl, und ein verwaschenes Mieder hing am Fenster.

Der Alte zeigte auf die Matratze: „Das ist also dein Himmelbett, Prinzesserl", sagte er kühl.

„Daheim hab' ich auch keins", schnappte Marie kampflustig zurück.

„Immerhin hast daheim ein Bett mit vier Füßen." Das stimmte. Es war das breite Bett ihrer Großmutter, die vor drei Jahren gestorben war. Vorher hatte sie auch auf einem Strohsack in der Bodenkammer geschlafen, und das sagte sie dem Großvater auch rundheraus.

„Hast dich wenig verändert", brummte der Alte. „Ich hab' gemeint, sie werden dir die Schneid hier abkaufen.

Marie, Marie, warum hast du denn so einen Narren an der Stadt gefressen? Hast es doch schön daheim. Kannst tun, was du willst, und die Arbeit ist doch nicht schwer. Wenn's dir um Geld geht – du erbst doch einmal alles."

„Es geht mir nicht ums Geld."

„Um was denn sonst?"

Ja, um was ging es der jungen Marie? Sie wußte es selbst nicht oder konnte es nicht in Worten ausdrücken, was sie hier festhielt. Der alte gnädige Herr? Aber den hatte sie ja noch gar nicht gekannt, als es sie hierher zog. Der Glanz und die Pracht der großen Stadt? Sie sah so wenig von ihr, weil sie gar keine Zeit zum Flanieren hatte. Die vielversprechende Zukunft? Hm, ja, das konnte sie noch einmal wiederholen: „Ich kann hier was werden, Großvater, eine Herrschaftsköchin. Das ist etwas! Die kann vom Feinsten essen, soviel sie will, braucht nur anschaffen, und die Küchenmadln müssen parieren. Und reich wird so eine Köchin auch. Mit den vornehmen Herrschaften kann sie überallhin verreisen und ..."

„Laß nur", unterbrach der Großvater müde. „Bist sehr aus der Art geschlagen, Marie. Ich war heilfroh, als ich nach der Walz wieder heimkommen konnte. Und ich möcht' nirgends anders leben als in Tattenitz. Aber du sollst deinen Willen haben."

Bevor der alte Schneider wieder heimfuhr, sah er sich gründlich im Hotel um. Herr Sedlatschek führte ihn stolz durch das Gebäude, als wäre es sein eigenes Haus: Es bot etwa 60 Gästen Platz, hatte einen eleganten Speisesaal, den die Marie freilich bisher nur dreimal betreten hatte – zu Fest- und Feiertagen, wie Weihnachten und Ostern. Es hatte eine Belle Etage mit einem Fürstenzimmer und fünf Salons mit den dazugehörigen Schlafzimmern. Hier quartierte sich während der Theater- und Ballsaison der Landadel ein, der kein eigenes Stadtquartier hatte. Die

Belle Etage war teuer und brachte während der Saison so viel ein, daß sie das übrige Jahr leerstehen konnte – zum Zwecke der Schonung. Sonst wohnten im Eden Bildungsreisende, Kaufleute und Händler aus der Provinz, ein gemischtes Publikum, doch reputierlich. Darauf achtete die Gnädige.
Im Stall standen zwei Rösser, wohlversorgt vom Kutscher, der auch den Garten – von der Gnädigen hartnäckig „Park“ genannte – zu pflegen hatte. Es gab im Garten eine langgestreckte, lauschige Weinlaube unter dichtem Jelängerjelieber-Gesträuch – mit zierlichen eisernen Tischen, flackernden Windleuchten und einer Schrammelkapelle, die die modernsten Walzer von Lanner und Strauß zu spielen verstand. Das erzählte der Herr Sedlatschek dem skeptisch lauschenden Schneider. Ihm konnte man kein X für ein U vormachen, aber was er mit eigenen Augen sah, befriedigte ihn. Nur die Küche schien ihm zu düster. Herr Sedlatschek beruhigte ihn – im Herbst würden sie im Hotel Eden das neumodische Gaslicht einführen. „Dann ist die Küche licht wie im Sonnenschein.“
Jakob Portisch hatte in einem hübschen Zimmer schlafen dürfen. Zwei Gäste hatte Sedlatschek deshalb abgewiesen. Das imponierte dem Schneider.

Jetzt ist er zum Aufbruch bereit. Marie darf ihn begleiten. Zum Bahnhof ist es weit, und der Großvater erkennt, daß Marie wohl noch kaum durch die Straßen Wiens gegangen ist.
„Hast nicht viel Zeit zum Spazierengehn, gelt?“ fragt er sie.
„Ich fahr' spazieren, Großvater“, sagt Marie prahlend. „Im Zweispänner, wie ein Fräulein.“
„Möchtest wohl gern ein Fräulein sein, was?“

Marie gibt keine Antwort. Und der alte Schneider fährt fort: „Ein Fräulein! Meine Enkeltochter! Hast es vielleicht vergessen, was ich dir aus meiner Jugend erzählt hab'?"
Nein, Marie hat es nicht vergessen. Meist, wenn sie sich etwas „Unbotmäßiges" wünschte, eine Puppe etwa, wie sie die Lehrer-Traudel hatte, dann erzählte der Großvater seine Geschichte. Wie er als Waisenbub im Armenhaus hat wohnen müssen und wie er als Kostgänger sein mageres Brot hat verdienen müssen, als zehnjähriger Bub. Zur Schule war er nur selten gegangen, weil er einfach nicht durfte – er mußte ja Holz hacken, damit er nicht verhungerte. Marie durfte beinahe jeden Tag in die Schule gehen, wie die reichsten Kinder im Dorf, die vom Gastwirt und vom Kramladen und die Bauernkinder von den großen Höfen. Marie konnte lesen, rechnen und schreiben.
Er, der Großvater, konnte es weit weniger gut. Daß er Schneider werden konnte, verdankte er nur dem Umstand, daß er eines Tages mit einem durchziehenden Schneidergesellen durchgebrannt war. Einfach auf und davon, hinüber ins Hannakische. Und das war verboten. Ohne Einwilligung des Vormundes durfte ein dreizehnjähriger Bub nicht fort von seinem Heimatort. Und in der Fremde, da war es erst recht kein Honiglecken gewesen. Hätte ihn nicht eine barmherzige verwitwete Meisterin in Pardubitz aufgenommen, wer weiß, ob er nicht verhungert am Wegrand gestorben wäre. An dieser Stelle der Geschichte machte der Großvater stets eine wirkungsvolle Pause.
So auch heute. Dann sagte er nachdenklich: „Mich wundert, daß ich bei der ewigen Krautsuppe und den Erdäpfelplatz überhaupt so groß geworden bin."
Marie sieht an ihm hoch. Der Großvater ist wirklich groß. Er schreitet neben ihr her wie jemand aus der Stadt, in seinem gut sitzenden sauberen Anzug, mit dem gebür-

steten schwarzen Hut auf dem Kopf – nur seinen Schuhen, denen merkt man es an, daß sie der Dorfschuster aus derbem Leder und für eine kleine Ewigkeit gearbeitet hat. Schuhe! Merkwürdig, daß Marie so eine Vorliebe für Schuhwerk hat. Auch jetzt bleibt sie vor einem Schaufenster stehen, in dem zierliche Stiefelchen und zarte ausgeschnittene Schuhe mit Stöckelabsätzen ausgestellt sind. Sie sind sündhaft teuer, 5 Gulden kostet so ein Paar Schuhe. Dabei ist nicht mehr Leder an ihnen als an einem Handschuh. Der Großvater zieht Marie weg, sieht auf ihre schwarzen Schuhe, auch ein Meisterwerk des Tattenitzer Dorfschusters, und sagt:
„Hast sie gut gehalten, deine neuen Schuhe. Jetzt passen sie dir schon."
„Nein", trotzt Marie, „ich muß immer noch Wollsocken anziehen, sonst fallen sie mir von den Füßen."
„Sei froh. Desto länger kannst du sie dann tragen."
„Aber vielleicht wachsen meine Füße überhaupt nicht mehr, und ich muß mein Leben lang die großen Schinakeln tragen."
Der Großvater überhört die Frechheit – das hat er bei der kleinen, heftigen Marie oft tun müssen. Nun kommt auch der Bahnhof in Sicht. Bevor der Schneider in den Zug steigt, steckt er Marie das Geld, das ihm die Dingelreiters gegeben haben, in den hastig geöffneten Pompadour. „Paß auf das Geld auf! Und paß auf dich auf. Bleib brav!" sagt er, segnet sie hastig und kraxelt über das hohe Trittbrett in das Abteil.
Marie schluchzt und winkt. Winkt so lange, bis der Großvater vom Fenster zurückgetreten ist.

Er ließ sich auf die Holzbank fallen. Ihm war leicht und schwer in einem zumute. Er fuhr ohne die Enkelin heim. Er hatte das im stillen befürchtet. Natürlich war es nicht

die Arbeit gewesen, wegen der er Marie heimholen wollte. Er bekam genügend Helfer im Dorf, die ihm fürs Hosen- oder Joppenflicken jede gewünschte Arbeit taten. Es war allein die Sorge um Maries körperliches und moralisches Wohl. War er nun die Sorge los? Er hatte sie fragen wollen, wo sie denn damals, als sie aus dem Hotel davongelaufen war, die Nacht verbracht habe. Aber er traute sich dann doch nicht. Sollte er Marie durch seine Fragen erst auf etwas aufmerksam machen, was noch verborgen in ihr ruhte? Oder hatte er durch sein Schweigen doch etwas versäumt? Wer sollte denn das junge Ding aufklären, wenn nicht er, ihr einziger Verwandter? Warum nur wollte Marie nicht heim? War es das Geld? Aber Geld war ja genug da – im Sparstrumpf unter dem Strohsack. So viel Geld, daß er ein zweites Anwesen kaufen könnte – das vom Langer-Bauern, das jetzt versteigert werden sollte. Wenn er wüßte, daß dann die Marie in Tattenitz bleiben würde ... Ohne mit der Wimper zu zucken, würde er das Spargeld aus dem Strumpf holen und den Hof kaufen.
Marie hüpfte derweil munter den Weg zum Hotel zurück. Es war ein kühler, doch sonniger Maientag. Die Hausfrauen waren unterwegs zum Markt, die Kinder lärmten – es bestand noch keine allgemeine Schulpflicht, nur die besseren Stände schickten die Kinder regelmäßig zur Schule oder ließen sie daheim unterrichten.
Marie sah einem Schusterjungen nach, der zwei Paar Schnürstiefel zusammengeknotet über der Schulter trug und im Eilschritt an ihr vorbeitrabte. Das Haus, aus dem er gekommen war, stand auf der gegenüberliegenden Straßenseite. Marie ging hinüber, blieb vor der Tür stehen, die zwei Stufen tiefer in einen Laden führte, der aber kein richtiger Laden mehr war, sondern vielmehr eine Werkstatt. „Simon Hintereder“ stand auf einem kleinen

Blechschild über der Tür, „Hersteller von feinen Maßschuhen jeder Art". Und in einem kleinen Fenster, nahe vor Maries Nase, die sie an die Scheibe preßte, standen drei Paar solcher „Maßschuhe". Eines davon stach Marie ins begehrliche Auge: ein Paar wunderschöne, weiße Schuhe, mit Seide bezogen, tief ausgeschnitten und mit einer schmalen Spange versehen, die zum Knöpfeln war. Herrliche Schuhe! Und ein Papierschildchen besagte: „Gelegenheitskauf". Marie stand und starrte in das Fenster – wer weiß, wie lange. Da tat sich die Tür auf, ein Männchen kam die zwei Stufen hoch und fragte flötend: „G'fallen dem kleinen Fräulein die Schuhe?"
Marie nickte stumm und geistesabwesend. Wem würden solche Schuhe nicht gefallen?
„Sie passen Ihnen bestimmt. Kommen Sie herein, gnädiges Fräulein. Es kostet ja nichts, die Schuh' anzuprobieren."
Das Männchen erinnerte Marie an den Pfarrer daheim. Er sprach auch so salbungsvoll hochdeutsch. Der Pfarrer war ein redlicher, frommer Mann. Dieser Schuster bestimmt auch. Warum sollte man nicht in sein Geschäft gehen?
Dann saß Marie auf einem Schemel – nicht viel anders als beim Tattenitzer Dorfschuster. Es war wenig Licht in dem Raum, und es roch schwer nach Schusterpech und Lederfett – genau wie daheim beim Schuster-Emil. Das Männchen sagte: „Hol die Schuhe aus dem Fenster, Schorsch." Da merkte Marie erst, daß noch jemand in dem kleinen Raum war – ein junger Bursche. Er saß in einer Ecke und war wohl der Gehilfe des Männchens. Als der Bursche aufstand, war er so groß, daß sein Schopf bis zur niedrigen Decke reichte. Er ging zum Fenster, machte es auf und brachte ein Paar braune, simple Schuhe, denen man kaum ansehen konnte, ob sie für einen männlichen

oder weiblichen Fuß bestimmt waren. Marie sagte entsetzt: „Aber doch nicht die!"
Der Meister zischte: „Doch die weißen, Schorsch, die weißen natürlich."
Dann saßen die weißen Seidenschuhe an Maries bloßen Füßen wie angewachsen. Sie waren weder zu groß noch zu klein. „Hab ich's nicht gesagt?" triumphierte der kleine Meister. „Wie für das Fräulein gemacht."
Marie saß stumm vor Begeisterung, wippte mit dem Fuß, trat vorsichtig auf den Teppich aus Sackleinwand, machte ein paar Schritte mit gerafftem blauem Tuchrock, und der Meister schlug entzückt die Hände zusammen: „Wunderbar! Exzellent! Warten Sie, ich hole meine Frau als weibliche Beraterin." Und schon war das Männchen hinter einer Nebentür verschwunden.
Der Geselle Schorsch sagte schnell: „Du wirst dir doch net so ein Paar Schuhe aufschwatzen lassen? Das sind doch Brautschuh', und der Meister ist auf denen sitzen geblieben, weil sie der Braut zu klein waren."
Marie sah unsicher an dem großen, mageren Burschen hoch. Dann sagte sie schnippisch: „Der Meister kann eine Freud' an so einem Lehrburschen haben, wie du einer bist. Dem Meister die Ware schlecht machen! Ich tät' mich schämen!"
„Ich bin kein Lehrbub, sondern ein Gesell, und schämen tu' ich mich auch nicht. Hab' ja die Schuh' selber gemacht, da werd' ich sie doch nicht schlechtmachen. Die Schuh' sind gut, aber nichts für dich. Was fängst denn du an mit einem Paar weißen Seidenschuhen?"
Das fragte sich Marie freilich auch selbst. Aber die Versuchung war zu groß. Als der Meister mit der Meisterin ankam, die er wohl aus der Waschküche geholt hatte, weil an ihren Armen noch Seifenschaum klebte, da brauchte es keine große Überredungskunst mehr. Marie langte in den

Pompadour, bezahlte schnell die drei Gulden und fünfzig Kreuzer, wünschte aber, daß statt der Seidenknöpfe zwei silberne angebracht werden sollten. „Die seidenen gehen zu schnell kaputt.“ Sie wollte die Schuhe nach Feierabend holen.
Marie kam müde – sie war die letzte Wegstrecke im Laufschritt getrabt – und glücklich im Eden an. Die Köchin betrachtete ihr erhitztes Gesicht mit Mißfallen. Als Marie über ihr blaues Tuchkleid die riesige graue Küchenschürze binden wollte, befahl Frau Toni ihr barsch, sich umzuziehen. „Sonst stinkst du im Salon vom Alten nach Fisch“, erklärte sie ungehalten.
Marie zog sich um, schuppte dann eine Stunde lang glitschige, unangenehm riechende Fischleiber. Das war eine Tätigkeit, bei der ihr stets fast schlecht wurde. Es drehte ihr auch jetzt den leeren Magen um, aber sie schluckte und schluckte mit grauem Gesicht, bis es ihr wieder besser ging. Einer zukünftigen Herrschaftsköchin durfte aber beim Zubereiten einer Speise keineswegs schlecht werden. Und das Ausnehmen der zahlreichen Hühner und Gänse war schließlich auch kein Honiglecken. Die Aschen-Frieda verriet ihr ein Rezept, mit dessen Hilfe man gleichmütiger mit den blutigen Eingeweiden hantieren konnte: „Stellst dir vor, Marie, du ißt lauter Vanillekipferln, eine ganze Schüssel voll. Das geht ganz leicht, wenn du immer wieder an einem Vanillestangerl riechst. Da hast eins.“
Ach, die arme Frieda war gar nicht so dumpf und dumm, wie die andern taten. Frieda holte gleich zwei Vanillestangerl aus ihrem Beutel, und Marie hielt sie immer wieder vor die zierliche Nase. Aber diesmal halfen sie nichts, weil es ihr einfach nicht gelang, an die Schüssel mit dem begehrten Gebäck zu denken. Vielmehr waren es die weißen Seidenschuhe, die ihr ganzes Denken und Fühlen bean-

spruchten. Wenn nur endlich Feierabend wäre! Aber zunächst mußte sie sozusagen durch eine Wanne geschuppter Fische hindurch, durch Wolken von übelriechendem Bratfett und kleine Berge von Fischgräten, die sie von den abgegessenen Tellern später wegzuputzen hatte.
Der einzige Lichtblick war die Stunde mit dem gnädigen Herrn. Aber vorher mußte sie noch schnell die Lektion in ihr Tagebuch schreiben. Diesmal hatte sie genug Stoff:

„... es ist mir die letzten Tage sehr gut gegangen. Seit ich der Frau Toni immer gefällig bin, bekomme ich lauter gute Arbeiten. Und mit dem gnädigen Herrn Dingelreiter darf ich gar zweimal in der Woche ausfahren, auch noch öfter, wenn das Wetter nicht windig ist. Mitten herein ist mein Großvater aus Tattenitz gekommen und hat mich heimholen wollen, derweilen aber ich nicht hab' wollen. Und hat mir der Herr Sedlatschek und auch die gnädige Frau, auch der gnädige Herr geholfen, so daß heute der Großvater wieder heimgereist ist, ohne mich. Er hat mir noch fünf Gulden gegeben, und davon habe ich ein Paar Schuhe aus Seide gekauft, welche 3 Gulden 50 Kreuzer gekostet haben ..."

Marie klappte eilig das Pappendeckelheft zu. Sie konnte schon sehr flott schreiben – es ging manchmal wie geschmiert. Ja, „Übung macht den Meister", hat der alte gnädige Herr gesagt. Jetzt wusch sie sich noch schnell die vom Fischschuppen riechenden Hände mit scharfer Schmierseife und eilte die Hintertreppe hinunter zum Salon. Sie freute sich auf den gnädigen Herrn ...

Lehrstunden beim gnädigen Herrn

Herr Dingelreiter war heute ein wenig sonderbar. „Das Wetter", meinte er, „es ist das Föhnwetter, Marie. Heut fahren wir nicht aus. Und stell den Flieder auf den Gang."

Dann mußte Marie sanft den Nacken des Alten massieren, mit einer Creme, deren Duft sie begehrlich einsog. Es war ihr, als vertreibe sie mit ihm die letzten Reste des Fischgeruchs, den sie immer noch in der Nase hatte.

Es war still im Salon, die Fensterläden waren geschlossen und die Flügel, um die Föhnluft nicht einzulassen. Der alte Herr lag zurückgelehnt in seinem Stuhl, hinter dem Marie – wie so oft – stand und mit den Fingerspitzen die kühle Haut allmählich wärmte. Da kamen die leichten Schritte der Gnädigen den stillen Korridor entlang. Mit einer raschen Bewegung richtete sich der gnädige Herr steil auf und sagte schnell: „Es ist gut, Marie. Mach jetzt wieder auf, damit du Licht zum Lesen hast." Erstaunt folgte Marie dem Befehl. Sie stand am Fenster, als die Gnädige eintrat. Die nickte Marie freundlich zu und erkundigte sich nach der Abreise des Großvaters.

„Ein honoriger Mensch ist dein Großvater. Er hat mich gebeten, daß du eine gewissenhafte Kochlehre bei uns mitmachst. Ich hab's der Toni schon gesagt. Halt dich dazu, Marie! Von der kannst viel lernen."

Ja, das wollte das Ganserl aus Mähren. Sie wollte aufpassen und lernen. Und Fischgestank hinunterschlucken und Tonis Bosheiten und die der andern ertragen. Sie wollte was werden und spürte, daß das durchaus möglich war. Wenn sie durchhielt. Aber das war schwer. Sie durfte heute um acht, nach Feierabend, nicht aus dem Haus, obgleich der „Spätdienst“ erst in einer halben Stunde begann. In dieser halben Stunde konnten die Küchenmadl essen, schwatzen und wohl auch ein wenig auf der Straße herumstehen.

„Du hast am Vormittag genug Zeit zum Luftschnappen gehabt“, sagte Frau Toni. „Jetzt hilfst du der Frieda beim Ofenputzen.“

Statt ihre Seidenschuhe vom Schuster abholen zu können, stand also Marie neben dem Herd und rieb die fettverspritzte Platte blank. Das Graphit, mit dem der Herd nachher eingelassen wurde, machte ihre zerschundenen Finger schwarz. Tränen der Wut standen in ihren Augen, als sie die Hände mit Bimsstein und Zitrone zu reinigen versuchte. Doch noch am dritten Tag verlangte der gnädige Herr, daß sie sich ihre Hände besser wasche, wenn sie zu ihm komme ...

Am nächsten Vormittag begegnet Marie am Hintereingang einem Bettler. Er ist alt, sein Mantel grob geflickt, sein fleckiger Hut durchlöchert. Er sieht Marie aus rotumränderten Augen an.

„Hat das Fräulein nicht ein bisserl was zu essen für mich?“

„Warten S’“, sagt Marie. Sie trägt die Gemüseabfälle zum Kübel, kommt zurück und nickt dem Mann zu. Der hat sich erwartungsvoll auf einen der Holzstühle in der Laube gesetzt.

„Draußen ist ein armer Mensch“, sagt Marie zu Frau Toni. „Darf ich ihm was hinaustragen?“

„Ist er jung oder alt?“

„Alt, bestimmt schon sehr alt.“

„Soße und Kartoffeln kannst ihm bringen, aber kein Fleisch“, sagt Frau Toni und dreht sich wieder um, um Kompott auszuteilen. Marie füllt Soße und Kartoffeln in

den Teller und legt flink auch ein Stück Fleisch aus der Rein dazu. Hastig trägt sie den Teller hinaus.
Aber da Marie ein Pechvogel ist, entdeckt Frau Toni auf dem vom Bettler zurückgebrachten Teller den Knochen, den der Esser sorgfältig abgenagt hat. Sie wird rot im Gesicht und schreit: „Was hab' ich dir gesagt, Marie?"
„Daß ich kein Fleisch dazutun soll. Aber das war meine Fleischportion, Frau Toni. Fragen Sie die Sophie."
Die Köchin erwidert schneidend: „Unfolgsam und frech! Aber dich werden wir schon noch ziehen. Wenn du soviel Fleisch bekommst, daß du es verschenken kannst, werden wir bei dir mit dem Fleisch ein bisserl sparsamer sein!"
Zwei Wochen lang achtet Frau Toni darauf, daß Marie kein Fleisch zugeteilt bekommt.
Drei Tage mußte Marie warten, ehe die durch den Besuch des Großvaters „verbummelten" Stunden von ihrem Feierabend abgearbeitet waren. Erst am Samstag konnte sie eilig entschlüpfen, um ihre Seidenschuhe zu holen.
In der Werkstatt saß nur der Geselle auf dem Schusterschemel und sah ihr entgegen.
„Da schau her, jetzt ist das Fräulein Braut doch noch gekommen", grinste er. „Und der Meister hat schon gemeint, er kann sich die Schuhe und die drei Gulden unter den Nagel reißen."
„Drei Gulden und fünfzig Kreuzer", korrigierte Marie.
„Jawohl, und fünfzig Kreuzer, die ihm ein Lamperl zuviel gezahlt hat. Denn von der Schreivogel hätt' er nur drei Gulden bekommen. So war's mit ihr ausgemacht."
Marie ärgerte sich. Wenn dieser sommersprossige Bursch die Wahrheit sagte, hatte man sie übers Ohr gehauen. Und das paßte ihr nicht. Schnell sagte sie: „Ich brauch' aber noch ein Paar schwarze Schuhbandeln."
Der Geselle stand auf, holte die Schuhe aus dem Regal, wickelte sie in Zeitungspapier und legte die Schuhbänder

daneben. Marie ergriff sie schnell und stopfte sie in den Pompadour. „Sag deinem Meister, die hast du mir als Draufgabe geben müssen", sagte sie, lachte, erwischte die Schuhe, und schon klingelte die Glocke der Ladentüre hinter ihr.

Im Laufschritt lief sie die Straße hinab. Aber da klapperte jemand hinter ihr drein. Es war der lange Schustergehilfe.

„Her damit!" rief er. „Her mit den Bandln!"

Marie umkrampfte den Pompadour samt Inhalt, und dabei rutschten ihr die neuen Schuhe, die sie unter dem Arm geklemmt hatte, herunter. Der Bursch bückte sich schneller als sie, und schon hielt er die Schuhe triumphierend hoch: „Die Bandln zurück, oder du kriegst deine Schuh' nicht mehr!"

Das war Pech! Marie rückte die Schnürbänder wieder heraus und der Schustergeselle die Atlasschuhe. Er ging nun friedlich neben ihr her.

„Wo wohnst du denn?" fragte er freundlich.

„Im Hotel Eden", erwiderte Marie stolz.

„Bist du dort einquartiert, oder gehörst du zum Personal?"

Marie schien es angebracht, diese Frage offenzulassen. Sie strebte eilends voran, der Schorsch ebenso, nur tat er sich mit seinen langen Beinen leichter.

„Warum rennst denn so?" fragte er.

„Weil ich's eilig hab'. Und weil ich dich los sein möcht'."

„So wirst du mich aber nicht los", lachte der Schorsch. „Ich nehm's mit deinen Spatzenbeinen schon noch auf, Lamperl."

„Ich bin nicht dein Lamperl."

„Wie heißt denn du dann?"

Marie trabte weiter so schnell sie konnte. Das fehlte noch, wenn man im Eden mitbekam, daß sie ein langer Bursch heimbegleitete! Aber es gelang ihr nicht, den Hartnäcki-

gen abzuschütteln. Er blieb auf der gegenüberliegenden Straßenseite stehen und sah zu, wie Marie, hochrot im Gesicht, im Dienstboteneingang des Hotels verschwand. Sie lief der molligen Antschi geradewegs in die Arme, die nachschauen wollte, wo denn die Marie so lang blieb.
„Was hast denn da?“ fragte sie neugierig und meinte das Päckchen unter Maries Arm.
„Ach, nichts weiter“, wich die aus. Aber Antschi hatte das Päckchen schon in der Hand, zerfetzte das Zeitungspapier und starrte auf die weißen Atlasschuhe.
„Wo hast denn die her? Vom Trödler? Sie sind aber noch ganz gut.“
Marie riß ihr wütend die Schuhe aus der Hand und lief mit ihnen nach oben.
Als sie später in die Küche kam, wußten alle schon von den Brautschuhen. „Du hast sie doch nicht etwa gestohlen?“ fragte die Köchin Toni mißtrauisch.
„Nein“, rief Marie ärgerlich, „ich hab' sie gekauft. Der Großvater hat mir Geld gegeben.“
„Für ein Paar seidene Schuh'?“ fragte Frau Toni ungläubig.
Marie nickte störrisch. Und Antschi kicherte: „Wer weiß, vielleicht macht die Marie bald Hochzeit, wenn sie sich schon Brautschuhe kauft.“
Marie war den Zornestränen nahe. Zum Glück kam die Gnädige in die Küche und verlangte für einen späten Gast ein Schaumomelett. Das Interesse an den Brautschuhen geriet in den Hintergrund.
Marie hütete ihre Schuhe wie einen Augapfel. War sie einmal ein paar Minuten frei, so schlüpfte sie in die Traumschuhe und spazierte im Zimmer auf und ab. Sie bewahrte sie in einer Schatulle auf, die sie der Sophie für fünfmal Haarewaschen und Lockenbrennen abgeluchst hatte. Im Frisieren entwickelte Marie ein beachtliches Geschick,

das sich im Haus schnell herumsprach. Diesem Geschick verdankte sie manchen Kreuzer und manches anerkennende Wort.
Das Umgehen mit der Brennschere, einem schmiedeeisernen Ding, das in der Herdkohle heiß gemacht wurde, hatte sie von einer Tattenitzer Nachbarin gelernt, der sie daheim schon runde Kräusellocken ins strähnige Haar gebrannt hatte. Wichtig war, daß man die Schere nicht zu heiß werden ließ, sonst brannte man statt Locken Löcher ins Haar. Aber gerade darin bewies sich eben Maries Geschick. Sich selbst Locken zu brennen, hatte sie nicht nötig. Ihre runde Kinderstirn umkrauste ein hellblonder natürlicher Lockenkranz. „Weißschädel", hatten ihr daheim die Buben geringschätzig nachgerufen. Blondhaar stand wenig hoch im Kurs. Die rassigen Schwarzbraunen waren zur Zeit das Schönheitsideal. Marie hätte viel darum gegeben, wenn sie nicht als „Piperl", als gelbflaumiges Küken, durch Leben hätte laufen müssen. „Piperl", so rief man ihr auch nach. Sie revanchierte sich zwar mit: „Schwarzer Teifl!" oder „Rote Hex!", aber der Spott tat doch weh. Einmal hatte sie einen Rat befolgt und ihr Haar mit Nußsud gefärbt. Es war scheckig und häßlich geworden, und der Großvater hatte schrecklich gelacht: „Jetzt haben wir ein Füchserl im Haus. Da müssen wir die Hühner gut verwahren, damit sie die Füchsin nicht holt."
Aber was wußte der Großvater von den Nöten eines damals dreizehnjährigen Mädchenherzens!
Kam jemand die knarrende Bodentreppe herauf, verschwanden die weißen Schuhe blitzschnell in der Schatulle.
Eines Tages aber erlebte Marie etwas Furchtbares. Sophie, dieses Frauenzimmer, hatte ihre Schuhe an den Füßen und rannte mit ihnen im Haus umher in den Speisesaal

und tanzte übermütig, hielt sie an ihren schwarzbestrumpften Beinen hoch und schrie: „Aschenbrödels silberne Schuhe! Hihihi. Schaut sie an! Und gleich kommt ein Prinz und erlöst die Marie."
Marie war weiß im Gesicht vor ohnmächtigem Zorn. Sie stürzte sich auf Sophie, wie sie sich schon einmal auf die Köchin gestürzt hatte, traktierte ihr Gesicht mit den Fingernägeln und rief immer wieder: „Du bist gemein! Gib meine Schuhe her."
Man mußte die wütende Kleine mit Gewalt von der heulenden Sophie losreißen. Herr Sedlatschek gab Marie eine Ohrfeige, was sie sich schluchzend gefallen ließ, packte sie bei den Schultern und schob sie zur Tür des Speisesaals hinaus. Durch die geschlossene Tür hörte sie ihn mit Sophie schimpfen. Er nannte sie feige und hinterhältig, weil sie der armen Marie die Schuhe gestohlen und sich auch noch lustig über sie gemacht habe.
„So ein armes kleines Waisenkind, das sich nicht wehren kann!" rief er.
„Nicht wehren?" heulte Sophie. „Und das hier? Da, Herr Sedlatschek, es blutet. Sie hat mich gekratzt, daß es blutet, das kleine Luder!"
Was der Herr Sedlatschek erwiderte, verstand Marie nicht mehr. Es öffnete sich die Flügeltür, und Herr Sedlatschek kam mit den Schuhen in der Hand heraus.
„So", sagte er, „die bewahre ich jetzt bei mir auf. Dort kannst du sie holen, wenn du sie anziehen willst."
So wurde Marie um ihre große Freude, das tägliche Tragen der Seidenschuhe, betrogen. Sophie zeigte sich versöhnlich und schenkte ihr schließlich jene Schuhe, die sie ihr bei ihrer Ankunft geborgt hatte. „Wie kann nur jemand so verrückt nach einem Paar Schuhen sein!" meinte sie mürrisch.

Inzwischen hatte Marie, die künftige Herrschaftsköchin, begonnen, ins Tagebuch auch Kochrezepte einzuschreiben. Sie standen zwischen ihren „Lektionen".
Herr Dingelreiter hielt das Tagebuch in der Hand und schmunzelte. Er hatte eben gelesen:

> „... hab' ich zuletzt von meinen neuen Schuhen berichtet. Weil die Frau Toni mich nicht hat weggehen lassen, habe ich können meine neuen Schuhe erst am Samstag holen. Der Herr Schuster Hintereder hat einen Gesellen, Schorsch mit Namen, welcher mir die Seidenschuhe hat mies machen wollen. Freilich sind sie keine solchen Schinakeln wie meine alten vom Schuster-Emil gefertigten – man kann sie nur bei sonnigem Wetter tragen, es sind halt Sonntagsschuhe.
> Leider ist das Stubenmädel Sophie recht boshaft und hat sich meine neuen Schuhe angezogen, ohne fragen. Ich habe sie jedoch bestraft (gekratzt, daß es geblutet hat) und der Herr Sedlatschek hat sie (meine neuen Schuhe) in sicheren Verwahr genommen ..."

„Du bist ein rechtes Wildkatzerl geworden, Marie", sagte Herr Dingelreiter.
„Das war ich schon immer", erwiderte Marie keck. „Ich hab' mich nur verstellen müssen, wegen dem Herrn Sedlatschek, der Frau Toni und überhaupt."
„Auch wegen mir?"
„Nein, gnädiger Herr", erwiderte Marie langsam. „Sie waren ja immer gut zu mir." Marie nahm die Hand des gnädigen Herrn ohne Scheu von der Sessellehne und küßte sie.
„Na, na, was tust denn, Kind? Wer hat dich denn so etwas gelehrt?" Niemand hatte Marie einen Handkuß gelehrt.

Sie war früher nie mit feinen Herrschaften zusammengekommen. Aber sie hatte inzwischen begriffen, wer es gut und wer es schlecht mit ihr meinte. Freilich war die Toni, die es mit ihr doch nicht gut meinte, nicht direkt ein schlechter Mensch. Das mußte Marie zugeben. Sie hatte Frau Toni dabei überrascht, wie sie eine halbverhungerte Straßenkatze fütterte. Allerdings, dem Bettler damals hatte sie das bißchen Fleisch verweigert. War Frau Toni, die sie immer noch schurigelte, nun gut oder bös?

Aber der gnädige Herr war in jedem Fall gut, sehr gut. Und er verdiente ihren Handkuß, den ersten in ihrem Leben.

Dem schönen Mai folgte ein ebensoschöner Sommer. Man servierte draußen in den Lauben, und Marie durfte mithelfen, die Speisen aufzutragen. Die frische Gartenluft tat ihr gut – sie bekam Farbe. Der gnädige Herr sagte einmal: „Unsere Marie erblüht wie ein Röslein."

„Aber wohl mehr wie ein Hundsröslein", meinte die Gnädige säuerlich. Hundsrosen nannte man die wilden Heckenrosen, die zahlreiche wehrhafte Stacheln besaßen, und auf die spielte die Gnädige an. Denn ein Gast hatte sich bei ihr beklagt, daß er von der Marie eine sehr freche Antwort bekommen hätte, als er ihr einen schnellen Klaps auf das nicht mehr ganz so magere Hinterteil verabreicht hatte.

Marie hatte sich in den vergangenen guten Tagen und Wochen gemausert. Sie war wohl immer noch dünn, gewiß, aber der blaue Stoff ihres guten Kleides umspannt straff ihre junge Brust. Sie beherzigte die Mahnung des alten Herrn: „Immer geradehalten, Marie. Immer sich strecken und recken, immer Brust heraus. Das ist gesund. Das predigt ein gewisser Herr Friedrich Ludwig Jahn. Er predigt es zwar für die jungen Burschen, aber für ein Madl gilt das auch."

Die Hausschneiderin mußte im Herbst den Saum des

blauen Kleides auslassen und die Knöpfe am Vorderteil versetzen – Marie schoß in die Höhe. Mit großer Sorge betrachtete sie ihre Füße. Wuchsen sie etwa auch? Sie wagte nicht, die Probe aufs Exempel zu machen und die Seidenschuhe anzuprobieren. Bis Herr Sedlatschek selbst zu ihr sagte: „Wenn du deine neuen Schuhe jetzt nicht bald anziehst, ist der Winter da." Er gab ihr die Schatulle zurück. Also nahm Marie die Schuhe andächtig in die Hand und streifte sie in einem schnellen Entschluß über die bloßen Füße. Sie paßten noch! Glücklich wiegte sie sich in ihnen sanft auf und ab.

„Das sind eigentlich Tanzschuhe, Marie. Im Fasching kannst du sie einmal anziehen. Ich nehme dich zum Küchenball mit."

Das war eine großartige Aussicht. Marie tanzte für ihr Leben gern. Niemand hatte es sie lehren müssen, das Sichdrehen und Schreiten und den windschnellen Galopp. Polka tanzte sie wie eine Erwachsene – vielleicht noch schneller und leichter als die. Daheim hatte sie mit den Nachbarskindern getanzt und mit dem brummenden Großvater. Ja, tanzen konnte das mährische Ganserl. Und es brannte darauf, dies den andern zu zeigen.

Noch aber war Herbst, und die Kastanien fielen mit einem leisen Laut auf das Steinpflaster des Hofes, zerplatzten, und die glänzend braune Frucht sprang heraus. Marie hielt im Zusammenkehren der Blätter öfter inne, um sich nach so einer prallen Frucht zu bücken. Der Großvater hatte ihr daheim Spielzeug aus Kastanien gemacht: lange Ketten, Männchen mit hölzernen Beinen, Tiere und Körbchen. Jetzt hatte dafür keiner Zeit, und es war auch kein Kind mehr da, dem man so etwas schenken konnte. Marie ließ die Früchte wieder fallen. Sie fielen zurück ins welke, modrig riechende Laub.

Die Sonnenschirme wurden eingeholt, in der Wasch-

küche gewaschen und bis zum nächsten Sommer im „Lusthäusel“ verwahrt – zusammen mit den Gartenstühlen, die der Kutscher vorher frisch lackiert hatte.
Dann kam der Tag, an dem Marie schon ein ganzes Jahr im Eden war. Sie hatte keine Zeit zurückzudenken. Sie erkannte nur dankbar, daß es ihr heute besser ging als im Vorjahr ...

„Meine Schuhe müssen gesohlt werden“, sagte der Herr Sedlatschek gerade. „Und der Paulischuster ist krank. Weiß jemand einen guten, billigen Schuster in der Nähe?“
Da dachte Marie an das Männchen, das ihre Seidenschuhe gemacht hatte. Schnell sagte sie: „Ich weiß einen, Herr Sedlatschek, gar nicht weit von uns.“
„Dann trag die Schuhe bittschön am Abend hin. Sohlen und Eisen an die Spitzen.“
Marie wanderte mit den Schuhen durch die abenddunkle Stadt. Sie kam aus der neuen, grellen Helle des Eden – seit ein paar Tagen brannte nämlich im Haus das herrliche Gaslicht – auf die Straße, und die plötzliche Dunkelheit machte sie fast blind. Sie hatte empfindliche Augen wie viele Hellblonde, deshalb war der Großvater auch immer darauf bedacht gewesen, daß sie sie nicht überanstrengte. Sie gewöhnte sich an das Dunkel und hastete vorwärts. Sie hätte sich nicht eilen müssen, aber sie hatte keine Lust, länger als nötig auf der naßkalten, frostigen Straße zu bleiben.
An der nächsten Ecke pries ein Maroniverkäufer die heißen Edelkastanien an. Er stand mit seinem runden Öfchen unter einer Laterne und lockte die wenigen Passanten: „Die letzten Maroni, heiß und frisch. Die Stanitze nur fünf Kreuzer statt zehn!“
Marie blieb stehen. In ihrer Faust waren fünf Kreuzer Trinkgeld vom Herrn Sedlatschek. Sollte sie?

„Hier, mein Fräulein, ganz frisch und weich, beste Maroni, die Sie je gegessen haben." Und schon fischte der Mann – er schien noch jung zu sein – mit braunen Fingern die Maroni vom heißen Blech, ließ sie in eine flink gedrehte Stanitze fallen und streckte sie Marie entgegen. „Nehmen Sie. Gleich schließ' ich mein Geschäft. Fünf Kreuzer, das Fräulein, statt zehn."

Marie war immer dafür, ein gutes Geschäft zu machen. Die Tüte war prall gefüllt, die Maroni waren heiß, man spürte sie durch Papier. Sie legte das Fünfkreuzerstück in die Hand des Verkäufers – und erschrak heftig. Der Mann schloß seine Faust um ihre Hand und ließ sie nicht los. Es sollte wohl ein Scherz sein, denn er lachte: „Ein festes Handerl hat das kleine Fräulein. Muß es wohl tüchtig zupacken, was?" Und ließ ihre Hand wieder los.

„So ein unverschämter Lackel", regte sich Marie auf. Sie beeilte sich, von dem unheimlichen kleinen, braunen Mann wegzukommen, und lief die Straße hinunter.

Sie stand schon vor dem Schustergeschäft, als sie plötzlich jemand hinten packte, ihren Mund zuhielt, während die andere Hand unter ihr Umschlagtuch fuhr und nach ihrer Brust tastete. Marie wollte schreien, aber die Hand auf ihrem Mund hinderte sie daran. „Sei still, mein Täubchen", ertönte eine Stimme an ihrem Ohr. „Ich tu' dir nichts. Komm mit mir, und du kriegst die fünf Kreuzer wieder!" der Maroniverkäufer lockerte den Griff um ihren Kopf, und Marie begann zu schreien: „Hilfe, Hilfe, ein Mörder!" Sie hätte nicht gedacht, daß sie so laut schreien konnte – sie erschrak selbst vor ihrer Stimme. Der Mann ließ sie los und verschwand wie ein Schatten. Fenster, auch die Tür zur Schusterwerkstatt taten sich auf. Das Meisterlein tauchte auf und hinter ihm der lange Geselle. Der erkannte Marie und sagte: „Das ist ja das Madl mit den Atlasschuhen, Meister. Vielleicht bringt sie die wieder?"

„Nein", sagte Marie noch angstschlotternd. „Ich bring' ein Paar Schuhe zum Besohlen."
Eifrig zog sie der Meister in die Werkstatt. Sie mußte das schreckliche Abenteuer erzählen.
„Was wollte denn der Kerl von dir?" fragte der Meister. Nun, da Marie keine Interessentin für ein Paar Ladenhüter war, sprach er sie so an, wie es einem kleinen Dienstmädel – das war sie ja wohl – gebührte.
Marie konnte nicht offen sagen, daß der Mann sie unsittlich angefaßt hatte, deshalb meinte sie: „Er wollte wohl meine Tasche mit den Schuhen stehlen."
Nach der Auftragserteilung: „Kernledersohlen mit eisernen Spitzen, doppelt genäht", mußte Marie nun wohl oder übel wieder hinaus in die Nacht. Und wenn der Kerl irgendwo auf sie lauerte?
Da sagte der Meister: „Schorsch, du begleitest das Madl heim. Aber beeil dich."
„Könnt' nicht der Pepi mit ihr gehn?" fragte der Schorsch unhöflich zurück, wohl wissend, daß der Lehrbub Pepi für die Meisterin die Kohlen in den Keller schaufelte.
„Du gehst, Schorsch! Ein Räuber würde ja den Pepi auch gleich mit in den Sack stecken."
Das konnte man sich bei dem ellenlangen Schorsch freilich schwer vorstellen. Er war fast doppelt so lang wie der eklige Maroniverkäufer. Auf der Straße gingen Marie und Schorsch zunächst stumm nebeneinander. „Was machen denn deine Brautschuhe?" begann Schorsch schließlich das Gespräch.
Was soll man denn auf so eine dumme Frage antworten? Nichts.
„Du bist größer geworden. Jetzt reichst du mir schon bis zur Schulter", stellte er fest. „Und deine Schuhe sind dir bestimmt schon zu klein."

Marie stritt das sofort lebhaft ab. Sie erklärte, daß sie die im Fasching anziehen werde, beim Küchenball.
„Da kannst du sie nachher wegwerfen. Einen Ball halten die nicht aus. Das muß ich wissen, weil ich sie ja gemacht hab'. Die Sohle ist nur gespaltenes Rindsleder, und innen sind sie nicht einmal mit Leder gefüttert, nur mit dünner Leinwand. Sollten ja billig sein, die Brautschuh' für das Fräulein Schreivogel."
Marie erwiderte zögernd: „Du willst mir ja die Schuhe nur miesmachen. Dich kenn' ich."
Er lachte: „So, so, du kennst mich. Dann will ich dir was sagen: Ich schenk' dir ein Paar schwarze Lackschuhe. Gut zum Tanzen und Spazierengehen."
„Und was willst du dafür?" Nein, dumm war Marie nicht. Sie wußte längst, daß man im Leben nichts geschenkt bekam, sondern immer etwas dafür tun mußte. Selbst der gnädige Herr gab nur ein Trinkgeld, wenn man eine Gegenleistung dafür bot – beispielsweise eine halbe Stunde lang den Nacken massieren. Aber die Nackenschmerzen des alten Herrn waren nachher weg. Leider waren sie zwei Tage später wieder da. Doch so bekam man auch jeden zweiten Tag fünf Kreuzer, und das war auch etwas.
„Was ich dafür will? Das verrat' ich dir erst, wenn du die Schuhe anprobierst."
Der Schorsch sagte das so geheimnisvoll, daß Marie schnell rief: „Abbusseln aber lass' ich mich nicht, daß du es weißt!"
Der Bursche lachte: „Zum Abbusseln such' ich mir schon was Besseres aus als ein vierzehnjähriges Lamperl, das noch nach der Mutter schreit."
„Ich hab' keine Mutter", sagte Marie mit ihrer schrillen, hohen Stimme, die sie immer hatte, wenn sie aufgeregt war. Einerseits wollte sie für ihr Leben gern schwarze

Lackschuhe, andererseits durfte man so ein wertvolles Geschenk nicht ohne weiteres annehmen.
Der Hinweis auf die fehlende Mutter ließ den Schorsch ernsthaft werden. Er fragte nach Maries Herkunft, nach ihrem Dienst und erzählte seinerseits von sich, seinen Eltern, die im Südmährischen ein kleines Weingütl hatte, und von seinen lebenden neun Geschwistern.
„Ich hab' beim Meister eine Stube für mich ganz allein. Ich mach' ihm ja auch fast die ganze Arbeit. Und wenn die Meisterin es erlaubt, dann darfst du mich einmal besuchen. Ein Glaserl Wein bekommst du auch. Nikolsburger von daheim."
Nein, an Wein hatte Marie kein Interesse. Er schmeckte sauer und verursachte ein Schwächegefühl in den Beinen, das unangenehm war. Sie ging deshalb auf die Einladung nicht näher ein, fragte vielmehr unvermittelt: „Meinst du, daß mir der Maronimann noch einmal etwas tut?"
„Den siehst du nicht wieder. Der traut sich nicht mehr an den alten Stand. So ein dummer Kerl! Wenn du ihn bei der Gendarmerie anzeigst, kommt er ins Zuchthaus."
Das wäre Marie nur recht gewesen.
„Du bist aber rachsüchtig", meinte der Schorsch. „Vielleicht wollte er nur einen Kuß von dir. Er ist sicher ein armer Hund, der sich was fürs Herz hat suchen wollen auf die Art. Hat ja keine Zeit tagsüber. Ich auch nicht. Ich muß mir auch in der Nacht was fürs Herz suchen. Aber was findet man schon um diese Zeit? Nichts Gescheites."
Marie hatte das Gefühl, daß ihr Beschützer auch etwas Ähnliches von ihr wünschte wie der scheußliche Maronikerl. Dieser Gedanke war nicht angenehm.
Sie war nun fünfzehn Jahre, in einem Alter also, in dem man schon wußte, daß der Storch keine Wickelkinder bringt. Sie war aufgeklärt. Das hatte schon Sophie besorgt, der es wohl Spaß machte, Marie zu schockieren.

Angefangen hatte es einmal mit Maries unverhofftem Eintreten in die Dachkammer. Eigentlich hätte sie in der Küche Bohnen fädeln sollen, aber da war Antschi erschienen, und sie hatten den Dienst getauscht. So war Marie in das gemeinsame Zimmer hinaufgelaufen und hatte Sophie im Korsett mit dem Ober erwischt. Beide waren rot und verlegen geworden und hatten vor Schreck darauf vergessen, Marie zu beschimpfen. Die war davongelaufen, und in derselben Nacht hatte Sophie sie aufgeklärt.
Es war eine Sache, die sie schon halb gewußt hatte. Mit den Einzelheiten hielt Sophie nicht hinterm Berg.
„Das ist Christenpflicht", sagte sie. „Sonst läßt du dir ein Kind anhängen und weißt nachher nicht, wie es passiert ist. Und die Last haben dann wir."
Es war im Haus streng verboten, so etwas zu tun, was Sophie und der Ober offensichtlich getan hatten. Sophie wußte, daß ihre Tage hier gezählt wären, wenn Marie aus der Schule plauderte. Beginge die kleine Marie aber selbst einmal so einen Sündenfall, wäre man sozusagen wieder quitt. Das ahnte Marie, nur sie war nicht gewillt, der Zimmergenossin den Gefallen zu tun, soviel die auch zu kuppeln versuchte. Die meisten Mannsbilder im Hotel waren ledig. Man stellte hier keine Verheirateten ein. Ledige waren fleißiger und verlangten weniger Lohn. Die Lohnhöhe bestimmte die Gnädige. War man fleißig, bekam man mehr.
Vor dem mit Gaslicht erhellten Hotel blieb der Schorsch stehen. Er hätte Marie noch manches sagen wollen, aber diesem halben Kind gegenüber tat er sich schwer. Er hoffte auf die Macht der neuen Lackschuhe. Denn daß die Kleine eine höchst sonderbare Vorliebe für feine Schuhe hatte, das war ihm inzwischen klar geworden.

Marie kaute am Bleistiftende. Sie überlegte, ob sie das Abenteuer mit dem Maronimann auch ins Tagebuch eintragen sollte. Einerseits genierte sie sich vor dem gnädigen Herrn, andererseits war das ein vorzüglicher Stoff für eine Lektion, wie er sich ihr bestimmt nicht noch einmal bieten würde. Erst schrieb sie ins „Unreine" auf Packpapier. Hernach kaute Marie am Bleistift. Sollte sie nun die Sache ins Reine schreiben oder besser nicht? Nein, besser nicht. Sonst ließ sie der gnädige Herr womöglich nicht mehr allein auf die Straße.
Sie konnte ja ein Gedicht eintragen und sagen, daß ihr nichts eingefallen ist. Also schrieb sie:

„*Das Glöcklein.*

Es ist das junge Menschenherz
Ein Glöcklein aus dem feinsten Erz.
Solang ihm fremd des Schicksals Hohn,
Gibt es so einen süßen Ton.
Schlägt aber einst mit Trauerhand
Das Schicksal an die zarte Wand,
So manches Glöcklein springt entzwei,
Und mit dem Klingen ist's vorbei."

Das Gedicht stammte aus dem Familienjournal, das Herr Dingelreiter abonniert hatte. Solch ein trauriges Gedicht konnte Marie tief rühren. Immer schon war ihr Mitgefühl groß gewesen. Als Schulmädchen war sie untröstlich gewesen, als ein kleiner Mitschüler – das kam öfters vor – an einer ansteckenden Krankheit starb. Der Großvater schalt, aber sie ging zu den Eltern des Kindes und weinte mit ihnen ... Und wenn sie Herrn Dingelreiter eine traurige Geschichte vorlesen sollte, der Fortsetzungsroman vom Erbherren Trevelyn Hold war so schön traurig,

konnte sie oft vor Tränen nicht weiterlesen. Dann strich ihr der gnädige Herr wohl über den Kopf und sagte: „Hast ein gutes Herz, Marie. Das ist das Wichtigste."
Es war nicht angenehm, „ein gutes Herz" zu haben. Man konnte oft nachts nicht einschlafen, weil man Dinge zu bedenken hatte, die andere kaum berührten. Zum Beispiel, daß der alte Harro, ein Hundebastard, der krank war und stank, nun erschossen werden sollte. Was konnte man dagegen tun? Auch der alte gnädige Herr war fürs Erschießen. Durfte man so einen freundlichen Hund, dem man seine angebliche Krankheit doch gar nicht anmerkte, der einen jeden Morgen schweifwedelnd begrüßte, der dankbar sein Futter verzehrte – durfte man so ein Geschöpf einfach ermorden?
In der Nacht stieg Marie aus dem Fenster, machte Harro von der Kette los und wanderte mit ihm durch halb Wien. Sie probierte, suchte an vielen Hoftoren, ob eines offen sei. Alle waren verriegelt und verschlossen. Doch dann, als sie schon gewillt war, Harro an eine Parkbank zu binden, fand sie doch eine offene Tür, schubste Harro in das Vorhaus und betete: „Lieber Gott, gib, daß sie ihn behalten." Doch am nächsten Morgen bellte Harro vor seiner Hundshütte – und wurde drei Tage später erschossen.

Ein Engel mit schwarzen Flügeln

Der Winter mit seiner Saison brachte Marie wiederum viel Arbeit. Sie mußte, wie im Vorjahr, der alten Frieda beim Schüren der Öfen helfen. Das war eine Arbeit, die sie haßte. Die Rückstände der Kohle mußten mit Schürhaken aus den Öfen geklopft und gezerrt, Feuerholz getrocknet, Asche entfernt, Rohre gereinigt werden. Bei schlechtem Wind rauchten die Kachelöfen wie die Erdäpfelfeuer daheim in Tattenitz.

In diesen Tagen dachte sie oft an den Großvater, der immer für eine warme Stube gesorgt hatte, der Bratäpfel briet und Nüsse für sie knackte. Er konnte sich schlecht bücken, der Alte. Wer ihm wohl heuer die Nüsse im Hof aufgelesen hatte? Paßte man nicht auf, so holten sie die Eichkätzchen und die Nachbarsbuben.

„Marie, träumst du? Der gnädige Herr hat nach dir gerufen."

Marie schreckte auf. Sie war froh, dem Feueranmachen entrinnen zu können. Das war einfach eine Tätigkeit, die sie nicht gelernt und für die sie kein Geschick hatte.

Aber als sie den Salon betrat, sagte der alte Herr: „Mich friert, Marie. Du bist doch so tüchtig im Heizen. Bring den Ofen in Schwung, mein Kind!"

Wie sollte sie das, wenn das Scheitholz zu grün und die Kohle zu jung war? Herr Sedlatschek war auf einen listigen Kohlenhändler hereingefallen, der ihm billige Kohle versprochen hatte. Sie war wirklich billig, aber es war keine fette, schwarze Steinkohle, die Marie in den Keller schaufeln mußte. Es war eine leichte Braunkohle. Sie brannte schlecht mit einem enormen Ascherückstand. Was nützte es, daß die Gnädige reklamierte? Der Händler zeigte seine Preisliste: Für Kohle dieser minderen Güte zahlte man eben nur, was Herr Sedlatschek bezahlt hatte. Glücklicherweise rauchte der Ofen im Salon nicht. Marie lag vor dem Ofenloch, pustete aus vollen Lungen und war glücklich, als eine grelle Flamme hochflackerte und die übrigen Scheite entzündete. „Brav", lobte der Alte. „Bist ein richtiges Feuerhexlein." Er lauschte in den Hof. Man hörte die Gnädige im Wagen fortrollen. „Jetzt holst mir die Salbe, Marie, und massierst mir den Nacken. Aber wasch dir vorher die Hände!"

Marie begriff an diesem Nachmittag, daß es wohl nicht allein die Schmerzen waren, die sie wegmassieren sollte, daß vielmehr ihre Nähe dem Herrn wohltat. Denn er nahm ihre harte, abgearbeitete Hand und legte sie an seine Wange.

„Du bist ein gutes Kind", sagte er heiser. „Wünsch dir etwas Schönes für Weihnachten."

Schon lag es Marie auf der Zunge: „Ein Paar neue Stiefel, gnädiger Herr", da besann sie sich. Wenn der Schorsch kein Lügner war, bekam sie ja sowieso ein Paar neue Schuhe. Dann hatte sie drei Paar – ein ungeahnter Reichtum für eine, die noch vor kurzem bis zum ersten Reif barfuß hatte laufen müssen. Was sollte sie sich aber sonst wünschen? Ach, es gab ja so vieles. Ob ein Mantel wohl zu unbescheiden war? Sie hatte noch nie einen Mantel besessen. Das große wollene Umschlagtuch, von der Mutter ererbt, war ihre Winterbekleidung.

„Einen Mantel", sagte sie schnell. „Wenn mir die Schneiderin einen Mantel machen dürfte? Vielleicht aus einem alten von der gnädigen Frau?"

Marie bekam ihren Mantel. Er war grau, und sie sah darin aus wie eine Feldmaus, behauptete Herr Sedlatschek. Aber sie kam sich wie eine Prinzessin vor. Der Mantel war antailliert und fiel unten glockig auseinander. Er

reichte tief bis zur Wade, und machte sie größer als sie war.
Und endlich kam der Fasching und damit der Hausball. Im Haus rumorte es – man probierte heimlich Kostüme an, die man aus dem Verleih besorgt hatte, und sogar die Gnädige schien vom Faschingsfieber angesteckt. Morgen sollte der Hausball stattfinden. Das Personal durfte am Ball teilnehmen. Ein Schrammelquartett spielte auf. Der alte gnädige Herr war in einen russischen Pelz gehüllt und trug eine hohe Russenmütze – eine Verkleidung, die nicht viel Phantasie gebraucht hatte und angenehm warm war. Die Gnädige kam als Waschermadl. Das war schon etwas Originelleres. Man konnte ihre wohlgeformten Wadeln bewundern; das tat vor allem ein Gast im roten Domino, den niemand kannte.
Um diesen Herrn gab es ein großes Rätselraten. Ob das am Ende gar ein neuer Chef werden könnte? Das wäre ärgerlich. Mit der Gnädigen hatte man zwar eine gestrenge Chefin, aber man wußte, wie man mit ihr dran war, und hatte sich längst arrangiert. Alles lief wie geölt. Mit einem Neuen konnte mancher Ärger ins Haus kommen.
Gerade tanzte die Gnädige hingebungsvoll mit dem roten Domino. Sie trug eine seidene Halbmaske, die ihren strengen, regelmäßigen Gesichtszügen die Herbheit nahm. Ihr stramm geschnürtes Wäscherinnenleibchen ließ freimütig eine Figur erkennen, die sonst unter einer losen Bluse aus weißer, steifer Leinwand, wie sie sie üblicherweise im Haus trug, nicht zur Geltung gekommen war. Das blauweißgestreifte, klassische Waschermadldirndl bauschte sich um ihre Hüften wie ein Ballettröckchen. Die Gnädige wirkte plötzlich so jung, wie sie eigentlich wirklich noch war – ja, noch jünger. Ihr Haar hing in zwei neckischen Zöpfen über die weißen Schultern herab, die der tiefe Ausschnitt freigebig darbot.

„Eigentlich ist sie eine schöne Person", sagte der Herr Sedlatschek. Er mußte es ja wissen, weil er sehr viel von Frauenschönheiten verstand, wie er immer versicherte.
Marie ging als Engerl. Das war eine einfache Maskerade. Antschi, die ganz geschickt nähen konnte, hatte aus einem zerrissenen Leintuch eine Art Engelhemd mit weiten, langen Ärmeln genäht. Herr Sedlatschek hatte in einer milden Anwandlung ein Flügelpaar aus weißer Pappe und eine große Anzahl von goldenen Sternen ausgeschnitten, die Marie an das Hemd heftete. Nun glitzerte alles an ihr, wie an der Goldmarie im Märchen, denn auch in ihrem blonden Haar steckten ein paar Sterne. An den bloßen kleinen Füßen aber trug sie zum ersten Mal die weißen Seidenschuhe.
Der gnädige Herr sagte: „Ja, man kennt dich ja nicht wieder, so fein und schön bist du heute." Marie wurde unter dem Rouge – es war aus Sophies Schminktöpfchen – rot. Sie gefiel sich selbst. Zum ersten Mal in ihrem Leben war sie mit ihrer gelbblonden Haarpracht halbwegs zufrieden.
„Schaust aus wie ein Christkindl", meinte die Gnädige gönnerhaft.
„Sie gefallen mir auch sehr gut", erwiderte Marie in ehrlichem Eifer. „Wie ein waschechtes Waschermadl schaun Sie aus."
Das war vielleicht kein besonderes Kompliment, denn die Gnädige lächelte säuerlich. Aber der Domino sagte: „Die Kleine hat recht. Wie frisch und natürlich Sie sind, Gnädigste. Und so jung!" Er legte den Arm um ihre schlanke Taille, und sie ließ es sich gefallen.
Doch dieser herrliche Abend endete schlimm. Frieda, die ausnahmsweise auch bei dem Hausball dabei sein durfte, hatte vorher alle Öfen mit der schlechten Kohle vollgestopft, auch den in ihrer eigenen Kammer. Gegen Mitternacht ging sie zu Bett. Als Marie sie um drei Uhr wecken wollte, weil der Waschkessel geschürt werden mußte, da

schlug ihr aus Friedas Quartier, der Kammer neben dem Waschhaus, Qualm entgegen. Marie sprang zum Ofen, riß die schwelende Glut auf den Steinfußboden und schrie laut und gellend. Gleich darauf wurde ihr schlecht. Man fand sie wenig später auf dem Fußboden vor dem Ofen und hob sie auf. Die weißen Pappflügel waren schwarz von Schmutz und Ofenruß. Der Herr Sedlatschek trug sie ins Bett. Sie schlug die Augen auf und begann zu weinen. „Es ist ja alles gut, Engerl", tröstete sie Herr Sedlatschek, „nur deine Flügerln sind ein bisserl schwarz geworden."

Marie erholte sich schnell. Doch den herrlichen weißen Schuhen war nicht mehr zu helfen, mit braunen Brandflecken standen sie unter Maries Bett. Verbissen und mit Tränen in den Augen hatte Marie sie zu reinigen versucht, aber da war alle Mühe umsonst gewesen.

Später empfand Marie dieses bittere Erlebnis als eine Art Symbol: War sie glücklich, trat immer irgend etwas ein, was die Flügel ihres Glücks schwärzte ...

In ihr Übungsheft schrieb sie:

> „... Es ist ein schreckliches Unglück passiert. Ich habe mich sehr auf den Hausball gefreut und bin als Engel gegangen. Hat auch die gnädige Frau zu mir gesagt, daß ich wie ein Christkindl tät ausschauen, welches mich sehr gefreut hat. Aber alle Freude war schnell dahin, weil unsere alte Frieda in selbiger Nacht hat sterben müssen, und wäre es mir und den andern beinah auch so ergangen, weil giftiges Gas schuld an ihrem Tode war. Der Herr Sedlatschek hat sich große Vorwürfe gemacht, weil er billige, schlechte Kohle gekauft hat, die schlecht gebrannt hat. Ich habe die arme Frieda gefunden, weil ich mit ihr hab' sollen den Waschkessel richten. Sie war schon tot, und der Herr sei ihrer armen Seele gnädig ..."

Der Gas- und Rauchtod Friedas hatte ein Nachspiel. Eine Kommission kam ins Haus, und anschließend mußte die Gnädige einige Gästezimmer für das Personal als „menschenwürdigere Unterkünfte" bereitstellen. Friedas Nachfolgerin hieß Hanna. Sie war eine reinliche Person und wurde Maries neue Zimmergenossin und Freundin. Denn Marie hatte nun ein eigenes Bett in einem Raum, dessen Fenster in den Garten hinaussahen.
So klirrend frostkalt der Feber begonnen hatte – jetzt kam warmer Südwind in die Wienerstadt, der die Schneeglöckchen, gelbe und blaue Krokusse aus dem Erdreich trieb.
Marie kam gerade vom Lainzer Friedhof zurück, wo sie für Frieda ein Sträußerl Schneeglöckchen aufs frische Grab gelegt hatte, weil sonst niemand mehr an die arme alte Haut dachte.
Da gab ihr die Antschi ein verschnürtes Paket. „Das hat jemand für dich gebracht. Der Jemand war ein junger Mann. Hast Pech gehabt, daß du nicht da warst. Ein fescher, großer Mensch. Jetzt hast ihn versäumt. Warum flanierst du auch immer herum?"
Marie nahm das in braunes Papier eingepackte Ding in die Hand und roch daran. Sie besaß eine Nase wie ein „Spürhund"; so hatte es doch die Londoner Köchin in ihrem Stoßseufzer im Wiener Illustrierten Familienjournal ausgedrückt. Sie roch einen hauchfeinen Duft von Schusterpech, Leder und Froschfett – es roch nach Schuhen, und das war ein Duft, den Marie so liebte wie andere den von Maiglöckchen. Die Schuhe, ja, es waren Schorschs Lackschuhe, die er ihr versprochen hatte!
Und schön waren sie! Sie waren ein wenig zu groß. Aber da brauchte man ja nur stärkere Strümpfe anzuziehen. Aufgeregt kramte sie nach diesen. Ja, jetzt saßen sie wie angegossen an Maries schmalen Füßen. Die Schuhe und der Küchenball – beides gehörte zusammen.

Was für ein Kostüm sollte sie aber anziehen? Herr Sedlatschek löste das Problem, indem er verlangte, daß sie wieder als Engel auftreten solle, wahrscheinlich, weil er sich mit den Goldsternen ja wirklich viel Mühe gemacht hatte. Der Küchenball im renommierten Gasthof *Zum Schwan* zog viele Besucher an, die Wert auf ein gutes Buffet legten. Als Marie am Arm des wuchtigen Herrn Sedlatschek den Saal betrat, wimmelte es von Menschen und Masken. Sie selbst trug keine Maske. Wer kannte sie hier schon?
„Hierher, der Herr", dirigierte der Ober. „Ein Stuhl fürs Fräulein Tochter und hier einer für den Herrn Vater selbst." Herr Sedlatschek setzte als „Vater" eine saure Miene auf. So alt war er nun auch wieder nicht. Vielleicht hätte Marie doch in einem Kleid aus dem Verleih gehen sollen, als Spanierin oder Japanerin …
Jetzt saß sie sittsam weiß und golden neben ihm und wehrte sich, ein Glas Wein zu trinken. Wie aber sollte man ohne Wein in Stimmung kommen? Maries Tanzkunst söhnte Herrn Sedlatschek aus. Sie tanzte in ihrem Hemdchen wie eine Feder. Das merkten wohl noch andere. Denn plötzlich war ein langer, junger Mensch an ihrem Tisch und holte Marie zum Tanz. Herr Sedlatschek schaute dem jungen Paar verblüfft nach.
Schorsch aber hielt Marie fest im Arm. „ Ich hab' dich schon überall gesucht", flüsterte er in ihr kleines Ohr. „Ich seh', du hast die Schuhe an. Passen sie?"
Marie gab keine Antwort. Wenn sie in den Lackledernen so gut tanzte, mußten sie ja wohl passen, nicht wahr?
Schorsch wich nicht mehr von Maries Seite, und Herr Sedlatschek gratulierte ihr mit saurer Miene: „Hast eine Eroberung gemacht, Marie. Aber der nächste Tanz gehört mir."
Dieser Abend hielt eine weitere Überraschung für Marie parat. Eine feurige Ungarin trat am Buffet zu ihr und sag-

te im breitesten Tattenitzer Dialekt: „Jo, des is jo die Schneider-Marie. No, su a Zufall."
Marie erkannte die Ungarin nicht. Die stellte sich erst vor: „Ich bin doch die Salinger Otti, Marie."
Otti war eine fesche Person, ein paar Jahre älter als Marie, schwarzhaarig, rassig. Schorsch hatte nichts dagegen, daß man sich an ihren Tisch setzte. Marie warf einen Blick in Richtung des Herrn Sedlatschek. Er hatte zum Glück einen Spezi gefunden und aß gerade ein Backhendl.
Ottis Begleiter war ein echter Herr. Ja, das erkannte man sofort, und auch wenn er nicht in Uniform auf dem Küchenball war, so merkte man ihm doch den Herrn Leutnant an. Marie gefiel er sehr. Er war nicht so lang wie der Schustergeselle, hatte einen Oberlippenbart, blasse, glatte Haut, blondes Haar, in der Mitte gescheitelt, und freundliche braune Augen. Er sprach vornehm, ein wenig durch die Nase, als er Marie begrüßte: „Was flattert dann da für ein Unschuldsengelchen an unseren Tisch?"
Otti betonte, daß Marie erst fünfzehn sei. Doch Marie korrigierte: „Seit drei Wochen bin ich schon sechzehn, Otti."
„Schon so alt, mein Fräulein?" neckte der Herr. Er hieß Otfried Hanstein, und Otti sagte nach der Vorstellung leise: „Otti und Otfried, daß paßt gut zusammen, was?"
Der Abend wurde für Marie ein voller Erfolg, und den hatte sie wohl in erster Linie ihrer Tanzkunst zu verdanken. Im Tanzen war sie eine Naturbegabung. Sie erfaßte einen neuen Tanz mit den Augen, lernte ihn beim Zusehen und führte der Tänzer halbwegs geschickt, konnte er sicher sein, daß sie jede Tanzfigur mittanzen konnte.
Herr Hanstein probierte das aus, Otti sah dem Paar mit gemischten Gefühlen zu. Schorsch war Otti nur ein mäßiger Ersatz für den feinen Leutnant. Und noch jemand be-

obachtete Maries Erfolge: Herr Sedlatschek. Plötzlich war er an Ottis Tisch, nahm Marie an der Hand und zischelte – nicht mehr ganz nüchtern: „Ja, was fallt denn dir ein? Wer hat dich denn hierher mitgenommen, he? Der feine Striezi oder der Schusterbub? Ich, Marie, ich! Es gehört zu den guten Manieren, die du leider noch lernen mußt, daß man seinen Kavalier nicht einfach links liegen läßt, verstehst?"

Oje, Marie verstand. Sie mußte nun brav an Herrn Sedlatscheks Tisch sitzen bleiben. Etwaige Tänzer scheuchte er mit einem: „Die Dame läßt danken. Sie ist müd'" wieder vom Tisch weg. Schorsch stand an eine Säule gelehnt und sah sehnsüchtig zu Marie herüber. Die lächelte ihm traurig zu.

„Bittschön, Herr Sedlatschek, ich hätt' gern ein Kracherl", bat Marie höflich.

„Dann hol dir eins. Aber komm gleich zurück, Marie!"

Nun, sie kam nicht zurück. Sie pfiff auf die guten Manieren, ließ sich vom Schorsch an die frische Südwindluft entführen und entlohnte ihn für sein Meisterwerk, die Lackschuhe, dann eben doch mit kleinen, zarten Küssen.

„Hast mich ein bisserl gern?" fragte der Schorsch. Sie gab ihm als Antwort einen weiteren freundlichen Kuß. Denn ob sie ihn gern hatte, das wußte sie nicht.

Die Heimkehr gestaltete sich dramatisch. Herr Sedlatschek war leider nicht mehr gut zu Fuß, auch wollte er partout auf einer Bank im Freien übernachten. Er konnte nur mit Gewalt daran gehindert werden, Schuhe und Strümpfe auszuziehen und sich niederzulegen. Er wurde in seinem Vollrausch nicht rabiat – nein, das nicht, nur hartnäckig war er, sehr hartnäckig. Schorsch stützte ihn links, Marie rechts. Schorsch hielt ihn mit eisernem Griff fest, bei Marie merkte er mit dem Spürsinn des Betrunkenen den geringeren Widerstand. An ihrer Seite versuchte

er unentwegt auszubrechen, um zu seinem „Bett“, der Bank, zurückzukehren.
„Lassen wir ihm doch einfach den Willen“, schlug der Schorsch vor. „Es ist ja warm. Er kriegt höchstens einen Schnupfen.“
Doch Marie zerrte und schob an dem schweren Mannsbild mit Engelsgeduld. Ein Gendarm kam ihnen ungewollt zu Hilfe. Kaum hat ihn Herr Sedlatschek gesehen, strebte er mit Eifer nach vorn, weg von der Gefahr. Wollte er im Eifer nachlassen, brauchte Marie nur zu jammern: „Oje, der Gendarm folgt uns“, und schon ging's mit Volldampf voraus.
Am nächsten Morgen hatte Herr Sedlatschek ein schlechtes Gewissen. Er steckte Marie fünf Kreuzer zu. „Habt's ein rechtes G'frett mit mir gehabt, gelt?“ fragte er kleinlaut. Marie beschwichtigte ihn: „Ach wo. Sie sind ganz flott marschiert, Herr Sedlatschek. Der Gendarm hat uns nicht eingeholt.“
Der Küchenball blieb Maries schönstes Jugenderlebnis, von dem sie später noch oft erzählte.

An einem der nächsten Tage las Marie dem alten gnädigen Herrn wie gewöhnlich aus dem *Wiener Illustrirten Familienjournal* vor. Sie las nun besser als am Anfang, zwar noch immer ohne besondere Betonung, doch mit lauter Stimme, die der alte Herr gut verstand. „Bitte lies nicht immer über die Beistriche hinweg, Marie! Es stört mich.“
Es war heute keine Rede von einem Föhnwind, aber der gnädige Herr war trotzdem schlechter Laune. Marie erfuhr bald, wieso. „Du hast dich sehr amüsiert bei deinem letzten Ball, nicht wahr? Ich verstehe nicht, daß dich der Sedlatschek mitgenommen hat. Du bist doch erst fünfzehn. Und du wärst von einem Arm zum andern geflogen? Marie, Marie, das gefällt mir wenig. Ich dachte, du

bist ein ernsthaftes, vernünftiges Geschöpf. Wenn du aber so weitermachst – so weitermachst wie am Sonntag – dann, ja, dann wirst du ein Flitscherl!"
Marie sah von der Zeitschrift hoch. Da sie ja erst seit kurzem sechzehn war, wagte sie nicht Herrn Dingelreiter zu korrigieren. Er fuhr rasch fort: „Ich möchte doch, daß etwas Ordentliches aus dir wird. Aber dann darfst du dir nichts mit jungen Burschen anfangen. Begreifst du nicht, daß du dazu noch viel Zeit haben wirst? Jetzt sollst du lernen und noch einmal lernen."
Marie machte ein zerknirschtes Gesicht. Sie dachte daran, daß auch der Großvater ähnlich gepredigt hätte. Sie nahm die Vorwürfe gelassen hin, wie man den Regen hinnimmt, wenn er vom Himmel rauscht – es nützt ja nichts, zu verlangen, es solle zu regnen aufhören. Der Himmel hatte die Macht zu regnen, Herr Dingelreiter die Macht, Vorwürfe zu machen.
Marie war überzeugt, daß sie durchaus lernen konnte und zugleich auch tanzen – eines behinderte das andere nicht. Aber wozu dies dem alten gnädigen Herrn klarmachen wollen? Was wußte er von ihr? Er war alt und kränklich – sie war gesund und voll von überströmendem Lebenssaft. Sie konnte alles: schwer arbeiten, tanzen, Wien erobern und einen jungen Herrn glücklich machen. Ja, das hatte der fremde Leutnant gestern zu ihr gesagt, als sie sich am Abend in der Freistunde kurz trafen. Er hatte gesagt: „Marie, du bist ein Engel, auch ohne Goldsternhemdchen. Du könntest mich glücklich machen."
Natürlich hatte er sie zu küssen vesucht, aber das war Marie zu riskant erschienen – keine fünfzig Meter vom Eden entfernt. Die kleine Anlage, die sie gern aufsuchte, war früher ein Friedhof gewesen. Nun stand nur noch eine Kapelle zwischen den alten Bäumen. Sie diente nicht mehr sakralen Zwecken. Ein paar altersschwache, wurm-

stichige Kirchenbänke standen darin, daneben Gartenwerkzeuge. Hier hatte sie den Leutnant getroffen – getroffen ja, aber nicht geküßt.
„Hast du mich verstanden, Marie?“ fragte Herr Dingelreiter in ungewohnter Strenge.
Marie nickte ein schuldbewußtes Ja.
„So. Und jetzt lesen wir Schillers ‚Glocke‘.“
Maries ausgeruhter, lebhafter Geist begriff leicht, was ihr der Alte beizubringen bemüht war. Ihr Verstand speicherte das Wissen wie ein trockener Schwamm. Marie lernte ganz nebenbei die Grundbegriffe des Französischen, so viel jedenfalls, daß sie französische Worte richtig aussprechen und Sätze für den Hotelalltag bilden konnte.
Das imponierte sogar Herrn Sedlatschek. Aber auf den war Marie im Augenblick schlecht zu sprechen. Denn von niemand anderem als von ihm mußte der gnädige Herr von den Vorkommnissen auf dem Küchenball erfahren haben. Auch sonst hatte sie das Gefühl, daß der Portier ein scharfes Auge auf sie habe, scharf und wachsam. Freilich nicht wachsam genug, um sie zu hindern, in ihrer Freistunde, die ja nur eine halbe war, aus dem Kellerfenster in den Garten zu entwischen. In Hanna, der neuen Aschenmagd, fand sie eine Verbündete. Hanna war gar nicht so ältlich und verknöchert, wie sie aussah. Die unmenschlich schwere Arbeit als Kohleschauflerin in einem Kohlelager ließ sie nur so erscheinen. Aber Kraft hatte Hanna für zwei. Sie setzte diese Kraft auch zu Maries Vorteil ein, die durch sie beim Geschirrwaschen und anderen groben Arbeiten entlastet wurde. Marie konnte statt bisher einer Stunde jetzt zwei Herrn Dingelreiter Gesellschaft leisten.
An das Gute gewöhnt man sich schnell. Es war schon lang nichts mehr Besonderes für Marie, im Salon auf dem

Polsterhocker neben Herrn Dingelreiter zu sitzen, ihm zuzuhören, wenn er ihr etwas erklärte, ihm Antworten zu geben und zwischendurch seinen Nacken zu massieren. Dies geschah jedoch immer nur, wenn die Gnädige außer Haus war. Elsa Dingelreiter war jetzt oft außer Haus – ein ungewöhnlicher, aber ein angenehmer Zustand für das Hotel. Wenn die Katze fort ist, tanzen die Mäuse.
Das taten sie auch im Eden. Doch gerade an diesem Tag, als Marie ihre Gardinenpredigt erhielt, kehrte Elsa Dingelreiter vorzeitig zurück. Sie war schlechter Laune, vielleicht hatte sie ihren Galan verpaßt. Denn beim Personal war es eine ausgemachte Sache, daß sich die Gnädige mit dem Domino vom Hausball traf ...
Marie stand gerade hinter dem Lehnsessel des gnädigen Herrn und ließ die Fingerkuppen sanft auf seinem Nakken kreisen, als man die Stimme der Herrin hörte. Die Gnädige hatte den Ober in traulichem Beisammensein mit Sophie im Wintergarten erwischt, während ein Gast ungeduldig nach ihm rief. Noch nie hatte Marie die Chefin so wütend gesehen. Sie lief sofort in die Küche. Dort hockte man vergnügt bei echtem Bohnenkaffee und Butterzwieback am langen Arbeitstisch. Und der Laufbursche spielte mit dem Gärtner Mariage, ein Kartenspiel, das die Gnädige verboten hatte.
Marie kam am glimpflichsten davon. Der gnädige Herr sagte schnell: „Es ist genug für heute, Marie. Wasch dir die Hände, daß sie nicht nach meiner Creme riechen."
Marie tat das ungern. Sie liebte den Geruch der Massagesalbe, sie duftete nach Waldgrün. Wenn sie an ihren Händen roch, und das tat sie oft, war sie ein paar Augenblicke daheim im Tattenitzer Forst.
Jetzt um diese Zeit war es auch in dem mährischen Dorf schön – wenig Arbeit und lustige Kurzweil beim Federschleißen und Wollespinnen. Auch Marie konnte spin-

nen. Selbstgesponnenes für Strümpfe und Socken hielt länger als Gekauftes. Sie war mit dem Strickstrumpf zwischen den andern Dorfmädchen gesessen, die sich reihum besuchten. Sie hatten die zu junge Marie unter sich geduldet, weil es in der Stube des Schneiders wärmer und gemütlicher war als anderswo. Und der Schneider konnte erzählen, von seiner Walz in der weiten Welt und vielem anderen.

„Marie, geh an deine Arbeit. Hanna hat beinahe alle Öfen ausgehen lassen. Tummel dich, und hilf ihr!" rief die Stimme der Gnädigen ungnädig von der Tür her. Marie legte die *Illustrirte* hastig auf das Ablagebrett und drückte sich an der Chefin vorbei zur hohen Flügeltür hinaus.

Im Vorbeihasten rief sie dem Sedlatschek noch leise, doch giftig zu: „Sie sind eine alte Ratschen, Herr Sedlatschek!" Er begriff die Unbotmäßigkeit erst, als sie schon in der Tür zum Souterrain verschwunden war. Ihm war durch das unverhoffte Auftauchen der Gnädigen nichts passiert, weil er einen sehr leichten Schlaf hatte. Das hastige Aufstoßen der Außentür durch die Gnädige hatte ihn sofort hellwach gemacht. Als sie die vier Stufen zur Portiersloge heraufkam, saß er bereits aufrecht vor seinem Schiebefenster und beglückwünschte sich, daß er der Versuchung nicht nachgegeben hatte, beim Schützenwirt um die Ecke einen Plausch mit der Kellnerin zu riskieren.

Es war schon spät, als Marie immer noch am Korbtisch in ihrer Kammer hockte und schrieb. Sie war in dieser Kunst schon recht gewandt. Auch der Großvater profitierte hiervon. Er bekam nun öfter einen Brief aus dem Eden, geschrieben auf Papier mit einem Briefkopf, auf dem der Paradiesgarten abgebildet war. Das Schreibpapier erhielt Marie vom Herrn Sedlatschek, und der wiederum von der gnädigen Frau, weil Herr Sedlatschek auch Geschäftsbriefe schreiben mußte – er hatte eine sehr schöne Handschrift.

Heute aber schrieb Marie weder in ihr Übungsheft noch an den Großvater. Sie schrieb an den Herrn Leutnant Otfried Hanstein eine Antwort auf seinen Brief:

„... und so möchte ich für Ihre Einladung danken, doch bin ich unabkömmlich und kann deshalb Ihre werte Einladung nicht annehmen ..."

„Wem schreibst du denn?" fragte Hanna vom Bett her.

Marie reichte ihr freimütig das Briefblatt. Hanna buchstabierte den Inhalt.

„Recht hast du, Marie", sagte sie dann. „Solche Herren sind nichts für unsereins, und wenn sie noch so verliebt sind."

Marie tat Hannas Kommentar wohl. Es war ihr nicht leicht gefallen, auf das resedagrüne Briefchen von Herrn Hanstein so kühl zu antworten.

Aber da war Herrn Dingelreiters Gardinenpredigt und Maries Angst, sein Wohlwollen zu verlieren. Marie war schlau genug, um dieses Wohlwollen richtig einzuschätzen: Es war für sie eminent wichtig – wichtiger als ein Techtelmechtel mit dem Leutnant. Daß sie sich in der „Freistunde" öfter mit ihm in der Anlage des alten Friedhofes getroffen hatte, das empfand sie als normal. Nur in seine Wohnung durfte sie natürlich nicht gehen, das begriff Marie mit ihren sechzehn Jahren. Auch wenn diese Wohnung eine Hitzinger Villa war, in der auch Herrn Hansteins beide Schwestern wohnten.

Unerfüllte Wünsche

Marie stand am Küchentisch und zog Strudelteig aus. Zwischendurch warf sie einen Blick auf das Bord über ihr. Dort hing ein Zettel mit Worten, die sie auswendig lernte: alle Hauptwörter aus Schillers „Glocke". Die Tätigkeitswörter hatte sie schon gestern gelernt, die konnte sie ohne Stocken aufsagen. Auswendiglernen, das war Herrn Dingelreiters supereinfache Lehrmethode. Als Lehrbuch diente das *Illustrirte Familienjournal*, eine Fundgrube an Wissenswertem: „Die Steinkohlen", „Japanesische Dachse", „Ziehkinder zoologischer Gärten" und „Selbstunterricht in der französischen Sprache", das waren Themen aus der Vielfalt des Bildungswissens neben dem Roman „Der Erbherr von Trevelyn Hold".
Während sich der Teig unter Maries geschickten Händen hauchdünn zog, setzten sich die Hauptwörter der „Glokke" in ihrem Gedächtnis fest wie „festgemauert". Am Nachmittag, während Herr Dingelreiter das Strudelstück verzehrte, das ihm Marie mitgebracht hatte, sagte sie die Wörter auf. Der selbsternannte Schulmeister war zufrieden. Später meinte er zu seiner Tochter: „Aus Marie könnte etwas werden. Sie hat ein phänomenales Gedächtnis."
„Das kommt ihr auch als Köchin zugute. Oder möchtest du Marie etwa aufs Lyzeum schicken?" fragte Elsa Dingelreiter spitz zurück. Nun, so ein vermessener Gedanke wäre ihm nie gekommen, er wäre schon zufrieden gewesen, Marie ein paar offizielle Lehrbücher kaufen zu dürfen. Er sagte das auch, doch Elsa schnitt ihm das Wort ab: „Kommt nicht in Frage, Papa. Dann kannst du ja gleich eine Abendschule für Mädchen aus dem einfachen Stand einrichten."

So mußte das *Familienjournal* weiterhin als Lehr- und Schulbuch dienen, aus dem Marie vom „Chinesischen Culturleben“ und „Von der Verflüchtigung fester Körper bei chemischen Prozessen“ erfuhr. Ihr Wissen war erstaunlich vielfältig – das fand auch Herr Otfried Hanstein, dem Marie gesprächsweise stolz und geschickt ein paar Brocken ihres sonderbaren Lehrstoffes hinwarf, so wie man andernorts über das Wetter sprach.

Marie war ihm wohl ein Rätsel. Standhaft verweigerte sie ihm jede Intimität. Sie ließ sich küssen und wohl auch einmal zärtlich anfassen, spürte das rasche Schlagen des Herzens ihres Kavaliers, fühlte sein Begehren, blieb aber selbst kühl. Er hat heute Gurkensalat zu Mittag gegessen, dachte sie, wenn sein Mund an ihrem hing. Otfried wunderte sich, daß sie nie zu wissen begehrte, ob er sie liebe. Ein sonderbares Engelchen. Wäre sie nicht so hübsch, frisch und gescheit, er hätte längst sein Interesse an ihr verloren.

Marie aber bewahrte die Bewunderung des „feinen Herrn“ vor anderen, handfesteren Abenteuern, zum Beispiel mit Schorsch, dem langen Schustergesellen. Er verlor schnell sein Interesse, als Marie auch ihm gegenüber spröd blieb. Marie versorgte ihn als „Entschädigung“ mit Küchenresten, die er begierig verspeiste. Nach einiger Zeit, als sie glaubte, die Lackschuhe nun „abbezahlt“ zu haben, gab sie ihm mit Takt den Laufpaß: Sie erklärte, man habe ihr bei Androhung des Hinausschmisses verboten, sich weiterhin mit ihm zu treffen.

Doch ganz ließ sich Schorsch nicht beiseite schieben. Er tauchte immer wieder beim Hintereingang auf und erwartete Marie. Meist brachte er eine Einladung mit, wie heute, zum Feuerwehrfest draußen in Hütteldorf. Herr Sedlatschek, der sich ja stillschweigend die Rolle des Vormundes angemaßt hatte, sagte diesmal ausnahmsweise nicht nein zu Maries Bitte.

An diesem Sonntag vertrat Hanna sie in der Küche und sollte dafür ein Lebkuchenherz bekommen. Marie hatte jetzt Geld. Nicht viel, doch genug, um sich kleine Wünsche zu erfüllen. So hatte sie sich von diesem Geld einen rosa Batiststoff gekauft, und die Hausnäherin der Gnädigen schneiderte daraus ein Kleid mit Flügelärmeln und breiten Rüschen am Saum. Dieses Kleid zog sie an, dazu die Lackschuhe vom Schorsch.

Schorsch sagte, als er sie vor dem Eden abholte: „Fesch schaust aus, Marie, grad' zum Anbeißen."

„Untersteh dich", drohte sie ihm. Hanna stand an der Hintertür und sah den beiden nach, der rosa Marie, zierlich und mittelgroß, und dem schwarzen Schorsch, lang und weit weniger fesch als die Marie. Schad' um sie, dachte die treue Seele, wenn sie an dem hängenbleibt ...

Marie war guter Laune. Zum ersten Mal durfte sie auf ein Wiener Sommerfest. An den Sonntagen war im Eden leider der meiste Betrieb. Der schattige Parkgarten und Frau Tonis Kochkunst zogen viele Ausflügler aus der Provinz an.

Auf dem Festplatz in Hütteldorf wimmelte es von Menschen. Aus den Buden roch es nach Rostbratwürsten, gebrannten Mandeln und frisch Geselchtem. Die Mädchen flanierten mit ihren Sonnenschirmen umher, die Burschen schwenkten dünne Spazierstöcke, man lachte, schäkerte und vermehrte so den Lärm, den ein Orchestrion mit Tschinellengeklingel in die Luft schmetterte. Marie hätte sich am liebsten die Ohren zugehalten. Aber das ging nicht. Sie brauchte ihre Hände zur Abwehr gegen Schorschs Annäherungsversuche. Er wollte ihr außerdem partout einen Freundschaftsring aus purem Silber kaufen, zwei Gulden das Stück. Aber Marie wollte keinen Freundschaftsring und keine heiße Hand auf ihren mageren Hüften. Auch widerstand sie seinen Versuchen, sie dazu zu bringen, wenigstens ein Vierterl Wein zu trinken.

„Ich hab' einen Mordsdurst, Marie. Komm, setzen wir uns. Ich hol' uns was zu trinken."

„Aber keinen Wein, Schorsch. Den mußt du sonst allein trinken."

„Ich bring' dem Putzerl a Milliflascherl", knurrte der Kavalier. Doch dann stellte er zwei Karaffen auf den Holztisch, die eine mit Wein, die andere mit Mineralwasser gefüllt. Marie sah ihn dankbar an. Sie goß ihr Glas flink mit dem Wasser voll, trank durstig und ließ es dann, wenn auch widerwillig, geschehen, daß Schorsch Wein zugoß. Es schmeckt nicht schlecht, fand sie, nicht mehr so fad wie das laue Wasser, prickelnd säuerlich und erfrischend. Der Wein machte sie fröhlich. Sie sang mit lauter, heller Stimme das Lied vom Brunnen vor dem Tore, das jetzt aus allen Leierkästen dudelte. Schorsch brummte in falschen Tönen mit. Auf dem Podium drehten sich die ersten Paare zum Dreivierteltakt der Schrammelkapelle, deren Instrumente Mühe hatten, sich gegen das Lachen und Singen und das Dudeln des Orchestrions durchzusetzen. Der lange, dunkelhaarige Geiger warf immer wieder empörte Blicke ins unaufmerksame Publikum.

„Hätten s' halt ein Blasorchester nehmen müssen", sagt plötzlich ein Herr neben Marie. Sie dreht sich um und wieder zurück. Dann dreht sie sich noch einmal um. Der Mann kommt ihr bekannt vor: groß, behäbig, ein gutmütiges Gesicht. Und dann erinnert sie sich: Es ist der Aufseher aus dem Zuchthaus. Alois hieß er, Alois Fiedler, der sie damals mitten in der Nacht aufgelesen hatte und dem sie so schnöde entschlüpft war am frühen Morgen – mit einem flüchtigen Dank auf einer alten Postkarte. Sie ist verlegen. Soll sie sich zu erkennen geben, oder soll sie möglichst schnell verschwinden? Noch hat er sie nicht erkannt. Wahrscheinlich wird er sie überhaupt nicht erkennen, so wie sie jetzt ausschaut, mit hochgesteckten Zöpfen und Lockenfransen über der Stirn.

Doch der kurze Augenblick, in dem sich das Mädchen vom Nachbartisch umgedreht hat, genügt dem geschulten Auge des Aufsehers. Das ist die kleine Marie Portisch, die Ausreißerin. Er hatte sich damals, vor mehr als einem Jahr, im Hotel Eden nach ihr erkundigt und war zufrieden über die Auskunft, daß sie wieder dort sei. Jetzt sitzt sie mit einem jungen Menschen am Tisch. Der Bursch sieht nicht übel aus, ein Hallodri scheint er nicht zu sein. Ob er ihr Freund ist? Er wird es herausbekommen.

Unauffällig beobachtet er Marie. Jetzt geht sie mit dem Burschen auf den Tanzboden. Sie tanzt gut, die Kleine, wahrscheinlich hat sie oft geübt. Ob sie ein Flitscherl geworden ist? Sie sieht nicht so aus.

Jetzt kommen beide an den Tisch zurück. Marie leert ihr Glas, schenkt noch einmal ein, trinkt, und dann zahlt der Bursche trotz ihres heftigen Protestes. Sie gehen, und Alois Fiedler folgt ihnen. Drüben am Schießstand bleiben sie stehen. Der Bursche will sich im Schießen versuchen. Es gilt, kleine Porzellanröllchen zu treffen. Hat man Erfolg, darf man sich von den ausgestellten Herrlichkeiten etwas aussuchen. Herr Fiedler steht nun hinter den beiden. Der Bursch legt das Gewehr an und schießt blindlings daneben. Marie kichert. Auch die anderen vier Schüsse gehen am Ziel vorbei. Da greift Alois Fiedler zum Gewehr. In schneller Folge erlegt er eine rote Rose, eine grünlichgelbe Nelke, ein rubinrotes Glas, ein Kaffeehaferl und eine Vase. Mit dem letzten Schuß gewinnt er ein überdimensionales Lebkuchenherz. Er verstaut die Dinge in einer Spagattasche, die ihm das Schießbudenfräulein aufschwatzt und die mehr kostet als die fünf Schüsse.

Dann dreht er sich um und hängt der überraschten Marie das Herz um den Hals. „Gestatten Sie, mein Fräulein?“ fragt er fremd. „Ich kann es beim besten Willen nicht mehr unterbringen.“ Und schon wendet er sich ab und geht gewichtig davon. Marie sieht ihm töricht nach, und Schorsch lacht: „Brauchen wir keins für die Hanna kaufen. Glück muß der Mensch haben.“
Hanna nimmt das Herz begeistert in Empfang. Marie ist frühzeitig heimgekommen, Schorschs Liebesmüh war vergeblich gewesen. Sie hat ihm unmißverständlich zu verstehen gegeben, daß er von ihr keine Liebe, wie er sie wünscht, zu erwarten habe. In tiefem Groll hat er sich von ihr getrennt. Marie geht zurück zum Hotel, den weiten Weg vom Festplatz – allein. Ihr ist trotzdem leicht und froh ums Herz. Der warme Sommerabend, das Blühen in den Gärten hinter den hölzernen Zäunen, die sonntäglich geputzten Menschen auf den Wegen und Gassen, der Gesang, der aus den Heurigenschenken dringt, die Gewißheit, in ein sorgenfreies Zuhause heimkehren zu können – all das macht sie zufrieden und dankbar. Und begehrt wird sie auch, vom Otfried, vom Schorsch und vielleicht auch von Alois Fiedler, der ihr das Lebzelterherz verehrt hat. Was wollte sie mehr?

Ein bekanntes Sprichwort behauptet, nichts sei schwerer zu ertragen als eine Reihe von guten Tagen. Nun, für Marie stimmte das sicher nicht. Ihr bekamen die guten Tage durchaus. Die Tage dehnten sich zu Monaten, und auf einmal war wieder November, der Monat, an dem Herr Sedlatschek alljährlich nach Tattenitz fuhr, um seine spätherbstliche „Sommerfrische“ zu genießen. Marie war nun schon seit zwei Jahren im Eden, hatte viel, sehr viel gelernt, auch ihr keckes Mundwerk in Zaum zu halten, und war jetzt deshalb allgemein recht beliebt. Besonders

Hanna schloß sie immer mehr ins Herz. Sie nahm ihr so manchen Spätdienst ab und sprang für sie ein, wenn sich Marie wieder mal mit ihrem Leutnant traf – und das immer noch durchaus in Ehren. Vermutlich hielt dieses „Verhältnis" auch nur deshalb so lange ...
Als Mitbringsel, das Herr Sedlatschek für den Großvater mitnehmen sollte, durfte Marie einen mächtigen Apfelstrudel backen, den Herrn Sedlatschek dann brummend in seiner Bügeltasche verstaute: „So ein Trumm von einem Apfelstrudel!"
„Grüßen Sie den Großvater, Herr Sedlatschek. Und Weihnachten darf ich ihn besuchen kommen. Das hat mir die Gnädige versprochen."
Marie sollte den Großvater bereits früher wiedersehen. Sieben Tage nach Herrn Sedlatscheks Abreise traf ein Brief von ihm ein. Er war an die Gnädige gerichtet und besagte, daß Marie sofort heimkehren müsse, da der alte Schneider Jakob Portisch im Sterben liege.
Die Gnädige brachte Marie die schlimme Nachricht schonend bei. Sie erzählte ihr munter, daß sie es sich überlegt habe und Marie schon jetzt nach Tattenitz reisen dürfe, weil ihr Großvater unpäßlich sei. Sie könne mit Herrn Sedlatschek später zurückfahren.
Marie freute sich. Sie trällerte das Lied vom lieben Augustin, packte und ließ sich vom Kutscher zum Hauptbahnhof fahren.
Gegen Abend war sie in Tattenitz.

Marie kommt auf der Bahnstation an. Außer ihr ist nur ein kleines Männchen ausgestiegen, das jetzt schon emsig dem Dorf zueilt. Sie aber steht mit Koffer und Leinentasche da und verrenkt sich den Hals nach Herrn Sedlatschek. Warum hat sie eigentlich gehofft, daß er sie abholt? Er weiß doch gar nicht, mit welchem Zug sie kommt.

Sie hat die ausgeschnittenen Lackschuhe an, weil heute früh in Wien schönes Wetter war. Jetzt friert sie an den Zehen und denkt: Wenn man barfuß läuft, ist es nicht so kalt – man kann sich die Füße immer wieder an den Waden wärmen. Das Barfußlaufen bis zum ersten Reif hat Marie nicht vergessen ...

Sie geht den Weg entlang. Bereifte Grasbüschel säumen die Räderfurchen. Leinentasche und Koffer hängen schwer an ihren dünnen Armen, deren Handgelenke entblößt sind, weil die Ärmel des Mantels zu kurz geworden sind.

Sie stellt den Koffer immer wieder ab und verwünscht Hanna, weil die ihn so vollgefüllt hat, als ob sie wochenlang hierbleiben würde. Da ist der lange Wiesenrain, an dem sie die Ziegen gehütet hatte – dort das Feld des Großvaters, auf dem er Erdäpfel angebaut hat. Während der Ernte, wenn das Erdäpfelkraut verbrannt wurde, hatte sie Erdäpfel in der Glut geröstet und dann samt der verbrannten Schale genußvoll verspeist.

Hoffentlich ist er nicht so krank, der Großvater, denkt sie, daß ihm der Apfelstrudel nicht schmeckt. Sie hat ihn ja selbst gebacken; nur beim Ausziehen des Teiges hat die Hanna geholfen.

Jetzt kommen die ersten Häuser von Tattenitz in Sicht. Es ist schon dämmerig, als sie auf das Schneiderhäusel zuläuft, den Koffer und die Tasche fallen läßt und in die Stube stürmt. Die ist merkwürdigerweise voll Menschen. Marie weicht erschrocken zur Tür zurück. Da tritt die Pepitant' auf sie zu und sagt: „Er ist vor einer Stund' selig entschlafen, Marie. Er hat auf dich nicht länger warten können ..."

Marie starrt der Tante ins spitze Gesicht unter dem schwarzen Kopftuch. Sie begreift nicht. Was ist denn geschehen? Wer ist denn „entschlafen"? Doch nicht der Großvater! Mit einem Schrei stürzt sie auf das Stubenbett zu, in dem wirklich der Großvater merkwürdig weiß und

stumm daliegt – so weiß und stumm, wie die Großmutter gelegen hatte …
Man mußte Marie mit Gewalt vom Totenbett des Schneiders fortführen: „Schau, Marie, es kommt doch jetzt die Leichenfrau …“
Dann hockt Marie im Stall neben den Ziegen. Trotz des großen Schmerzes merkt sie, daß die Ziegen gemolken werden müssen, und geht zur Vorlaube, holt im Dunkeln den Kübel und die Stallaterne und beginnt die Gretl zu melken – langsam, bedächtig, wie es die Ziege gern hat. Geht man zu hastig mit der Gretl um, „verhält“ sie die Milch, und man hat schließlich nicht mehr als zwei Haferl voll im Kübel. Aber heute läßt sie sich willig melken, und es scheint Marie, als hätte das Tier sie wiedererkannt.
„So ist's recht, Marie“, sagte eine Stimme hinter ihr. „Ich hab' sie melken wollen, eure Ziegen, damit's Euter nicht verstockt. Aber jetzt bist ja du da. Doch die heutige Milch nehm' ich noch mit. Die Meine wartet drauf.“
Es ist der Bauer Langer, ein Verwandter Maries. Sie hat ihn noch nie leiden mögen. Sie steht auf und schüttet die Milch in sein eilfertig hingehaltenes Gefäß und sagt: „Morgen brauchst nimmer zu kommen, Gevatter. Aber ich bring' euch eine Maß hinüber.“
Sie sieht ihm nach, wie er im Schein der Stallaterne mit seinem stapfenden Schritt davongeht. Sie bleibt im Stall und weint, den Kopf an Gretls Hals gelehnt. So sitzt sie lange.
Im Schneiderhäusel ist es jetzt so still, daß Marie meint, es sei niemand mehr da. Also geht sie hinüber, bleibt an der Tür stehen und sieht im Kerzenschein die Nachbarinnen knien, jede den Rosenkranz zwischen den Fingern.
Auch die Pepitant' ist unter ihnen. Sie kommt auf Marie zu und fragt vorwurfsvoll: „Wo warst denn, Marie? Willst deinem Großvater nicht die letzte Ehr' antun?“
Marie geht schaudernd näher. Der Großvater liegt schon

im Sarg, Kerzen flackern im Mundhauch der Beterinnen, und sie kniet sich zu ihnen, mit gefalteten Händen. Jemand schiebt ihr die Perlen eines Rosenkranzes zwischen die Finger, und Marie beginnt zu beten: „... O Herr, gib ihm die ewige Ruhe, und das ewige Licht leuchte ihm ..."

Am nächsten Morgen ist Herr Sedlatschek da. Marie rennt auf ihn zu und wirft sich an seinen Hals. Verlegen nimmt er die kleinen Hände von seinem Rockkragen und denkt plötzlich daran, daß er dieses Mädchen vor zwei Jahren von hier fortgenommen hat in eine ihr fremde Welt. Jetzt scheint sie in dem altmodischen schwarzen Rock und Kopftuch hier wieder so heimisch zu sein – als wäre sie nie fortgewesen.

Herr Sedlatschek bleibt noch bis zum Begräbnis. Er hat im Namen der Chefin des Eden einen Kranz aufs Grab gelegt, hat mit dem Weihwasserwedel den Sarg in der Grube besprengt und ist dann eilig zurück zum Lammwirt gegangen. Sein Zug geht in zwei Stunden.

Marie hat alles über sich ergehen lassen, das Händedrücken, das pietätvolle Flüstern: „Was war er für ein guter, braver Mensch!" und: „Der Herr sei seiner armen Seele gnädig!" Sie hat nach gutem, altem, erbarmungslosem Brauch die Verwandten mit Würsten, Brot und Schnaps bewirtet, ist am Nachmittag zum Totengedenken wieder in der Kirche gewesen, und als sie endlich Zeit fand, zum Lammwirt hinüberzulaufen, erfuhr sie, daß Herr Sedlatschek schon fortgefahren sei, ja, zurück nach Wien – ohne sie ... Sie weinte. Sie weinte und wunderte sich, daß sie noch Tränen hatte.

Nach der Frist von drei Tagen kam der Naz zu ihr in den Stall und sagte: „Sollst zum Bürgermeister kommen, Marie, in die Gemeindekanzlei."

Sie legte ihre Trauerkleidung an: den schwarzen Rock der Großmutter und ihr schwarzes Umschlagtuch, das sie über den Kopf zog, weil ihr danach zumute war. Zu grell leuchteten ihre hellblonden Haare im Licht einer blassen Mittagssonne.

„Bist ja beinahe erwachsen, Portisch-Marie", sagte der Bürgermeister und hieß sie niedersetzen. „Alsdann kann man auch alles vernünftig mit dir besprechen." Er ging in der Kanzlei auf und ab, die Hände auf dem Rücken verschränkt: „Du stehst nun allein auf der Welt", sagte er salbungsvoll. „Aber dein Großvater hat für dich vorgesorgt, hat noch vor ein paar Monaten das Gehöft vom Langer-Bauern gekauft, für dich gekauft, Marie. Weil er hat wollen, daß du wieder zurückkehrst aus der Wienerstadt – zu ihm zurück." Es war die Eigenart des Vorstehers, daß er sich gern wiederholte. Vielleicht meinte er, daß ihn die Tattenitzer dann besser verstehen. Bei Marie wäre dies nicht nötig gewesen, sie begriff schnell, was der Vorsteher ihr sagen wollte: daß sie nun hierzubleiben habe, um das Vieh und die Felder zu versorgen. „Dem Langer schuldet dein Großvater noch 240 Gulden, Marie. Doch der Langer ist bereit, zu warten. Du kannst ihm das Geld nach der Ernte im nächsten Jahr auszahlen, hat er gesagt. Das ist aller Ehren wert. Er wird dein Vormund sein, Marie."

„Ich brauch' keinen Vormund", fuhr Marie auf. „Ich geh' zurück ins Eden."

„Das kannst du nicht, mein Kind. Es ist beschlossen, daß du hierbleibst, wie es sich für ein Madl wie dich gehört."

Marie funkelte den dicken Bürgermeister an: „Wollt Ihr mich hier einsperren?"

„Wenn's not tut, ja. Denn das ist ein Beschluß, daß du in der Obhut vom Langer auf deinem Anwesen bleibst. Wenn du erwachsen bist, kannst du tun, was du willst. Hast du mich verstanden?"

Ja, Marie hatte verstanden.
Sie lief nach der Unterredung auf schnellstem Weg heim. Sie mußte dem alten gnädigen Herrn schreiben; sofort mußte sie das tun, bevor in der Gemeindekanzlei alles festgemacht war. Dableiben wollte sie nicht – um keinen Preis. Die kalte Stube mit der leeren Ecke, in der immer der Großvater gesessen hatte, solange sie denken konnte ... Ihr graute es, sie zu betreten.
Doch dann fand sie die Haustür merkwürdigerweise angelehnt und nicht geschlossen. So ging sie statt zum Stall, wo es warm war und die Gretl stand, in die Stube und traf dort den Langer-Bauern, der sich über Großvaters Bett beugte.
„Was machen Sie da?" rief sie von der Tür her. Der Bauer fuhr herum. Er faßte sich schnell.
„Ich denk', du warst beim Bürgermeister? Dann weißt du auch, daß ich dein Vormund bin und hier nach dem Rechten zu schauen hab'."
„Im Bett des Großvaters?" fragte Marie spitz.
Der Bauer hob das Federbett hoch und sagte mürrisch: „Du brauchst jetzt nur noch eine Duchent. Die da nehme ich mit. Meine Aloisia hat deinen Großvater gepflegt, derweil du – es ist nur recht und billig, wenn sie dafür das Federbett kriegt."
Marie sprang zum Bettgestell, breitete die Arme aus und zischte: „Nichts kriegst du. Solang ich nicht nach Wien darf, kriegst du gar nichts!"
Der Bauer starrte sie wütend an, dann sagte er: „Ah, daher weht der Wind. Das Fräulein will nach Wien zurück. Ist zu fein zum Stallausmisten, was? Möcht' was Besseres sein – ein Flitscherl möcht' sie sein, die Schneider-Marie. Gut, daß ich da noch ein Wörterl als dein Vormund mitzureden hab'. Ich und der Erbrichter." Er schneuzte sich zwischen zwei Fingern, und Marie sah, wie der Rotz auf die Fußbodenbretter flog. Angewidert wandte sie sich ab.

„Weil wir grad' im Reden sind, Marie, es hat's dir wohl der Bürgermeister gesagt, daß du bei mir in der Schuld bist", setzte der Langer geschäftsmäßig fort. Er kramte in seiner Rocktasche, zog einen Briefbogen heraus, auf dem der Großvater unterschrieben hatte, daß er dem Jakob Langer vom Kaufpreis des Hofes, der 940 Gulden betragen habe, noch 240 Gulden schulde.
Marie sah das Papier flüchtig an und erklärte: „Nichts schuldet dir der Großvater, sonst hätt' er mir's geschrieben."
Der Bauer lief langsam rot an, dann schrie er: „Willst du behaupten, daß ich, daß ich das da gefälscht hab'?"
Marie nickte heftig, wich zugleich der drohend erhobenen Hand aus und lief aus der Stube. Sie lief in den Stall und schob von innen den Riegel vor. Der Bauer tat ein übriges und ließ den Riegel von außen einrasten. Sie war gefangen. Aber es machte ihr nichts aus. Sie legte wieder die Arme um Gretl, fühlte ihr warmes, sauberes Fell und blieb so, bis Aloisia, des Langer-Bauern Frau, den Außenriegel zurückschob, um Marie zu befreien und die Milch zu holen.
„Was machst denn nur, Madl?" jammerte sie verdrießlich. „Warum bist denn gar so ungut zum Bauern? Er meint's doch nur gut mit dir."
Marie sah vom Ziegenhals auf und murmelte: „Bist ja selbst eine arme Haut mit dem Deinen, Aloisia. Schlau ist er ja, das weiß jeder ... Der Großvater hat immer gesagt, an dem ist ein Pfarrer verlorengegangen, aber kein heiliger, sondern ein scheinheiliger." Damit spielte Marie auf des Langer-Bauern Tätigkeit als Mesnergehilfe an. Als sie in die Stube kam, sah sie, daß die Duchent in Großvaters Bett fehlte ...

Marie hatte nach Wien geschrieben, und nun wartete sie. An Geld besaß sie nur noch ein paar Gulden von dem

Rest des Reisegeldes, das ihr die Gnädige mitgegeben hatte. Es war der Leichenschmaus zu bezahlen gewesen. Nun reichte es nicht mehr für eine Fahrkarte nach Wien. Die Zigarrenkiste, in der der Großvater sein Kleingeld aufbewahrte, war leer, sein Sparbüchel, das beim Notar lag, enthielt wohl noch 42 Gulden, aber an die konnte Marie nicht heran.

Sie verkaufte der Krämerin Eier ihrer Hühner und Kartoffeln der letzten Ernte, der Frau des Lammwirtes den Stoffrest für eine Bubenhose, den sie in der Lade gefunden hatte. Aber das alles reichte immer noch nicht für die Rückreise nach Wien.

Tag für Tag wartete Marie auf eine Nachricht aus dem Eden. Endlich traf sie ein. Herr Sedlatschek schrieb, daß er im Auftrag von der Gnädigen an den Gemeindevorsteher geschrieben habe, man möge Marie nach Wien reisen lassen.

Voller Hoffnung rannte Marie zum Gemeindehaus. Ihre zerzausten Locken leuchteten, ihre waschblauen Augen ebenso. Der Vorsteher sah das, sah, wie bildhübsch die Schneider-Marie geworden war, und sagte: „Für ein Madl, wie du eins bist, ist Wien zu gefährlich. Den Brief hab' ich wohl bekommen, aber ein Hoteletablissement ist nichts für dich. Kannst ja beim Lammwirt aushelfen, wenn dir einmal danach ist. So Marie, jetzt sei endlich gescheit, sonst muß sich ja dein armer Großvater im Grab umdrehen, wenn er sehen muß, was du für eine bist."

Mit hängenden Schultern verließ Marie die Gemeindestube, zog das Umschlagtuch über das Haar, hielt es unterm Kinn fest und ging zurück – zurück in die Schneiderstube, in der es muffig nach altem Mauerwerk roch und nur noch ganz wenig nach Großvaters Pfeife.

Auf der Kommode lag, in bedrucktes Papier eingeschla-

gen, ihr Koch-Tagebuch, das Hanna vorsorglich eingepackt hatte. „Damit du für den gnädigen Herrn eintragen kannst, was du erlebt hast."
‚Als ob die Hanna geahnt hätte, daß sie mich nicht wieder zurücklassen werden', dachte Marie, als sie das Heft aufschlug. Ja, sie wollte haargenau hineinschreiben, was ihr hier Böses widerfuhr.

„Ich weiß gar nicht, wie ich anfangen soll. Zuletzt hab' ich vor fünf Wochen geschrieben, daß ich einen Apfelstrudel gebacken habe, den der Herr Sedlatschek hat sollen zum Großvater mitnehmen. Aber, ob ihn der Großvater noch hat essen können, das weiß ich nicht. Wie ich zu ihm kam, war er schon gestorben. Ich hab' ihm auch ein Stück Apfelstrudel mitgebracht, weil er den doch so gern ißt – aber er war ja schon tot, mein armer Großvater, und den Apfelstrudel hat die Pepitant' gegessen. Ich darf nicht mehr zurück zu Ihnen, gnädiger Herr. Und niemand wird jetzt die Fehler ausbessern ..."

Marie wachte, wie sie es von Wien her gewohnt war, um halb fünf auf. Doch keine Hanna mahnte gutmütig: „Tummle dich, Marie!" Niemand war da, mit dem sie reden konnte, nur die Ziege Gretl, die sie jeden Morgen meckernd begrüßte.
Marie tat das Notwendige: Melken, Stallausmisten, Hühnerfüttern ...
Doch da stand plötzlich, wie aus dem Boden gewachsen, der Langer neben ihr. Verdrießlich sagte er: „Die Meine ist krank, komm rüber zum Melken."
Widerwillig schickte Marie sich an, in das benachbarte Gehöft zu gehen, das nun ihr gehörte.
Im verlotterten Stall stand eine magere Kuh, in einer Ecke

quiekte ein Schwein, auf dem unordentlichen Misthaufen scharrten drei Hühner.
Der Langer war faul, das wußte jeder. Er prahlte damit, daß er eine Menge Bücher gelesen habe, die er sich vom Pfarrer lieh. Vielleicht war er wirklich gescheiter als die anderen im Dorf, aber auch boshafter und hinterlistiger. Er trug dem Herrn Pfarrer zu, was er erfuhr, nicht ohne sein Teil an Klatsch dazuzutun. Beliebt war er nirgends, nur gefürchtet. Man redete ihm auch nach, daß er den Schneider gehörig übers Ohr gehauen habe, weil er ihm zwar sein Gehöft für gutes Geld verkauft, sich aber zugleich im Ausgedinge ein Wohnrecht eingehandelt habe. Das machte den Hof zum Weiterverkauf ungeeignet.
Marie molk die Kuh und mistete aus, dabei hörte sie die Aloisia munter in der Küche vor sich hinträllern.
„Es geht dir ja schon wieder recht gut, Aloisia", sagte Marie deshalb ungehalten. Die Bäuerin sah sie aus rotgeränderten Augen unsicher an.
„Wär' dir wohl recht, ich tät' ins Gras beißen, was?" fragte sie gereizt zurück. „Bring mir Reisig herein! Das Feuer ist aus."
Marie holte das dürre Reisig aus dem Schupfen, dabei stürzte ihr der unordentlich geschichtete Holzstoß entgegen. Fluchend rief der Bauer: „Den richtest wieder auf, Marie!"
Stumm ging sie zurück in die Küche. Als Marie in Aloisias Nähe kam, roch sie den Kornschnaps. Das also war der Grund von Aloisias Krankheit und Sangeskunst.
Angewidert wandte sie sich von der mageren Bäuerin ab, die mit zittrigen Fingern im Herdloch herumstocherte, um das Feuer wieder anzufachen. Marie schob sie beiseite und blies in die Glut. Die Flamme züngelte hoch.

„Hast halt noch eine junge Puste“, sagte Aloisia und hielt die Hände über die kalte Ofenplatte. „Kannst den Futterkessel zustellen, Marie. Erdäpfelschalen sind noch da.“
„Ich muß wieder hinüber. Gemolken und ausgemistet hab’ ich bei euch.“
Da mischte sich der Bauer von der Tür her ein: „Nichts da, erst richtest den Holzstoß auf, hast ihn ja auch eingerissen.“
Als Marie in den Schupfen trat, sah sie, daß der Langer noch einen weiteren Teil des Stoßes zum Einstürzen gebracht hatte. Wütend schmiß sie die Schupfentür zu und rannte weg.
Wenig später stand der Bauer vor ihrer Stubentür. Sie ließ ihn nicht ein. „Verschwinde!“ schrie sie. „Zum Pfarrer geh’ ich, wenn du mich nicht in Ruh’ läßt.“
Der Bauer polterte noch einige Male an ihre Tür, aber als neurgierige Augen von der anderen Gassenseite zum Schneiderhaus herüberblickten, zog er murrend ab.
Marie wischte ihren sowieso schon blanken Bretterboden, stellte Bohnen zu, machte der Gretl den Trank zurecht und begann, in den Schubläden zu kramen. Sie wußte nicht recht, was sie suchte. Der Bürgermeister hatte die Richtigkeit des Schuldscheines über die 240 Gulden bestätigt – der Schneider selbst habe ihm im Frühjahr gesagt, daß er dem Langer noch Geld schulde. „Solang der Langer noch etwas von mir zu bekommen hat, hab’ ich ihn in der Hand“, soll der Großvater gesagt haben. Was der alte Schneider damit gemeint hatte, wußte der Bürgermeister nicht. Auch Marie konnte sich keinen Reim darauf machen. Nur eines wußte sie, daß es jetzt umgekehrt war, daß jetzt der Langer-Bauer sie in der Hand hatte. Düsteren Sinnes langte sie schließlich nach dem Tagebuch und schrieb:

„... hab' heute beim Langer melken müssen, und es hat mir gegraust, weil die Kuh so verdreckt war, auch das Euter. Und die Kuh hat nach mir geschlagen. Ich kann auch nicht Kühe melken – nur Ziegen. Dann hab' ich ausmisten müssen. Die Radscheib' war auch kaputt. So mußte ich jede Gabel hinaustragen auf den Mist. Von dem floß der Odel bis in den Stall zurück, weil dem Langer seine Grube voll ist und er sie nicht ausleert. Wie ich es ihm gesagt hab', hat er drauf gesagt: ‚Ist ja deine Grube. Fahr sie doch selber aus!' Das aber kann ich auch nicht, weil ich es nicht gelernt habe. Ich kann keine Küh' anschirren und mag es auch nicht. Warum hat denn nur der Großvater den Hof gekauft? Die Pepitant' sagt, der Großvater hätt' gemeint, daß ich einmal ihren Pepi heriaten könnte, und dann wäre ein Hof dagewesen ..."

Die Pepitant' kümmerte sich weiterhin um Marie. Aber sie tat es, wie man wußte, aus einem eigensüchtigen Grund, der Pepi hieß. Ihr Sohn war zwar nicht so unrecht; Marie kannte ihn von Jugend an. Er war beim Militär, und Marie hatte ihn beim Begräbnis des Großvaters in seiner Uniform gesehen. Er hatte strohblondes Haar wie sie selbst – wie es ihr allerdings ganz und gar nicht gefiel. Er war der einzige gewesen, der ihr nicht „Weißschädel" nachgerufen hatte – aus verständlichem Grund. Marie war froh, daß der von seiner Mutter heißgeliebte Pepi in Napajedl weilte, so daß sie vor ihm zunächst sicher war. Die Fürsorge der Pepitant' gefiel ihr nicht – sie wollte sich nicht mit ihr unterhalten und ihre unnützen Ratschläge hören: „Laß dir nichts vom Langer gefallen, du bist nicht sein Dienstbote, sondern umgekehrt – der Hof gehört dir."

Eines Morgens – einige Tage vor Heiligabend – kam die Pfarrerköchin vorbei und sagte Marie, sie möge zum Hochwürden kommen.

Marie schwante nichts Gutes, ging doch der Langer als Mesnergehilfe beim Herrn Pfarrer ein und aus.
„So, mein armes Kind", sagte Hochwürden, „nun setze dich und höre mir zu."
Es kam eine lange, würdevolle Predigt, in der Marie angehalten wurde, der armen, kranken Frau des Langer-Bauern Hilfe zu leisten, „wie es Christenpflicht ist".
Milde mahnte der Seelenhirt Marie zu Geduld und Freundlichkeit, wie es einem Mädchen ihres Standes zieme. „Wer hoffärtig ist, kommt zu Fall. Dein Großvater hätte dich nicht nach Wien lassen dürfen. Dazu bist du noch zu jung gewesen. So hat der Satan leichtes Spiel mit dir gehabt, mein armes Kind."
Marie fragte verblüfft: „Warum?"
„Da fragst du, mein armes Kind?"
„Ja, ich weiß nicht, was Ihr meint, Hochwürden."
„Denke nach, mein Kind, es wird dir schon einfallen."
Marie drückte sich nach der Ansprache vom Hochwürden am Zaun des Pfarrgartens herum, in der Hoffnung, daß die Pfarrersköchin, eine rechtschaffene Person, heraus in den Garten träte. Alle im Dorf wußten, daß sie des Langer-Bauern Widersacherin war, weil sie ihn mit ihrem klaren Dienstbotenverstand besser durchschaute als der sanfte hochwürdige Herr.
„Emma", rief Marie leise, „ich möcht' dich was fragen, Emma."
Die Haushälterin kam heran. „Kann's mir schon denken", sagte sie, „was du wissen willst. Und ich will's dir auch sagen. Es ist die Otti dagewesen und hat dem hochwürdigen Herrn allerhand über dich erzählt – daß du halt

ein leichtes Früchterl geworden bist, drin in Wien, und daß du einen Liebhaber gehabt hast, einen Leutnant."
Marie schrie auf. „Nein! Ich muß zum Herrn Pfarrer, ich muß ihm sagen ..."
„Was mußt du mir denn sagen, liebes Kind? Hat die liebe Frau Emma wieder aus dem Nähkästchen geplaudert?" – Hochwürden stand in der Tür.
„Und das war gut so, daß mir die Emma gesagt hat, wie schlecht mich die Ottilie gemacht hat. Wie kann man sich denn wehren, wenn man nichts weiß? Ich hab' keinen Liebhaber gehabt, Hochwürden, bei meiner Seel' nicht! Sie ist ja nur eifersüchtig, die Otti, weil sie selber einen hat und weil der aber von ihr nichts mehr wissen will. Der Leutnant Hanstein ist es, den hat sie gemeint. Ich –"
„Also kennst du den Herrn Leutnant? Mehr hat die Ottilie auch nicht gesagt."
Die Haushälterin mischte sich resolut ein: „O ja, Hochwürden, die Otti hat sehr wohl angedeutet, daß die Marie mit dem Leutnant ein Gspusi hat. Das haben Hochwürden nur nicht verstanden." Der Pfarrer hob besänftigend die Hände. „Wir wollen es gut sein lassen, Marie. Ich will dir glauben, daß du noch ein – ein ehrbares Mädchen bist. Aber vergiß nicht auf die morgige Beichte, mein Kind. Der Mensch muß Ordnung haben in seinem Leben ..."
Das war einer der Lieblingssprüche von Hochwürden. Marie schrieb dies alles auch in ihr Tagebuch und setzte hinzu:

> „... und so habe ich heute auch gebeichtet, hab' Hochwürden alles gesagt, nicht nur meine Sünden. Aber er hat mir geantwortet, daß es ziemt, dem Langer gehorsam zu sein, damit ich mir nicht wieder neue Sünden auflade ..."

Die Verleumdung

Den Heiligabend verbrachte Marie damit, daß sie in den Modejournalen blätterte, die der Großvater auf einem Bordbrett aufbewahrte. Die primitive, hölzerne Haustür verriegelte sie von innen, sie wollte nicht, daß jemand ins Haus kam. Aber niemand klopfte an die Tür. Am Vormittag hatte die Pepitant' verdrießlich berichtet, daß der Pepi nun doch nicht auf Weihnachtsurlaub heimkommen dürfe. Sie hatte Marie ein Stück Weihnachtsstriezel auf den Stubentisch gelegt und war eilig wieder gegangen.
Nun hockte Marie vor dem Küchenherd, das dicke Journal lag auf ihren Knien. Sie blätterte Seite für Seite um und dachte dabei an die Damen und Herren, die im Sommer im Hotel Eden eingekehrt waren. Unwahrscheinlich dünne Taillen hatte der Zeichner diesen Damen gemalt, desto üppiger waren die Rundungen darunter, die Tornuren.
Marie hatte sich einmal ein kleines Kissen auf ihr mageres Hinterteil gebunden, damit sich der Flanellrock dort auch modisch bausche, doch Hanna hatte gelacht: „Jetzt schaust der Wenzel Rosa ähnlich." Das aber wollte Marie nicht, denn die Rosa – nicht älter als sie – war ein „Flitscherl". Sie war die Tochter vom Karl, dem Portiervertreter Herrn Sedlatscheks.
Unentwegt dachte Marie an ihre Herrschaft in Wien. Je einsamer sie war und sich so fühlte, desto stärker wurde die Sehnsucht nach dem Eden. Nie hätte sie gedacht, daß das einmal so sein würde, war es für sie doch dort auch nicht gerade ein Honiglecken gewesen …
Das Feuer im Herd war niedergebrannt. Marie legte nach, doch alles Blasen und Pusten half nichts mehr – die Flam-

me war erloschen. Also hüllte sie sich in das großmütterliche Umschlagtuch und saß im tiefen Dunkel. Sie war noch immer unentschlossen, ob sie zur Christmette gehen sollte oder nicht. Die Nacht war kalt. Es hatte wegen der klirrenden Kälte seit Tagen nicht mehr geschneit, die Wege waren vereist und spiegelglatt. Die Kramer-Liese war vor zwei Tagen gestürzt und lag seitdem im Bett. Wenn ihr so etwas auch passierte, wer würde sie dann pflegen?
Ach, wenn ihr doch so etwas passierte und sie dadurch eine Last fürs Dorf geworden wäre – vielleicht schob man sie dann nach Wien ab? Marie sprang auf die Füße, wickelte das Umschlagtuch fester um sich, schlüpfte aus den Holzschuhen in die festen Winterschuhe, holte die Stallaterne und trat auf die Gasse. Auch andere Lichter waren unterwegs zur Kirche, ihres war nur eines von vielen.
Wegen der glatten Ledersohlen rutschte sie mehrmals aus und eine dunkle Gestalt brummte: „Warum hast du dir denn keine Fetzen um die Schuh' gewickelt? Wirst dir noch einen Haxen brechen." Ach, wenn es doch geschähe! Aber außer ein paar schmerzhaften blauen Flecken brachten ihr die Stürze nichts ein.
In der Kirche war es so kalt, daß der Hauch von Maries Mund als Dampfwölkchen stehenblieb. Sie kniete hinten beim Beichtstuhl, dessen Vorhänge sich sacht bewegten. Im Beichtstuhl hatte sich jemand einquartiert, der gewiß nicht dahin gehörte, denn Hochwürden stand mit den Ministranten vorn am Altar.
Dort nahm das Christgeburtgeschehen seinen Fortgang. Die Schüler sangen vom Chor: „Tauet, Himmel, den Gerechten ..."
Marie wünschte und betete inbrünstig, daß auch ihr Gerechtigkeit widerfahren möge ...
Sie hätte zu gerne gewußt, wer sich da im Beichtstuhl ein

warmes Plätzchen gesichert habe, und wartete, bis alle die Kirche verlassen hatten. Dann starrte sie gebannt auf den Beichtstuhl. Da – endlich bewegte sich das geschnitzte Halbtürchen. Und wer kam heraus? Die Aloisia, tief vermummt, doch von der Marie sogleich erkannt.
Des Mesnergehilfen Frau war wohl von ihm selbst dahin gesetzt worden, denn trotz der Entfernung spürte Marie den Schnapsgeruch. Und da kam Marie eine Idee. In manchem Gehöft wurde verbotenerweise aus Erdäpfeln und Obst Schnaps gebrannt, warum nicht auch auf dem Langer-Hof? Wie man das machte, wußte Marie nicht, aber es war verboten, streng verboten, und wer erwischt wurde, wanderte ins Gefängnis. Erwischen mußte man halt den Langer, auf frischer Tat nach Möglichkeit. Sie würde künftig die Augen offenhalten ...

Marie war während der Feiertage öfter im Dorf. Sie hoffte, der Otti, der Verleumderin, zu begegnen. Es war bei vielen Herrschaften Brauch, die Dienstboten über Weihnachten heimzuschicken, weil man zu Verwandten fuhr oder verreiste, also hätte ja auch Otti heimgekehrt sein können.
Doch soviel Marie auch den Kopf verrenkte, sie konnte die falsche Otti nicht entdecken. Schließlich ging sie keck in das Häusleranwesen der Eltern von Ottilie. In der Stube räkelte sich Ottis Bruder auf dem Kanapee und betrachtete sie interessiert. „Zur Otti willst? Die ist noch nicht heimkommen. Aber setz dich her, Marie, damit man dich besser anschauen kann."
Marie zog ihr Tuch fester zusammen, drehte sich auf dem Holzschuhabsatz um und ging.
Draußen war es immer noch spiegelglatt, und Holzschuhsohlen waren nicht besser als Ledersohlen. Sie wäre gestürzt, wenn sie nicht jemand aufgefangen hätte – Ottis

Bruder Franz. Er hielt sie fest und lachte: „Jetzt hätt' es dich aber hingehaut, Marie."
„Wär' nicht das erste Mal", erwiderte sie schnippisch und befreite sich aus seinen Armen. „Ich kann allein gehen. Laß mich!"
„Hoffart und Stolz wachsen auf einem Holz", knurrte Franz mißmutig, „die Otti hat schon recht gehabt ..."
Marie hätte gern gewußt, womit Otti recht gehabt habe, aber Franz hatte sich umgedreht und war gegangen.
Aber er kam wieder, er kam ins Schneiderhäusel. Es machte ihm offensichtlich Spaß, sie in Verlegenheit zu bringen, indem er ihr einmal eine Haarspange, dann wieder Zopfbänder brachte – alles Dinge, die einen besonderen Sinn hatten, wenn man sie sich schenken ließ. Man zeigte dadurch dem Burschen, daß man ihm gewogen war. Marie wußte das wohl und hütete sich, dergleichen anzunehmen. Aber Franz erzählte im Dorf das Gegenteil und brüstete sich, Marie sei sein Schatz ...
Davon hatte sie keine Ahnung, als sie ins Koch-Tagebuch schrieb:

„... hab' an Weihnachten gehofft, daß ein Brief oder Paket vom alten gnädigen Herrn kommt, aber es ist nichts gekommen. Vielleicht ist es auch verlorengegangen, wie das Paket von der Pepitant' an den Pepi in Napajedl. Jetzt bin ich schon bald zwei Monate hier, und es fällt mir immer schwerer. Der Langer und die Aloisia sekkieren mich, wo es nur geht. Wenn ich herauskriegen könnt', daß sie Schnaps brennen, das wäre gut. Es stellt mir auch einer nach, der Franz, Ottis Bruder. Der war schon beim Militär und wird immer frecher. Wenn er noch einmal kommt, dann geh' ich zur Pfarrköchin und beschwere mich. Der Langer, mein Vormund, hat nur gesagt: ‚Licht zieht die Motten an, oder besser gesagt: Eine läufige Hündin die Köter.‘ Ich schreib' das auf, weil es so erzböse ist, was der Langer gesagt hat, und damit ich es später nicht vergesse ...“

Marie schlief schlecht. Sie mußte immer auf der Hut sein, daß nicht Franz oder ein anderer über die Bodenluke ins Haus kam. Auch war der Riegel an der Hintertür morsch. Sie hatte zwar alle Nägel, die sie fand, zusätzlich in das ausgehöhlte Holz des Riegels geschlagen, aber sie war sich im klaren, daß dieser einer stämmigen Burschenschulter nicht standhalten werde. So ging sie schließlich doch ins Pfarrhaus und klagte der Köchin ihren Kummer. Wenn sie gewußt hätte, was für Folgen das haben würde, hätte sie es gewiß unterlassen. Hochwürden beauftragte den Mesnergehilfen Langer, für Marie eine Kammer auf seinem Hof zu richten, und schon drei Tage später holte sie Langer mit hämischer Schadenfreude ab.

Damit war Marie aus dem Regen in die Traufe gekommen. Der Mesnergehilfe umschlich sie wie der Kater den heißen Brei. Überall tauchte er unverhofft auf – wenn sie sich in der Kammer wusch, wenn sie mit hochgebundenem Rock die Stiege machte oder sich bückte, um im Herd nachzuschüren.

„Näh den Knopf fester an“, sagte er eines Tages und deutete auf ihre Brust. „Sprengst ihn noch ab, wenn du deinen Busen so aufblähst.“ Solche und ähnliche Sprüche hatte er immer für sie parat, wenn Aloisia nicht in der Nähe war. Die aber hatte längst begriffen, worum es ihrem Mann ging, und lag auf der Lauer. Maries einziger Trost war, daß sie nun dem Schnapsbrennen des Bauern eher auf die Spur kommen konnte. Daß er selber den Fusel brannte, den Aloisia trank, davon war sie überzeugt. In das Tagebuch schrieb sie:

„… erwisch' ich den Langer erst beim Schnapsbrennen, hab' ich gewonnen. Dann wird er eingesperrt, und ich bin ihn los. Auch bekomme ich dann einen anderen Vormund. Und jeder ist besser als er. Vielleicht kann der alte gnädige Herr mein Vormund werden? Ach, wäre doch der Großvater nur nicht gestorben …"

Tränen tropften auf das Papier und verwischten die Tinte. Zweimal bekam Marie Post vom gnädigen Herrn. Im letzten Brief schrieb er:

„Liebe Marie!
Meine Tochter und ich, wir haben das Möglichste getan, damit Du wieder zu uns ins Hotel kommen kannst. Ich selbst habe mit einem Advokaten gesprochen, den Du auch kennst – es ist der Herr Dr. Schneeweiß. Auf seinen Rat hin haben wir Dir ein gutes Dienstzeugnis ausgestellt, daß wir rekommandiert an Deinen Herrn Vormund geschickt haben. In selbigem ist auch die Rede, daß Du zu unserer vollsten Zufriedenheit Deine Kochlehre abgeschlossen hast und befähigt bist, einen selbständigen Posten anzunehmen. Wir hoffen, daß wir Dir hiermit gut gedient haben und Dich bald wieder hier bei uns begrüßen können …"

Marie jauchzte und rannte mit dem Brief zu Aloisia. „Mein Dienstzeugnis!" rief sie. „Wo hat der Bauer mein Dienstzeugnis aus Wien?"
„Ich weiß von keinem Dienstzeugnis", erwiderte Aloisia lallend. Sie hatte wieder getrunken, und der Bauer war zum Bürgermeister gegangen. Marie nahm sich nicht die Mühe, Schuhe anzuziehen. Sie lief und rutschte mit ihren Holzpantinen auf dem Eis zum Gemeindehaus. Dort traf

sie den Langer mit einem Schriftstück in der Hand, ihrem Dienstzeugnis, wie sich sogleich herausstellte. Er sagte höhnisch: „Da kommt ja schon das fertig gebackene Fräulein Köchin. Nur ist's recht sonderbar, daß die feine Herrschaft zu Wien der Marie bestätigt, daß sie schon drei Jahre dort im Dienst gewesen ist. Doch vor drei Jahren hat das Fäulein Marie noch die Ziegen gehütet, droben am Hartriegel." Er fuchtelte mit dem Papier vor Maries Nase herum und wandte sich an den Herrn Bürgermeister: „Eine Fälschung ist das, Herr Bürgermeister. Und verklagt muß so etwas werden, jawohl!"
Marie war wie vor den Kopf geschlagen. Sie fing so zu weinen an, daß der Bürgermeister gerührt war. „Laß es gut sein, Marie. Du kannst ja nichts dafür, daß sich die Herrschaft im Datum geirrt hat."
„Angezeigt gehört so was", geiferte der Mesnergehilfe immer wieder. Doch der Bürgermeister nahm ihm das Papier aus der Hand und schob es in die Schublade. „Was angezeigt wird, das bestimme ich", sagte er.
Marie flehte den Bürgermeister an, sie nach Wien reisen zu lassen. Doch davon wollte er nichts wissen. Am Abend schrieb sie an den gnädigen Herrn:

> „... jetzt ist alles aus. Man hat mein Dienstzeugnis nicht anerkannt, weil ich nur zwei Jahre im Eden war und nicht drei, wie der gnädige Herr geschrieben hat. Jetzt muß ich wohl für immer hierbleiben, weil mir kein Mensch helfen kann."

Es sind einige Wochen vergangen, in denen Marie vergeblich auf Post aus Wien gewartet hat. Sie ist mager geworden vor lauter hinuntergeschluckter Wut, fühlt sich elend und schreibt nicht mehr in ihr Tagebuch. Der Langer-Bauer hat sie einmal beim Schreiben erwischt und ihr gedroht, er würde das Heft ins Feuer werfen. So versteckt sie es auf dem Dachboden im Schneiderhäusel und schleicht sich nur dann hinauf, um darin zu blättern, wenn der Bauer im Wirtshaus hockt. Was sie da liest, kommt ihr wie ein Bericht aus einer anderen Welt vor. Die jetzige ist düster und grau und wird immer dunkler, obgleich im Dorf die fröhlichste Zeit, der Fasching, begonnen hat.

Selbst Aloisia geht zum Feuerwehrball, und Marie muß ihr den Saum des Kleides – es ist aus changierender, blauvioletter Seide – frisch aufnähen. Marie stichelt. Offenbar meint Aloisia, daß die Enkelin eines Schneiders auch wie dieser nähen können müsse. Für Marie ist es aber der erste Kleidsaum, den sie näht. Das hatte bisher der Großvater getan – mit vielen, kleinen sorgfältigen Stichen. Doch das Nähen geht ganz gut, der Saum wird glatt und gerade. Aloisia schiebt Marie einen Faschingskrapfen als Lohn zu. Kochen und backen kann Aloisia – wenn sie nüchtern ist und wenn sie will.

Marie wundert sich immer wieder, daß die Dörfler kaum etwas von Aloisias Trunksucht wissen. Das kommt daher, daß die Langerin stets nur daheim und abends zur Flasche greift. Am Morgen ist sie dann beinahe nüchtern. Marie hört in ihrer Kammer über der Schlafstube oft das Kichern und Lachen Aloisias und weiß, daß es aus der Schnapsflasche kommt. Nach einer Destilliervorrichtung hat sie aber bisher vergebens gesucht. So wird ihre Hoffnung, den beiden eins auszuwischen, immer geringer.

Daß ihr gerade in der Faschingszeit besonders schwer ums Herz ist – wen wundert's? Sie sieht ihre gleichaltrigen Mitschülerinnen aufgeputzt zum Lammsaal stöckeln, muß an einem Ballkleid einen Saum nähen – ist selbst aber von aller Lustbarkeit ausgeschlossen. Dabei ist sie jung und sehnt sich nach Wohlergehen, nach Zuneigung, die man ihr überall vorenthält ...

Während die Bauern beim Feuerwehrball sind, hockt Marie, wie weiland Aschenbrödel, am Herdfeuer im Langerhof und schreibt doch wieder ins Tagebuch:

„Sie betrinkt sich jede Woche zweimal. Dann singt sie am nächsten Morgen und tut nichts. Nach dem Essen legt sie sich immer hin und schläft. Der Langer trinkt vielleicht auch, aber man merkt es nicht, während sie immer nach Schnaps stinkt. Da der Langer für den alten Mesner, welcher krank ist, Mesnerdienst tun muß, darf er auch nicht trinken. Ich muß bei ihm alle Arbeit machen – den Stall tut er schon lange nicht mehr ausmisten. Es ist zu wenig Stroh da, so daß die Kuh immer dreckig ist. Ich hab' gestern von uns herüber Einstreu geholt. Wir haben genug, daß die Ziegen immer sauber stehen. Ich hab' sie in des Langers Stall herüberholen sollen, aber das tu' ich nicht. So kann ich wenigstens, wenn ich Zeit habe, nach Hause gehen, um die Gretl zu versorgen. Mir ist oft gar nicht gut, und ich möcht' am liebsten sterben ..."

Daß Marie den Lustbarkeiten fernbleiben muß, liegt nicht an ihrem Vormund – sie ist ja noch im Trauerjahr. Es steht ihr auch gar nicht der Sinn nach Tanzen und Lachen. Sie will nach Wien, sonst nichts. Aber dieser Traum zerrinnt mehr und mehr. Die wenigen Gulden sind aufgebraucht, und den gnädigen Herrn um Reisegeld anschreiben, das traut sie sich nicht.
Sie klappt das Tagebuch zu, nimmt eine Kerze und trägt es hinüber auf den Dachboden des Schneiderhäusels. Da kommt auf dem Rückweg eine dunkle Gestalt auf sie zu. Es ist der flotte Franz, Ottis Bruder.
„Da schau her, die schöne Marie!" sagt er spöttisch und faßt die Weiterstrebende am Arm. „Wirst doch nicht schon wie-

der in deinen Bau kriechen, noch dazu ganz einschichtig. Geh her, Marie, sei halt ein bißl lustig. So jung und so fesch und eine halbe Wienerin, wie du bist! Hat doch die Otti erzählt, daß du tanzen kannst wie keine. Zeige mir's, Marie."
Er folgt ihr ins Langeranwesen, schiebt lachend die Tür wieder zurück, die sie ihm vor der Nase zuwerfen möchte, und steht schließlich neben ihr in der dunklen Stube, die von der Kerze nur schwach erhellt wird. Marie stellt den Kerzenhalter auf den Tisch und greift nach dem Schürhaken. Drohend sagt sie: „Wenn du mich anrührst, bring' ich dich um."
Er lacht und windet ihr den Haken aus der Hand.
„Ich tu' dir nichts, Marie. Ich bin Zimmermann, und ich hab' die Taschen voller Geld, hörst es?" Er klimpert in seiner Rocktasche mit Münzgeld. „Ich kann jedes Madl haben, Marie, jedes. Ich hab's nicht nötig, ein Madl zu zwingen, ich net."
Marie stockt in ihrem Widerstand. Da hat jemand Geld, Geld, das er ihr borgen würde, finge sie die Sache nur geschickt genug an. Sich mit ihm einlassen? Heilige Maria, das natürlich nicht! Ihr graut vor diesem Franz. Aber ihn soweit bringen, daß er ihr Geld borgt, zwölf Gulden vielleicht, daß sie nach Wien fahren kann ...
Sie verschränkt die Arme hinter dem Rücken, steht im fahlen Kerzenschein aufrecht – mit ihrer straffen, kleinen Brust unter der verwaschenen schwarzen Bluse. Der Knopf, von dem der Langer sprach, ist festgenäht; der hält, auch wenn sie noch so tief Atem holt.
„Gut", sagt sie, „wenn du mir nichts tust, kannst du dich herhocken. Wir können ja dischkriern. Erzähl mir was."
Franz ist über ihren plötzlichen Sinneswandel sehr verblüfft, zieht sich schnell das Küchenstockerl heran, setzt sich und sagt: „Leg noch auf, Marie, sonst wird's mir zu kalt herin, wenn du mich nicht wärmen willst."

Er kann nicht anders: jedes kurze Gespräch endet bei der Liebe, obgleich sie gezielt nach anderem fragt, etwa nach seiner Arbeit am Olmützer Bahnhof, wo er beschäftigt ist.
„Das ist ein anderer Bahnhof wie unsere Station. Ein Bau ist das – man meint, es sei ein Theater. Er ist so groß, daß du drin promenieren kannst. Spazieren ja auch immer wieder die Fräulein dort herum. Brauchst dir nur eine auszusuchen – grad' was für eine du willst, eine Braune oder Schwarze oder eine wie du, so ein gelbhaariges Piperl."
Marie lenkt ab: „Ist die Otti schon zu Haus?"
„Nein, sie kommt nicht. Jetzt haben ja solche wie die Otti in Wien am meisten zu tun."
„Solche wie die Otti? Wie meinst denn du das?"
„Tu doch nicht so, als ob du's nicht wissen tätst, Marie. Hat dich doch die Otti vor einem Jahr getroffen bei so was."
„Bei was? Tanzen war ich mit dem alten Sedlatschek, sonst nichts, Dummbeutel!"
„Altes Holz brennt schneller als junges. Mich geht's nichts an. Aber es wurmt mich, daß du grad' bei mir so zimperlich bist. Bist doch keine Heurige mehr."
Marie weiß, was er meint. Sie überlegt, ob sie ihm sagen soll, daß sie noch sehr wohl eine „Heurige", eine Jungfrau, ist. Und schließlich sagt sie es ihm doch. Leise, vielleicht hört er gar nicht hin, denn er hat eine flache Flasche aus der Joppe gezogen und gießt schon zum dritten Mal Schnaps in die Verschlußkappe. Aber er hat sie gehört, schraubt die Flasche zu und sagt: „Wenn das wahr ist, ist's einen Goldgulden wert. Magst du ihn, den Goldgulden? Heut' hab' ich keinen dabei, aber ich tausch' dir zwanzig Gulden gegen einen goldenen am Morgen ein. Ich kann mir's leisten, Marie, ich schon. Nicht einmal ein reicher Bauernbursche kann sich so was leisten, aber ich, ich schon."
Jetzt hat er schon einen in der Krone, denkt Marie. Je mehr er trinkt, desto besser.

Sie nötigt ihn weiter zum Trinken, tut, als tränke auch sie einen und noch einen Verschlußbecher leer. Er wird zudringlicher – sie wehrt sich halbherzig: „Hier nicht, Franz. Kann jeden Augenblick der Langer mit der Aloisia zurückkommen. Gehen wir halt hinüber ins Meinige." Er steht schwerfällig auf und stapft hinter ihr drein. Er schwankt schon, denkt Marie zufrieden.
Aber in der kalten Schneiderstube wird der Franz wieder lebendig. „Saukalt ist's da", knurrt er mißmutig.
„Geh'n wir halt 'nüber in den Stall", meint sie.
„Dort stinkt's mir. So was hab' ich nicht nötig für einen Goldgulden."
Aber Marie ist schon im Stall, steckt mit der Kerze die Stallaterne an. Sie blakt und will nicht brennen. „Was brauchen wir ein Licht", brummt er. „Ich find' mir schon meinen Einlaß."
Jetzt wird er in der Dunkelheit handgreiflich. Sie entzieht sich ihm geschickt, daß er enttäuscht ins Leere stößt.
„Marie", säuselt er, „halt deine Hand auf, damit ich dir die Gulden hineinfüll'. Verdammt, jetzt sind mir ein paar in den Ziegendreck gefallen. Kannst dir sie morgen herausklauben. Aber komm schon, Marie, komm!"
Er öffnet ihre Hand, und sie spürt die Münzen. Doch da bäumt sich etwas in ihr auf. Marie versucht, ihm das Geld zurückzugeben. Er weigert sich, es anzunehmen, umfaßt stattdessen hart ihre Taille und versucht, sie aufs Stroh zu drücken. Aber er ist betrunken, sie nicht. Sie ist gewandt wie eine Katze, drückt ihm ihr spitzes Knie an eine Stelle, die sehr empfindlich ist, hört seinen unterdrückten Wutschrei und ist schon auf den Beinen, rennt aus dem Stall, daß die Holzschuhe von den Füßen klappern, und ist bereits auf und davon, bevor Franz sich aufrappelt. Sie rennt hinüber zum Haus und sperrt sich in der Schneiderstube ein und lauscht angstvoll, ob er auch nicht herüberkommt.

Aber im Stall bleibt es still. Als sie nach einer langen Weile zur Stalltür schleicht, hört sie von außen sein Schnarchen.
Am Morgen ist Marie schon vor Tag wach. Gegen drei hat sie den Bauern mit Aloisia heimkommen hören, ist dann eingeschlafen und zur gewohnten Zeit gegen fünf aufgewacht. Sie zieht sich eilig an und geht hinüber in den Ziegenstall. Das Herz klopft ihr, als sie die Tür vorsichtig öffnet. In der Dunkelheit lauscht sie auf Franz' Schnarchen, aber es ist still. Zögernd tritt sie näher, stößt auf etwas Langes, Dunkles. Es sind seine Beine.
„Steh auf!" ruft sie eindringlich an seinem Ohr. „Zeit ist's, sonst sieht dich der Langer."
Mühsam rappelt sich Franz hoch, schaut sie an, sieht aber nichts als einen hellen Fleck in der Dunkelheit. Langsam wird er vernünftig, erinnert sich, aber nicht an alles.
„Die Marie", sagt er langsam, „und eine Heurige, eine teurige Heurige." Er kramte in seinen Taschen. „Schad' um das schöne Geld, aber versprochen ist versprochen. Doch einen Goldgulden war die Sach' nicht wert – das schlag' dir aus dem Kopf, Goldmarie." Er holt alles Geld aus seinem Joppenbeutel, erinnert sich nicht mehr, daß er ihr schon Geld gegeben hat, daß auch im Stroh noch ein paar Gulden liegen, und reicht es ihr. Sie nimmt schweigend die Münzen, steckt sie in die Schürzentasche und sagt schnell: „Ich nehme es nur als geborgt. Kriegst es wieder, Franz, bis ich Großvaters Sparbüchl vom Notar bekomm'." Sagt es und läuft davon.
Er schaut ihr kopfschüttelnd nach.

Marie wagte es nicht, sich so zu freuen, wie sie es gern getan hätte. Denn nun hatte sie das Fahrgeld nach Wien, beinahe das ganze Fahrgeld, in ihrer Schürzentasche. Was noch fehlte, würde sie zusammenkratzen. Sie wußte auch schon wie: Großvaters Taschenuhr würde sie beim Löw-Juden versetzen. Und das war jetzt am Mariä-Lichtmeß-

markt auch möglich. Da stand der David Löw als „Billiger Jakob“ an einem rohen Holztisch und bot seine Waren feil. Marie schlenderte auf dem Dorfanger zu den Buden. Es war ein feuchtwarmer Februartag mit einem blaßblauen Himmel und weißgrauen Windfahnen am Horizont.
Der Löw fragte in einer Pause zwischen seinen Anpreisungen nach ihrem Begehr. Ob er denn eine silberne Taschenuhr kaufen wolle? Nein, keine gestohlene, die von ihrem Großvater. Er müsse sie erst sehen, beschied der Graugelockte. Eilig lief Marie heim, um die Uhr aus ihrem Versteck im Küchenkastl zu holen. Sie griff in das Kaffeehaferl, dessen Henkel abgesprungen war – und zog erschreckt die Hand zurück. Das Haferl war leer, ihre Finger fühlten nur das glatte Porzellan.
Marie stand wie angewurzelt. Jemand hatte die Uhr aus dem Haferl geholt – ihre geerbte Uhr gestohlen. Wer? Wer wohl? Es kamen ja nur der Langer-Bauer und Aloisia in die Schneiderstube.
Mit steifen Schritten ging Marie hinüber ins Langeranwesen. Der Bauer stand vor der Tür, räkelte sich in den Schultern und tat gut gelaunt. Marie trat zu ihm und sagte leise: „Meine Uhr will ich haben, die Taschenuhr vom Großvater.“
Der Bauer sah sie aus kleinen, roten Augen an. „Was geht mich deine Uhr an?“ schnauzte er zurück. Seine gute Laune war dahin.
„Ihr habt sie und kein anderer!“ In Marie stieg kalte Wut hoch. Sie griff nach der Mistgabel und hielt sie dem Bauern entgegen. „Gebt die Uhr heraus, oder – oder ich stech’ zu!“ Laut, hoch und schrill war ihre Stimme – ihr selbst fremd. Der Mesnergehilfe stürzte auf sie, fiel in die Mistgabel, schrie auf, taumelte zurück, die Hand auf die Brust gepreßt, und schrie: „Mörderin, Teufelin! Hinter Schloß und Riegel gehört so was!“

Aloisia trat aus der Tür – ohne Hast, wie es ihre Art war. Sie sah den Mann und das Mädchen, hörte das Geschrei des Mannes, sah in Maries erschrecktes, kindliches Gesicht und sagte: „Hör auf, Mann, es hören dich ja die Leut'!"
„Sie sollen es hören, jeder soll es wissen, daß mich die Marie mit der Mistgabel angegangen hat wie eine Furie. Die ist nicht mehr richtig im Kopf. Nach Sternberg gehört sie, ins Narrenhaus!"
Marie stand immer noch stumm. Dann wandte sie sich ab und ging. In der Schneiderstube warf sie sich aufs Stubenbett, weinte, wimmerte und schluchzte.
Aloisia stand schon eine Weile vor ihrem Lager und sah unbehaglich auf Maries zuckende Schultern. Sie rührte das Mädchen an und flüsterte: „Da hast die Uhr, Marie. *Ich* hab' sie gehabt, nicht der Bauer. Ich hab' sie genommen, weil die Uhr vom Bauern kaputt ist. Und du schuldest uns ja doch noch 240 Gulden. Wenn du uns die Uhr verkaufst, sind es nur noch 230 Gulden, Marie."
Marie gab keine Antwort, rührte sich nicht, schluchzte aber auch nicht mehr. Aloisia legte die Uhr auf das Bett und schlurfte hinaus.
Der Billige Jakob war schon fort, als Marie mit der Uhr ankeuchte.
Der Langer kühlte die blutunterlaufenen Stellen auf seiner behaarten Brust und sann auf Rache. Mit so einer wie der Marie traute er sich noch lange fertigzuwerden. Marie mußte strafweise ein Ster Holz kleinhacken, eine Tätigkeit, die sie nicht gelernt hatte, weil ihr der Großvater jede Arbeit dieser Art abgenommen hatte. Sie mühte sich schwitzend ab. Stunde um Stunde. Da sagte jemand hinter ihr: „Soll ich dir helfen, Marie? Die Klötzer sind ja zu dick für so ein Krispinerl wie dich."
Es war der Franz, der breitbeinig vor sie trat und ihr die Holzhacke aus der Hand nahm. Marie sah dankbar zu,

wie die Kloben jetzt schnell auseinandersprangen. Die Dankbarkeit verflog aber, als sie erkennen mußte, daß der Franz seine Hilfe nicht uneigennützig angeboten hatte.
„Kommst heut' auf d'Nacht wieder in den Ziegenstall, Marie? Ich hab' dir auch vom Markt was mitgebracht. Wirst schaun, Madl."
„Nein, das geht nicht, Franz. Der Langer könnt uns erwischen. Ich –"
„Bei was könnt' ich denn das Früchterl Marie erwischen, he?" Wie aus dem Boden gewachsen stand der Bauer vor den beiden.
Franz sagte schnell: „Beim Holzmachen, bei was sonst?"
Der Bauer schrie: „Du halt dein Maul. Ich steh' schon eine Weil' hinter euch und weiß, was du im Ziegenstall von dem Flitscherl willst. Damit ist's aus! Überhaupt ist jetzt alles aus. Mich abstechen, wie einen Eber, und mit jedem Hallodri ins Stroh kriechen! Aus, sag' ich, ein für allemal aus!" Sprach's und stakte schwerfällig über den Hof davon.
„Der ist ja besoffen", sagte Franz begütigend zu der blassen Marie. „Mach dir nichts draus."
Aber Marie wußte, daß der Langer nüchtern war.
In der Nacht träumte sie von einem Meer von Häusern, hohen, prächtigen Häusern, aber sie standen nicht fest gegründet, sie schwankten und drohten auf sie zu stürzen – auf die kleine Marie, die verloren in einer Gasse zwischen den schwankenden Häusern herumirrte ...

Es dauerte fast vierzehn Tage, da kam der Bürgemeister auf den Hof und verkündete Marie, daß sie auf ein Jahr in eine Besserungsanstalt käme; sie wisse schon warum.
Jede Freundlichkeit war aus des Vorstehers rotem Gesicht gewichen, er sah sie nicht an, während er sprach.
„Die Aloisia wird dir die Sachen zusammenpacken, und der Naz bringt dich nach S. zu den Barmherzigen Schwe-

stern. Hast es dir selbst zuzuschreiben, Schneider-Marie. Dein Großvater tät' sich im Grab umdrehen, wenn er wüßt', was du für eine geworden bist. Friedliche Leut' mit der Mistgabel anfallen, Leut', die dir nur Gutes getan haben und eine Engelsgeduld mit dir hatten. Verleumden und lügen und dann noch Unkeuschheit treiben – mit einem wie dem Franz, von dem jeder weiß – pfui Teufel!"

Marie blieb merkwürdig kalt und ruhig. Sie hielt den Kopf gesenkt wie jemand, der demütig verdiente Strafe entgegennimmt. Sie fuhr nicht auf, rechtfertigte sich auch nicht – sie wußte, daß man dem Langer-Bauern glauben würde und nicht ihr.

Trotz dieser Haltung schrieb der Vorsteher in das Schriftstück, das der Naz mitnehmen sollte: „Sie nahm verstockt und ohne Reue die Nachricht entgegen. Man darf ihr nichts durchgehen lassen und muß immer ein Auge auf sie haben ..."

Marie tat an diesem schwarzen Tag zweierlei: Sie umfaßte ihr Bettzeug und trug es stumm zurück ins Schneiderhaus. Dort fachte sie in der Stube Feuer an, holte Briefpapier und schrieb Herrn Dingelreiter. Sie beschönigte nichts oder nur wenig, klagte nicht, sondern bat nur abschließend: „Ich flehe Sie an, daß Sie mich erretten, gnädiger Herr. Hab' ich doch überhaupt nichts Böses getan, und kommt man nur dann in eine Besserungsanstalt. Hier hab' ich gar niemanden, der zu mir hält. Vergelt's Gott, lieber gnädiger Herr."

Es schien die Märzsonne vom Himmel, und vom Dach des Schneiderhäusels tropfte der geschmolzene Schnee, als Marie den Riegel von außen vor die Tür legte und den Schlüssel im Schloß umdrehte. Der Naz stand neben ihr, streng und wortkarg, wie er immer war, auch wenn ihn die Kinder beim Lesen der Dorfnachrichten neckten und um ihn herumtobten. Solange Marie ihn kannte, war er

immer schon der Gemeindebote gewesen. Jetzt hob er Maries Koffer von der Trittstufe.
„Hast wohl Steine 'neingetan", murrte er. Nein, Marie hatte nur alles eingepackt, was sie besaß; es war so viel, daß es den Deckel fast sprengte. Nur das Geld vom Franz nahm sie nicht mit – man hätte es ihr gewiß weggenommen, wenn sie in der Anstalt ankam. Der Naz trug den Koffer, sie die Leinentasche. So gingen sie zum Budigsdorfer Bahnhof. Neugierige Augen sahen ihnen aus den kleinen Fenstern nach, und Marie zog mit der freien Hand das Umschlagtuch fester um den Kopf. Die Welt und alle Menschen schienen ihr erzböse. Beim Pfarrhaus blieb sie stehen, unschlüssig, ob sie der Pfarrköchin Lebewohl sagen sollte. Aber da war die schon gewichtig aus der Tür getreten, kam auf sie zu, machte ein Kreuzzeichen auf ihre Stirn, wie es sonst Vater und Mutter beim Auszug eines Kindes tun, und sagte: „Bleib brav, Marie", wie es auch Vater und Mutter zum Abschied gesagt hätten. Marie erwiderte ein leises „Vergelt's Gott" und ging an der Seite des Naz weiter.

Die Besserungsanstalt war ein großes Gebäude mitten in der Stadt S. Der Schlafsaal, in den Marie einquartiert wurde, lag zu ebener Erde. Wären die Fenster nicht vergittert gewesen – Marie hätte mit einem kurzen Satz in die Freiheit springen können. Vor dem Fenster lag ein schmales Beet, auf dem jetzt die Primeln blühten. Sie hätte gern an den Himmelschlüsseln, wie man hier die Primeln nannte, gerochen. Aber auch das ging natürlich nicht. Hier war Marie eigentlich nicht unglücklich. Es ging alles streng und ordentlich zu, beinahe wie im Eden. Die anderen Mädchen waren oft frech und ungebärdig und ärgerten Marie mit zweideutigen Redensarten. Man hatte wohl schnell erkannt, was für ein Milchschaf „die Neue" war. Zum Glück aber hatte es auch Schwester Leonarda bemerkt.

Marie wurde schnell ihr Liebling, durfte in der Anstaltskirche helfen, die Bücherei verwalten und selbst lesen, soviel sie wollte. Die Mädchen arbeiteten in der Werkstätte, zwirnten Knöpfe und klebten Tüten, manche durften auch zum Außendienst.
Eines Tages rief Schwester Leonarda Marie in die Kanzlei der Oberin. Auf dem Schreibtisch lag Maries Tagebuch. Marie sprang vor und riß es wild an sich. Sie sagte nichts, aber ihre waschblauen Augen funkelten.
„Friß mich nur nicht", sagte die noch junge Schwester Leonarda belustigt. „ Es ist für dich gut, daß ich das Tagebuch gefunden habe. Ist es die reine Wahrheit, die du da hineingeschrieben hast?"
„Ja."
„Lügst du uns auch nicht an, Marie?" schaltete sich die Oberin ein.
„Nein."
„Dann hat man dich also zu Unrecht hierher gebracht?"
„Ja."
„Nun, Marie, dann werde ich dafür sorgen, daß du wieder in die Freiheit kommst."
Marie zögerte, aber dann sagte sie entschlossen: „Ich will nicht von hier fort. Nach Wien lassen sie mich nicht, und zum Langer geh' ich nicht zurück. Da geh' ich lieber ins Wasser."
„Aber Marie! Wie kannst du so etwas sagen!"
„Sie kennen den Langer nicht. Niemals geh' ich zu dem zurück."
„Es ist also wirklich dein Ernst, daß du lieber hierbleiben möchtest? Das freut mich, Marie. Trotzdem muß die Gerechtigkeit ihren Lauf nehmen." Wie sie das aber sollte, das wußte weder die Schwester noch Marie. Zunächst blieb alles beim alten.

In der Besserungsanstalt

Marie schrieb während ihrer Anwesenheit in der Besserungsanstalt viel und oft in ihr Tagebuch. Auch fand sie einmal in der Bücherei ein Tagebuch -- genaugenommen war es ein Roman in Tagebuchform, aber Marie hielt ihn damals für ein echtes Tagebuch und gab sich daraufhin alle Mühe, ihren Stil dem ihres neuen Vorbildes anzugleichen. Sie beschäftigte sich nun schreibend auch mit Dingen, die sie nicht direkt angingen – im Gegensatz zu der früheren Forderung des Herrn Dingelreiter: „Schreib alles auf, was du erlebt hast ..."
Marie betreute eine alte Schwester. Wenn die Kranke schlief, schrieb Marie ins Tagebuch:

„Schwester Gottfriede ist ein geduldiger und guter Mensch. Sie sagt unzählige Male ‚Vergelt's Gott' zu mir, obwohl ich ihr gesagt habe, daß sie das nicht braucht. Ich tue gern jede Hilfreichung und wünsche mir, daß es etwas nützt und sie wieder gesund wird. Schwester Leonarda sagte, es sei am wichtigsten, daß ich Schwester Gottfriede zuhöre, wenn sie etwas erzählt. Dazu hat sonst niemand in der Anstalt Zeit wegen der vielen Arbeit. Einen Dienstboten will man der Schwester nicht zuteilen, weil sie manchmal merkwürdige Dinge erzählt, die man aber nicht austratschen darf. Zu mir hat man Vertrauen, daß ich nichts weitererzählen werde. Das tue ich auch nicht, nur dem Tagebuch vertraue ich es an. Gestern sagte die Schwester Gottfriede: ‚Marie, ich stamme aus einem reichen, großen Haus. Mein lieber Vater hatte eine Apotheke, und ich wäre gern Apothekerin geworden. Aber so etwas war ja Frauen nicht erlaubt. Glaube mir, ich wußte alles über jedes Heilmittel, jede Medizin, ich konnte jede selbst herstellen – wie der Vater. Aber ich mußte es heimlich tun – im Kabinett, damit es keiner sah. Marie, das war ein schönes Leben, das ich führte. Tagsüber im Kabinett der Apotheke, abends auf den Bällen. Oh, ich war eine Schönheit, Marie.' Ja, das sagte Schwester Gottfriede. Aber man kann sich heute nicht mehr vorstellen, daß sie eine Schönheit gewesen ist. Ich sehe nicht gern in ihr Gesicht – vielleicht ist es aber nur das Alter, das sie so verändert hat. Ich fragte vorhin Schwester Leonarda, ob die Schwester Gottfriede früher hübsch war, doch Schwester Leonarada sagte: ‚Wir kennen nur die Schönheit der Seele eines Menschen, nur danach sehen wir.' Ich schreibe dies hier nieder, weil es mir so gut gefiel ..."

Marie schreibt nun schon lange nicht mehr für den gnädigen Herrn, aber sie hat wieder begonnen, so zu schreiben, als ob sie einem möglichen Leser gefallen müßte. Manchmal schreibt sie ganz bewußt mit der Vorstellung, was Schwester Leonarda von ihr dächte, bekäme sie das Tagebuch nochmals in die Hände. So erwähnte Marie wieder die Vorkommnisse auf dem Langerhof, rechtfertigt sich im nachhinein, stellt auch Vermutungen an, weshalb der Langer so und nicht anders gehandelt habe. So schreibt sie, daß sie der Überzeugung sei, daß der Bauer seinen Hof mit Trug und List wieder zurückhaben wolle, weil er sich vor den Dorfleuten schäme, ihn an den Schneider verkauft zu haben. Niemand im Dorf glaubt dem Langer, daß er dies nur deshalb getan habe, weil er keinen leiblichen Erben hatte und weil Marie mit ihm verwandt sei. Er brauchte einfach Geld für sich und seine trunksüchtige

Frau. Vermutlich hat er den Schnaps doch nicht selbst gebrannt, sondern ihn gekauft, vielleicht bei einem Schwarzbrenner, vielleicht auch regulär im Kramladen. In den langen, jetzt schon sehr flüssig geschriebenen Eintragungen schweift Marie auch wieder zurück nach Wien:

„... war nicht die Hanna auch eine sehr arme Frau? Also stimmte es nicht, daß arme Leute eher schlecht werden und auf die schiefe Bahn geraten als reiche. Ich kenne viele Arme, die wirklich gut sind. Arme Leute sind dann gut, wenn sie an Gott glauben. Nur der Langer-Bauer ist eine Ausnahme; aber ich meine, daß er gar nicht wirklich an den Herrgott glaubt. Er tut nur so. Wenn ich nicht dabei war, haben sie auch kein Tischgebet gesprochen, und geflucht hat der Langer, wie ich noch keinen habe fluchen hören. So etwas hat der Großvater nie getan. Manchmal hat der Großvater geschimpft: ‚Verflixt und zugenäht!' Aber das ist kein Fluch, nur ein Ausruf. Wenn ich Schwester Gottfriede zuhöre, da denke ich oft an den Großvater. Sie sagen hier, daß Schwester Gottfriede nicht mehr gesund werden wird. Aber sie hat es besser als der Großvater, weil ich immer bei ihr bin, und der Großvater hat niemanden als die Pepitant' gehabt, mit der er sicher nicht hat sprechen wollen, weil sie ihm zuwider war. Daß ich seinerzeit nicht habe mit ihm zurück nach Tattenitz fahren wollen, das bereue ich jetzt sehr. Hat wohl der Großvater schon gespürt, daß er es nicht mehr lange wird machen – er hat auch am Bahnhof sehr viel gehustet. Ich habe meinem Großvater alles zu verdanken. Er war ein edler Mensch. Er hat ja nicht wissen können, als er das Langer-Anwesen für mich gekauft hat, daß es so schlimm wird ausgehen. Er hat es gut gemeint mit mir, noch über das Grab hinaus ..."

Unter den Anstaltszöglingen hatte Marie bald ihren Spitznamen weg. „Unschuldslamm", nannten sie die Mädchen. Da sie bei Schwester Leonarda in Ansehen stand, trat man ihr nicht zu nahe – im Gegenteil, sie wurde hofiert, und man versuchte, über sie manches zu erreichen: zum Beispiel, daß die Mädchen im Außendienst in der landwirtschaftlichen Versuchsanstalt eingesetzt wurden. Dort gab es junge Gärtnerburschen, mit denen sie sich gut unterhalten konnten ...
Marie selbst kam nicht zum Außendienst, weil es eine Vorschrift dann erst gestattete, wenn die Zöglinge ein halbes Jahr in der Anstalt waren. Marie betreute weiterhin Schwester Gottfriede. Es kam ihr nicht merkwürdig vor, daß es bisher in ihrem Leben immer nur alte Leute gewesen waren, mit denen sie in nähere Beziehung kam: der Großvater, der Herr Dingelreiter und jetzt die alte Nonne.
Einmal hörte sie Leonarda zur Oberin sagen: „Schwester Gottfriede könnte ganz gut aufstehen, aber sie will nicht."
Und die Oberin antwortete: „Das sollten wir verstehen. Ein Leben lang hat sie immer nur das tun müssen, was man von ihr verlangt hat. Jetzt will sie nicht mehr."
„Wir könnten Schwierigkeiten bekommen. Eigentlich müßte sie ins Spital im Mutterhaus. Das will sie nicht."
„Ja. Sie will es nun überhaupt nicht mehr so, wie andere es von ihr erwarten und verlangen. Aber ich kann dies vor mir und Gott verantworten. Sie tut vor ihrer Sterbestunde noch eine Gott wohlgefällige Tat, indem sie hilft, Marie auf den rechten Weg zu bringen."
Die lauschende Marie bekam einen roten Kopf und dachte dabei an die Dinge, über die Gottfriede mit ihr sprach. So hatte sie gestern in der Dämmerung nach der Abendandacht gesagt: „Siehst du, mein Kind, wenn man bald vor Gottes Thron steht, fragt man sich, ob man alles richtig gemacht hat im Leben." Und dann erzählte sie wieder aus ihrer Jugend, als sie sich in einen jungen Apotheker,

einen Gehilfen ihres Vaters, verliebt hatte. Der junge Mann verlobte sich heimlich mit ihr – und dann erwischte sie ihn mit einer anderen.

„Er hatte geglaubt, daß ich mit den Eltern aufs Land gefahren sei, aber mir war nicht gut. Ich lag im Bett und hatte Leibschmerzen. Gegen Mittag hörte ich im Haus Stimmen. Ich war neugierig, liebe Marie, leider. Also stand ich auf und ging den Stimmen nach. Sie kamen zu meinem großen Schreck aus dem Zimmer Alberts, meines Verlobten. Ich riß die Tür auf, aber sie gab nicht nach. Da schrie ich, schrie wie eine Furie, er solle sofort aufschließen. Er tat es dann auch. Und als ich ins Zimmer kam, war es leer. Ich lief zum Fenster. Im Hof lag ein Mädchen mit gebrochenem Knöchel und jammerte. Ich tobte, und die Nachbarn hörten mich. Albert war verschwunden, als ich wieder vernünftig wurde. Daß ich diesen hysterischen Anfall bekam, hing mit meinen Tagen zusammen – aber das wußte Albert nicht. Er packte noch am selben Tag seinen Koffer."

Marie wußte nichts dazu zu sagen. Gottfriede erwartete es wohl auch nicht. Die Schwester war damals so alt gewesen, wie Marie jetzt war. Und sie erzählte weiter, wie die Eltern auf den Skandal reagiert hätten. Der Vater schickte sie sofort zu Verwandten. Doch da sei sie erst recht hilflos und ohne eine verstehende Seele gewesen. Und es war, als verfolgte sie das Unglück. Der Vater starb bald nach den Vorfällen, und die Mutter behauptete, Gottfriede sei schuld daran. Die Apotheke kam in fremde Hände, und um das Unheil vollzumachen, stellte der neue Besitzer Albert wieder ein, ihren Albert, der das Mädchen mit dem gebrochenen Knöchel geheiratet hatte. Seit dem Sprung aus dem Fenster humpelte es und machte auch Gottfriede dafür verantwortlich. „Es gab für mich gar keinen anderen Ausweg – so meinte ich jedenfalls –, als zu den Benediktinerinnen zu gehen."

Marie schrieb ins Tagebuch:

„Ob alles wirklich so war, wie Schwester Gottfriede erzählt hat? Alte Leute sind oft vergeßlich. Der Großvater war auch manchmal vergeßlich. Schwester Leonarda hat mir gesagt, daß Schwester Gottfriede früher immer guter Laune und überhaupt nicht unglücklich war ..."

Marie legt die Wäsche in der Bügelstube zusammen – flink und geschickt, wie sie alles anfaßt. Inzwischen heizt sich das mit glühenden Kohlen gefüllte Bügeleisen wieder auf. Marie bügelt gern. Sie friert leicht, und die Wärme, die vom Bügeleisen ausströmt, tut ihr wohl – selbst an diesem Junitag.
Auf dem Beet vor dem Schlafsaalfenster blühen jetzt statt der Primeln rote und üppige Pfingstrosen. Sie neigen ihre schweren Köpfe fast bis zum braunen Erdboden. Aber es lohnt sich nicht mehr, sie hochzubinden, denn morgen werden sie alle für den Fronleichnamszug geköpft und wandern in die Körbchen der Zöglinge. Die bestreuen den Weg, den das Allerheiligste gehen wird, mit Blumen.
Marie singt vor sich hin: „Seff, bleib do, und lauf mir net davo, 's kann ja regnen, kann ja schneien, 's kann ja wieder schöner sein. Seff, bleib do ..."
Da öffnet sich die Tür und Schwester Leonarda tritt ein.
„Du hast guten Grund, fröhlich zu sein", sagt sie und schwenkt einen Brief. „Was glaubst du, was ich hier habe?"
„Einen Brief vom gnädigen Herrn in Wien!" ruft Marie sofort.
„Laß den gnädigen Herrn gnädig sein, Marie, und denk nicht immer noch an ihn als deinen Erretter." Marie beugt sich wieder über das Bügeleisen. Andere Briefe interessieren sie nicht.

„Kopf hoch, Marie! Hier ist dein Entlassungsschein aus unserer Anstalt."
„Ich will ja gar nicht fort von hier", erwidert Marie schnell, „ich will hierbleiben, bei Ihnen und bei Schwester Gottfriede."
„Schäfchen, du wirst später schon noch merken, was es heißt, in einer Besserungsanstalt gewesen zu sein", sagt die Schwester. Sie weiß, was sie sagt. Ihr Möglichstes hat sie getan, um den Makel zu mildern, der Marie in Zukunft anhaften wird. Sie konnte aber nicht erreichen, daß Marie wegen erwiesener Unschuld entlassen wurde. Im Brief, den sie in der Hand hält, heißt es nur: „Vorzeitig wegen guter Führung entlassen." Keiner der für die Einweisung Verantwortlichen zeigte sich bereit, einen Irrtum einzugestehen, obgleich Leonarda das Zeugnis des Anstaltsarztes vorgelegt hatte, welches bestätigte, daß Marie noch Jungfrau sei. Damit war ja der wichtigste Einlieferungsgrund, ihr unmoralischer Lebenswandel, hinfällig geworden.
„Komm, Marie, die Dolfi soll weiterbügeln, wir müssen jetzt einiges besprechen."
Marie folgt der Schwester mit hängenden Schultern. Sie will nicht undankbar sein. Leonarda hat sich ihrer sehr angenommen. Aber sie will auch nicht zum Langer zurück.
Sie hört zu, was Leonarda nun mitteilt: Schon morgen werde sie entlassen. Sie bekomme eine Fahrkarte nach Tattenitz.
„Dein Koffer ist schwer. Soll dich jemand nach Tattenitz begleiten?"
Marie wehrt ab. Denn schon keimt ein Gedanke in ihr auf. Wenn sie allein, ohne Naz, zurückfahren darf ...
Als errate Leonarda diesen Gedanken, sagt sie ernst: „Du mußt dich morgen Abend beim Vorsteher melden, Marie. Schließlich hast du es auch ihm zu verdanken, daß du wieder heim darfst."

Marie antwortet nicht, und Leonarda sieht sie besorgt an. Dann gibt sie ihr den Entlassungsschein. Marie steckt ihn gleichmütig in die Tasche des Anstaltskittels.
Leonarda schüttelt den Kopf. „Das ist mir noch nicht passiert, daß jemand so ungern wie du von hier fortgegangen ist."
Marie schweigt auch dazu. Sie hat in den vergangenen zweieinhalb Jahren viel erfahren und gelernt – auch das Schweigen.
Am Bahnhof verabschiedet sich Leonarda von ihrem Zögling: „Bleib weiterhin brav, Marie", sagt sie, „und schreibe uns." Sie sagt zwar nicht „mir", aber Marie spürt, daß Leonarda sie gern hat. So wirft sie sich ihr an den Hals und schluchzt: „Sie sind der einzige Mensch, der es gut mit mir meint. Nicht einmal der alte gnädige Herr ..."
„Marie, den mußt du nun endlich vergessen, hörst du?" Leonarda löst Maries Arme von ihrem Nacken. „Statt dessen denke an den lieben Gott, der immer für dich da ist. Ihn zum Freund zu haben, ist mehr wert als alle Freunde der Welt."
Die junge Marie ist nicht so fest davon überzeugt, aber sie nickt und steigt in den Zug. Dabei regen sich wieder ihre Lebensgeister, denn das Eisenbahnfahren ist für sie mindestens so schön wie für andere das Ringelspielfahren oder das Luftgondelschaukeln.
Leonarda steht auf dem Bahnsteig und winkt. Marie winkt lächelnd zurück. Und Leonarda denkt: „Man wird so wenig klug aus ihr. Der Schutzengel behüte sie."

Die große leinerne Beuteltasche, den Zehker, auf den Knien, den Koffer zu Füßen, so fährt Marie im rüttelnden Zug neuen Ufern entgegen. Sie heißen nicht Tattenitz, sie heißen Wien.
Zuerst war sie versucht gewesen, der alten Schwester

Gottfriede von ihren Absichten zu erzählen, aber dann unterließ sie es. Ihre Erfahrungen mit Erwachsenen waren zu unterschiedlich. Die gute, aber schwatzhafte alte Schwester hätte das Geheimnis womöglich nicht für sich behalten, wie sie so vieles nicht für sich behielt – Dinge, die für niemandes Ohr bestimmt waren.
Als Marie sich verabschiedete, bat sie Schwester Gottfriede um Geld. Es war für Marie das Selbstverständlichste von der Welt, für eine Leistung Geld zu erwarten. Gottfriede war nur einen kurzen Augenblick erstaunt, stand dann aber auf, kramte in einer Schatulle und legte Marie einige Geldmünzen in die Hand. Marie erkannte schnell, daß es für eine Fahrkarte nach Wien reichen würde, steckte das Geld in die Tasche und bückte sich, um Gottfriedes welke Hand dankbar, sehr dankbar zu küssen: „Gott vergelt's tausendmal, tausendmal. Ich werde Sie jeden Abend in mein Gebet einschließen", murmelte sie, und Gottfriede war gerührt.
Etwas Geld hatte Marie auch als Entlohnung für ihre Arbeit in der Besserungsanstalt erhalten. Schwester Leonarda übergab es ihr zusammen mit einem verschlossen Kuvert. „Heb das gut auf, Marie. Es ist ein Dienstzeugnis. Du wirst es brauchen."
Während Marie eine flaumige, nach Vanille duftende Buchtel aus einer Tüte holt – sie hat beim Backen noch selbst mitgeholfen –, denkt sie an den Umschlag. Sie kramt nach ihm, schlitzt ihn mit einer Haarnadel auf und liest den entnommenen Briefbogen. In Leonardas schöner, geschwungener Schrift steht da geschrieben: „Dienstzeugnis für Marie Portisch, Zögling in der Besserungsanstalt zu S." Dann folgt:

> „Die Vorgenannte wurde durch ein Versehen in unsere Anstalt eingeliefert. Die ihr zur Last gelegten Delin-

quenzen waren zu keiner Zeit bewiesen und stellten sich im Ablauf der Aufenthaltsdauer als Verleumdungen heraus. Durch den Anstaltsarzt Dr. Wanke ward festgestellt, daß die besagte Marie noch keinerlei Umgang mit dem anderen Geschlecht gepflogen hat, weswegen sie jedoch hier eingewiesen worden ist. Ebenso ist erwiesen, daß die vermeintliche Unbotmäßigkeit mit gefährlicher Körperverletzung – angeblich verübt an ihrem Vormund Jakob Langer zu Tattenitz – eine grobe Übertreibung, wenn nicht gar eine Lüge ist. Marie hat sich während des halben Besserungsjahres großer Willigkeit beflissen. Führung: sehr gut. Fleiß: sehr gut. Keine Strafen."

Unterschrieben ist das Dienstzeugnis mit „Sr. Leonarda Schubert, Erzieherin daselbst", gesiegelt mit dem amtlichen Siegel der „Besserungsanstalt in S.".

Marie läßt das Papier in den Schoß sinken.
In Hohenstadt verläßt sie mit Koffer und Zehker den Zug, um eine Fahrkarte nach Wien zu kaufen. Ängstlich sieht sie sich um. Der Teufel ruht nicht – es könnte ja sein, daß gerade heute der Langer-Bauer nach Hohenstadt gefahren ist. Sie atmet auf, als sie das Billet im Zehker verstaut. Nun steht und sitzt sie abwechselnd auf dem Bahnsteig und wartet. Sie muß lange warten, erst drei Stunden später fährt ein Zug nach Lundenburg in Südmähren und dann weiter nach Wien. In diesen drei Stunden ist sie blaß vor Angst und wagt es kaum, nach links oder rechts zu schauen.
„So allein, mein Fräulein?" fragt eine männliche Stimme. „Ist's gestattet?"
Marie sieht nicht auf und auch nicht zur Seite, als sich jemand zu ihr auf die Bank setzt. Nach einigen weiteren Annäherungsversuchen sagt ihr Nachbar leise, doch deut-

lich genug: „Dumme Gaak!“ Damit ist eine mährische Gans gemeint.
Endlich schnauft der Zug in die Station. Marie schleppt den Koffer zum Trittbrett, schiebt ihn hoch und schwingt sich nach. Ihr Sitznachbar in engen Hosen und flottem Strohhut würdigt sie keines Blickes mehr. Er hilft einer drallen jungen Frau, das Köfferchen ins Gepäcknetz zu heben. Im Abteil riecht es nach Knoblauch, Schweiß, stickiger Luft, doch kein Fenster wird geöffnet. Marie schwitzt in ihrem grauen Mantel, den sie im Koffer nicht mehr unterbringen konnte. Sie zieht ihn schließlich aus und legt ihn über den Schoß. Das Kleid ist ihr zu eng, denn sie hat in der Besserungsanstalt zugenommen. Jetzt umspannt das Oberteil ihre Brust, daß man meint, die Nähte müßten krachen. Sie trägt noch kein Mieder, die junge Marie – sie wird sich nun wohl eines nähen lassen müssen. Hoffentlich ist die Hausschneiderin Maruschka noch im Dienst der jungen gnädigen Frau. O Gott, hoffentlich kommt sie im Eden nicht ungelegen? Aber jetzt, während der beginnenden Saison? Marie beschwört alle positiven Erinnerungsbilder aus ihrer Dienstzeit im Eden. Sie hat doch Freunde – den Herrn Sedlatschek, den alten gnädigen Herrn, Hanna …
Je mehr sie sich Wien nähert, desto unsicherer wird sie. Der erste überschwengliche Freiheitsdrang ist nüchternem Nachdenken gewichen. Sie kommt ungerufen und ungebeten ins Eden. Was wird so dort erwarten?
Eine junge Frau ihr gegenüber lenkt sie dann von ihren Ängsten ab. Sie sagt: „Fahren S' das erste Mal nach Wien, Fräulein?“
Marie denkt: ‚Ich schau' wohl so aus, im Wollkleid jetzt im Juni, das mir zu eng ist, und mit den Schuhen vom Schuster-Emil.‘ Sie mustert schnell ihr Gegenüber: Elegant sieht sie aus, im Vergleich zu ihr. Das Schößchenkleid ist blau – eine Farbe, die Marie am liebsten hat – und

weiß umrandet, mit breiten Spitzeneinsätzen am Vorderschluß und Rüschen am Rocksaum, eine Handbreit über dem Knöchel. Das ist praktisch, man schleift dann den Saum nicht im Straßenstaub. Aber es ist auch ein bißchen unanständig – die Knöchel gehören bedeckt, wie Maruschka stets versicherte. Nur bei Hauskleidern kann man großzügiger sein. Nun, Maries Wollkleid ist auch zu kurz – sie ist offenbar ein Stück gewachsen.
„Nein“, antwortet Marie auf die Frage der jungen Frau. „Ich war schon zwei Jahre in Wien im Dienst.“
„Da kommen S' jetzt wohl von einem Besuch, net wahr?“
„Ich war länger von Wien weg.“
„Ja, das glaub' ich. Wissen S', in Wien tut sich immer was. Da haben S' bestimmt allerhand versäumt. Sie sagen, daß Sie im Dienst san? Vielleicht als Waschermadl oder als Dienstbot'? Gehn S', wer macht denn heut noch so was? Verdient ma doch nix, und is ang'hängt von früh bis spät. In einer Fabrik ist das anders. Die wachsen jetzt wie Schwammerl aus der Erd'. Ich hab' auch eine Stellung in einer Manufaktur. Beinkleider machen wir, ja, einfach nur Hosen, jede Größe, aber nur in zwei Farben, schwarze und braune.“
„Ohne Jacken? Nur Hosen? Wer bestellt denn soviel Hosen auf einmal?“
„Natürlich net einer – die Hosen verkauft der Fabrikherr wie Semmeln und Kipferln.“
„Aber an wen denn?“
„An die Geschäftsleut'. Jetzt kriegt man in den Geschäften statt Stoffen gleich die fertigen Sachen zu kaufen.“
„A, gehn S'“, antwortet Marie. „Wie können denn die passen? Hat doch jeder eine andere Figur.“
„Das hab' ich auch gedacht. Aber die Hosen passen den Leuten wirklich. Sie haben ja ein paar verschiedene zum Anprobieren. Also, Geschäft macht der Herr Chef genug.“
„Wer?“

„Der Herr Chef. So nennt sich der Herr Fabrikant Reiß, der unsere Manufaktur besitzt. Alsdann, Fräulein, wenn Sie sich amal verändern wollen – bei uns finden S' ein gutes Platzerl."
„Ich? Ich kann doch keine Hosen nähen."
„Das lernt man schnell. Nur auf den Maschinen nähen, das ist schwer. Wir haben jetzt fünf, direkt aus England. Aber die nähen so schnell, daß man kaum mitkommt. Mit der Maschine, da nähst sozusagen mit den Füßen. Bevor man die abbremst, ist man mit der Naht schon viel zu weit. Nein, von der Maschine halt' ich net viel."
Marie kann sich nicht vorstellen, wie eine Maschine aussieht, die Hosen näht.
„Die näht alles, nicht nur Hosen, überhaupt alles, Fräulein. Wie sie ausschaut? Schwarz, mit einer Nadel, einem Hebel und einem Rad. An dem Rad dreht man entweder mit der Hand, oder man tritt von unten wie beim Spinnrad."
„Steht die Maschine auf Füßen?"
„Was denn sonst? Auf Füßen wie ein Tischerl. Auf dem Tischerl ist der Maschinenkopf und unter dem Tischerl ein Pedal, auf das muß man treten. Das rattert dann."
Marie kann sich beim besten Willen so ein ratterndes Monstrum nicht vorstellen, so daß die Blaugewandete schließlich ein Papierl aus dem Pompadour zieht und eine Adresse aufschreibt. „Sie können mich da einmal besuchen. Sagen S' nur, daß Sie sich für eine Stellung in der Fabrik interessieren, dann laßt Sie der Portier schon durch. Wir brauchen nämlich noch Arbeiterinnen, und der Chef hat uns g'sagt, daß wir uns umschauen sollen. Aber ein gutes Führungszeugnis müssen S' haben, net wahr."
Das Gespräch hat Marie Auftrieb gegeben. Sie ist also auf das Eden nicht so angewiesen, wie sie bis jetzt immer gemeint hat.
Auf dem herrlichen Wiener Bahnhof hilft ihr das Fräulein

Rosa Huber noch den Koffer tragen, dann verabschiedet sie sich und zieht am Arm eines vierschrötigen jungen Mannes, der sie vor dem Portal erwartet, davon.
Marie schleppt ihr Gepäck zur nächsten Pferdebahn und fährt hinaus in Richtung Lainz. Von der neuen Pferdebahnstation sind es nur noch zehn Gehminuten. Die geht sie langsam und mit immer stärker klopfendem Herzen.
In der Blumenrabatte vor dem Hotel sind die Pfingstrosen schon verblüht und vom Gärtner sorgfältig abgeschnitten worden. Nur drei Blumenköpfe strecken sich noch – gestützt durch ein Korbgeflecht – gegen den Juniabendhimmel. So weit weg scheinen Marie die Pfingstrosen im Vorgarten der Besserungsanstalt, und es ist doch erst ein Tag vergangen, seitdem sie von S. fort ist.
Sie geht die Außenstufen hoch und hofft, Herrn Sedlatschek in der Portiersloge anzutreffen. Aber da erschrickt sie – ein fremdes Männergesicht schaut ihr entgegen.
„Bitte, ist der Herr Sedlatschek da?“ fragt Marie mit trockener Kehle.
„Grad’ ist er kumma. Er ist noch auf sei’m Zimmer“, sagt der Mann. Erleichtert stellt Marie den Koffer ab und eilt die Nebentreppe hinauf.
„Na, na, wos is denn? Wo woll’n S’ denn hin? Wer san S’ denn überhaupt?“ ruft der neue Portier ihr nach.
„Ich gehör’ zum Haus“, ruft Marie fröhlich zurück und verschwindet im Zwischengeschoß.
Marie klopft an Herrn Sedlatscheks Tür.
„Herein“, ruft die wohlbekannte Stimme.
Marie tritt ein, stürzt auf Herrn Sedlatschek zu und bleibt vor seinem ungläubig erstaunten, doch nicht erfreuten Gesicht stehen.
„Ja, sowas! Die Marie! Du bist doch nicht ewa ausgebrochen?“ fragt er und räuspert sich.
Maries Herz beginnt zu klopfen, hörbar, ängstlich.

„Nein“, sagt sie schnell. „Aber nein. Ich bin entlassen. Und jetzt bin ich wieder da.“
Hörbar erleichtert seufzt Herr Sedlatschek: „No, Gott sei Dank. Dir hätt' ich zugetraut, daß du aus dem Fenster springst und über die Mauer durchbrennst. Also haben sie dich wieder entlassen? Und du darfst jetzt wieder zu uns?“
Marie druckst herum. Aber es hat keinen Zweck. Sie muß ihrem Beschützer sagen, daß sie eigentlich zurück nach Tattenitz sollte, aber daß sie lieber sterben wolle, als zum Langer-Bauern zurückzugehen.
Herr Sedlatschek hört ihrem Wortschwall geduldig zu, dann sagt er: „Mariedl, bei uns suchen sie dich ja zu allererst. Ich versteh' ja, daß du in Wien bleiben willst, aber bei uns? Ich misch' mich da nicht ein, das mußt schon mit der Gnädigen ausmachen. Sie ist im Salon beim Alten. Geh halt hinüber.“
Marie klopft manierlich an die Salontür, tritt zögernd ein, macht einen Knicks, wie sie es gelernt hat, und wartet ab.
„Ist das nicht die Marie?“ fragt der gnädige Herr lebhaft. „Wie kommst denn hierher, Kind?“ Er wendet sich an die Tochter: „Hast du nicht gesagt, sie sei in einer – in einer Besserungsanstalt?“
Elsa Dingelreiter musterte Marie von Kopf bis Fuß. „Allerdings“, sagt sie, ohne den Vater anzusehen, „so hat man es uns mitgeteilt. Stimmt das etwa nicht?“
Marie stottert: „Ja, das schon. Aber ich bin schon entlassen. Sie haben ...“
Die Gnädige unterbricht: „Entlassen? Warst du also doch dort?“
„Ja, das schon, aber unschuldig, gnädige Frau. Ich war unschuldig dort. Es steht auch in meinem Zeugnis.“
Die Gnädige seufzt: „Ja, was machen wir denn jetzt mit dir? Ich hab' zwei Neue eingestellt. Warum hast denn du nicht rechtzeitig geschrieben, Marie?“

Was hätte sie wohl schreiben sollen? Von der „Begnadigung“ hat sie ja selbst erst vor ganz kurzem erfahren. So ist das also: Man braucht sie hier nicht mehr. Dann hat es auch keinen Sinn, etwa davon zu sprechen, daß sie ohne Genehmigung des Vormundes hierbleiben möchte. Es hat alles gar keinen Sinn. Niemand wird sie hier schützen gegen den Langer und die Obrigkeit, niemand sich für sie einsetzen – auch nicht der alte gnädige Herr, der so stumm in seinem Lehnsessel sitzt und hinter dem sie so oft gestanden ist, um mit duftender Creme seinen Nacken zu massieren …

Marie dreht sich um und stürmt wortlos aus dem Salon, den Gang entlang zur Portierloge, ergreift Koffer und Tasche und läuft aus dem Haus – so rasch, daß sie auf der Außentreppe beinahe stürzt.

Sie weiß nicht, daß Elsa Dingelreiter konsterniert sagt: „Was für ein Benehmen, Papa! Was haben wir uns doch in dieser Marie getäuscht! Aber lassen wir das. Kommst du nun zum Souper der Hofrätin oder nicht?“

Herr Dingelreiter fragt abwesend: „Was sagtest du, meine Liebe?“

„Ob du heute abend in den kleinen Speisesaal kommst? Die Hofrätin gibt ein Essen.“

„Nein, Elsa, nein. Ich habe Kopfschmerzen. Es tut mir leid.“

Später sitzt der alte Herr im Dunkeln, den Kopf zurückgelehnt. Er denkt an die kleine Marie, in deren Nähe er sich so wohlgefühlt hat. Sie ist auf die schiefe Bahn geraten. Ist sie es wirklich? Er kann es nicht glauben – dieses muntere Kind aus der Provinz! Sie kam ihm immer wie eine Heckenrose vor – so lieblich, doch auch mit Stacheln. Jetzt scheint sie eine Brennessel geworden zu sein …

Die Flucht

Marie hastet zurück zur Pferdestation. Aber der letzte Wagen ist weg. Langsam geht sie weiter. Wohin?
Die Vernunft kehrt zurück. Sie hätte nicht einfach davonlaufen sollen. Vielleicht hätte Herr Sedlatschek einen Rat gewußt – ein anderes Hotel. Er hatte doch Beziehungen. Wenn nur das Gepäck nicht wäre! Es hängt an ihr wie schwere Kilogewichte, Zentnergewichte. Irgendwo muß sie schlafen, und Geld hat sie kaum noch. Wichtiger als eine Schlafstelle ist das Essen. Sie hat Hunger, traut sich aber nicht in ein Beisel zu gehen, tut es dann doch.
Es ist eine dieser typischen Gastwirtschaften, die nur aus einem Raum bestehen, hinter dem die kleine Küche die Zubereitung einiger weniger Speisen ermöglicht: Gulasch, Palatschinken, Beuscherl und Wurstsalat mit Zwiebeln.
Marie erkundigt sich sorgfältig nach den Preisen und bestellt dann bei der Wirtin einen Wurstsalat aus Extrawurst – das Billigste. Sie ißt voller Hunger. Die Frau hinter der schmalen, alten Theke schaut zu. „Was zu trinken, Fräulein?"
Marie widersteht, so gern sie ein Kracherl getrunken hätte. Sie muß sparen, Wasser von der Bassena tut's auch. Sie bleibt sitzen, weil sie ja für diesen Sitzplatz sozusagen bezahlt hat. Es kommen nach acht Uhr noch ein paar Leute, Männer, die rauchend Karten spielen, sich nicht um sie kümmern. Dann wird es Nacht. Die Wirtin sagt: „Jetzt schließen wir." Sie sagt es nicht mürrisch, sondern eher neugierig. „Wollen S' denn noch verreisen, daß Sie mit dem Koffer dasitzen?"
Nein, Marie will nicht verreisen. Sie ist ja erst vor ein paar Stunden in Wien angekommen.

„Und da weißt wohl jetzt nicht wohin? Hast denn keine Bekannte oder Verwandte hier?" Sie sagt nun „du" zu dem jungen Ding. Das klingt mütterlich, und Marie faßt Zutrauen. Sie erzählt, in welcher Situation sie sich befindet, und hofft, daß die Frau im sauberen schwarzen Kleid, mit dem streng gescheitelten grauen Haar, einen Ausweg weiß.
„Ich tät' dich ja hier schlafen lassen, aber es geht nicht. Mein Mann will sowas nicht. Denk einmal nach! Wenn du schon zwei Jahre in Wien warst, mußt du doch ein paar Leute kennengelernt haben."
Marie denkt nach, und da fällt ihr Alois Fiedler ein, der Aufseher im Zuchthaus, der sie schon einmal von der Straße aufgelesen hat. Natürlich ... Daß ihr das nicht gleich eingefallen ist! Die Wirtin hat zwar Bedenken, daß Marie so weit hinaus zu diesem Herrn Fiedler will, aber einen besseren Rat weiß sie auch nicht. Sie tut jedoch, was sie kann: Sie überläßt Marie ein klappriges Handwagerl, das sie morgen wieder zurückbringen soll. „Aber vor zehn, damit mein Alter nichts merkt!"
So trabt Marie in der warmen Juninacht mit einem Handwagen durch die Stadt ihrer Sehnsucht, darauf bedacht, daß sie von niemandem aufgehalten wird.
Es schlägt Mitternacht von einem Kirchturm her, als sie vor dem Portal des Zuchthauses steht. Sie hat einen ausgezeichneten Orientierungssinn und braucht nur einmal nach dem Weg zu fragen. Der blankgeputzte Klingelzug bewegt sich unter ihrem Zugriff, laut schallt die Glocke, und gleich darauf öffnet sich das kleine Fenster im Portal. Marie verlangt dringend den Herrn Aufseher Fiedler zu sprechen. Ja, sie sei mit ihm verwandt. Zum Glück hat Alois Fiedler Nachtdienst. Er kommt, sieht Marie und führt sie ums Haus herum in den Nebentrakt.
Seine Stube ist aufgeräumt. Man spricht nur das Notwen-

digste, weil Fiedler zurück in die Wachstube muß. Dort sagt er zu seinem Kollegen: „Ich hab' Besuch bekommen. Es ist jemand von daheim." Fiedler stammt zufällig aus Nordmähren wie Marie, war – wie sie – in jungen Jahren nach Wien gekommen und hier hängengeblieben.

Die restliche Nacht denkt er über Marie nach. Was sie ihm erzählt, scheint ihm wirr. Vor einem Dreivierteljahr hat er ihr auf einem Fest ein Lebkuchenherz zugesteckt. Ist es möglich, daß man in so einer kurzen Zeit so viel Unglaubliches erlebt?

Die Morgensonne beleuchtet mit schrägen Strahlen einen Teil der Zuchthausmauer, als Fiedler zurück in seine Wohnung geht. Er geht eilig. Aber diesmal ist der sonderbare Schmetterling sicher noch nicht davongeflogen, wie damals vor zwei Jahren.

Dann steht er vor Maries Lager, dem Lederkanapee in der Küche. Die Wohnung besteht nur aus einem Zimmer und einer Küche, wie die meisten Wohnungen in Wien. Die besseren haben noch ein Zimmer mehr, den Salon, und ein Kabinett für das Dienstmädel oder die Kinder.

Marie schläft. Er betrachtet in der Morgenhelle ihr kleines Gesicht mit dem wirren Haar und dem geschlossenen Mund – das Gesicht eines Kindes, das sie mit ihren siebzehn Jahren ja auch noch ist. Maries Augenlider bewegen sich. Sie hat sich nur schlafend gestellt, wollte noch eine Frist, bevor sie in die Augen des Alois Fiedler sehen muß. Jetzt tut sie es und sagt: „Guten Morgen. Ich möcht' gern aufstehen."

Alois versteht und geht ins Schlafzimmer. Eilig springt sie auf, dehnt sich und geht zum Herd. Im Wasserschaff ist lauwarmes Wasser. Sie schöpft es mit dem „Maß" in das Lavoir auf dem dreibeinigen Emaillegestell und wäscht sich eilig. Sie will ja noch zur Frühmesse gehen, der „Armeleutemesse", zurecht kommen. Und sie weiß nicht,

wie weit es bis zur nächsten Kirche ist. Dann muß sie den Handwagen zurückbringen.
Alois wundert sich, daß sie sehr schnell fertig ist und daß sie an einem gewöhnlichen Werktag in die Kirche gehen will, aber er läßt sie gewähren. Sie lehnt auch den Malzkaffee ab: „Ich geh' ja zur Kommunion."
Die Frühmesse hatte in der Anstalt zum Tagesablauf gehört. Sie gibt Marie auch hier das angenehme Gefühl, etwas getan zu haben, was Gott wohlgefällt. Zugleich ist sie der Überzeugung, daß ihr der Herr Jesus, wenn es einmal nötig sein sollte, helfen werde. Aber man mußte in die Kirche gehen und seine Christenpflicht erfüllen. Schwester Leonardas Mahnungen sind auf fruchtbaren Boden gefallen ...
Als sie aus der Kirche tritt, steht Alois da und lächelt erleichtert. „Ich hab' auch für Sie gebetet", sagt Marie schnell.
„Vergelt's Gott", meint er.
Auf dem Heimweg reden sie nur über die Zukunft und das Vergangene. Alois hat eine halbe Nacht lang Zeit gehabt, darüber nachzudenken. „Du kannst bei mir als Dienstmadl bleiben, wenn du willst. Da kann niemand etwas dagegen sagen. Trotzdem werde ich den Herrn Direktor fragen. Zum Glück hat meine Wohnung zwei Räume; da bekomme ich bestimmt die Erlaubnis. Ich zahle dir auch Lohn, wie sich das gehört. Ist es dir so recht?"
Marie muß diese Lösung recht sein, und in den nächsten Wochen erkennt sie, daß sie es beim Alois gut getroffen hat: Er ist korrekt, zahlt pünktlich den Lohn, den sie in einer Zigarrenschachtel aufbewahrt. Sie kocht und wäscht, strickt und flickt für ihn. Zum gemeinsamen Ausgehen muß sie ihn freilich stets bitten und nötigen. Er wehrt meist ab: „Schau, Marie, es reden die Leut', wenn

ich mit meinem Dienstmadl in ein Wirtshaus geh'. So was gehört sich net, das mußt du einsehen, Mariedl." Er nennt sie manchmal so, und das tut ihr wohl.

Um die Augustmitte kam ein rekommandierter Brief. Ängstlich hielt sie ihn in der Hand. Er war an sie gerichtet. Aber wer wußte denn schon, daß sie hier bei Alois war?
Der Brief kam aus Tattenitz, und die Adresse hatte man wohl vom Wiener Rathaus erfahren. Dort war Marie von Alois unnötigerweise, wie sie fand, angemeldet worden. Das Schreiben besagte, daß sich Marie unverzüglich nach Tattenitz zu begeben habe – „zur allfälligen Klärung anstehenden Sachverhaltes". Daß so etwas eines Tages kommen würde, hatte sie befürchtet. Aber daß man sie so schnell – schon nach sechs Wochen – finden würde, damit hatte sie nicht gerechnet.
Sie weinte ein bißchen und trug dann in ihr Tagebuch ein:

> „... beim Herrn Fiedler Alois ist es mir wirklich gut gegangen. Ich konnte machen, was ich wollte, niemand hat mir dreingeredet. Nur auf den Hof durfte ich nicht, weil die Zuchthäusler mich sonst gesehen hätten. Ich durfte überallhin ausgehen, auch ins Theater. Es ging mir viel besser als im Hotel Eden, wo ich nur ein kleiner Dienstbote war, den man schurigeln konnte. Vom alten gnädigen Herrn hab' ich zwar manche gute Tag empfangen, aber später hat er doch die Hand von mir abgezogen. Jetzt ist alles wieder vorbei. Der Alois wird von mir verlangen, daß ich zurück zum Langer gehe; das weiß ich schon. Er kann ja nichts riskieren, weil er doch Beamter ist – das hat er mir schon gesagt ..."

Doch so einfach machte es sich Alois nicht. Er setzte die weinende Marie nicht einfach in den Zug Richtung Lundenburg und ging getrost wieder heim – nein, er setzte sich selbst in den Schnellzug und fuhr ohne Marie nach Tattenitz.

Das schöne Dorf beeindruckte ihn. Er verstand nicht ganz, wieso es Marie hier so gar nicht aushalten konnte. Die sommerlich grüne Landschaft, die sanften, bewaldeten Hügel, die saubere Dorfstraße, die behäbigen, breit hingelagerten Höfe – all das gefiel ihm sehr.

Er fragte den Nächstbesten nach dem Schneiderhaus. Der Mann wies ihm neugierig den Weg.

„Dort wohnt aber niemand."

„Ich weiß", sagte Alois und schritt weiter. Sofort marschierte der Naz – denn den hatte Alois gefragt – zum Gemeindehaus und berichtete aufgeregt: „Ein Zuchthausaufseher hat nach dem Schneiderhaus gefragt. Ob sie die Marie eingesperrt haben?"

Eine Stunde später war es keine Frage mehr, sondern ein Tatbestand: Die Schneider-Marie haben sie erwischt. Jetzt sitzt sie im Gefängnis. Den meisten tat dies leid, denn vieles hatte sich in den letzten sechs Wochen ereignet: Die Pfarrköchin hatte, wie bekannt, schon längst ein mißtrauisches Auge auf den Mesnergehilfen Langer gehabt. Um ihn auf die Probe zu stellen, versenkte sie heimlich einen gekerbten Taler, einen alten Maria-Theresia-Taler, im Klingelbeutel. Hochwürden hatte sie anschließend Bescheid gesagt. Er war zwar ärgerlich geworden: „Man darf andere Leute nicht grundlos verdächtigen!" – aber aus dem Ärger wurde schnell kleinlaute Verlegenheit: Langer lieferte den Taler nicht ab. Er wurde tags darauf bei einer Hausdurchsuchung, auf der die Köchin bestand, in Langers Nachtkastl gefunden. Und noch etwas fand man dort: Die Quittung für den Schneider Jakob Por-

tisch, lautend auf 240 Gulden, quittiert von Jakob Langer mit dem Zusatz: „Dankend erhalten".
Wie und wann sie der Langer aus dem Schneiderhaus entwendet hatte, gestand er nicht. Er blieb verstockt und uneinsichtig und wurde wegen Betrugs und Diebstahls verhaftet.
Alois Fiedler traf also eine ganz andere Situation in Sachen Marie Portisch an, als er befürchtet hatte. In der Schreibstube empfing ihn der Vorsteher und war sichtlich erleichtert, als sich herausstellte, daß Marie nicht schmachtend im Gefängnis saß, einen lockeren Lebenswandel büßend.
In einer knappen halben Stunde war alles erledigt. Der Bürgermeister selbst wollte nun Maries Vormundschaft übernehmen, und er gestattete ihr, in Wien zu bleiben, wünschte jedoch, daß sie ihre angefangene Küchenlehre fortsetzte – zu ihrem eigenen Vorteil. Mit einigen anderen Papieren händigte der Vorsteher auch das Dienstzeugnis Maries aus dem Hotel Eden Herrn Fiedler aus.

Marie hängt die Wäsche auf die Leine. Es sind Duchentbezüge, baumwollene, graue Unterhosen ihres Dienstherrn, weiße Leinenbettücher, graugestreifte kragenlose Herrenhemden, die nun im Wind flattern. In Wien ist der Wind zu Hause. Er pfeift um die Straßenecken, wirbelt ständig Staub auf und dreht auch manchmal die Schirme der Damen um, daß sie wie große Schalen aus bunter Seide aussehen. Jetzt tut er etwas Nützliches, er trocknet mit warmem Hauch Maries Wäsche.
Mit dem leeren Korb unter dem Arm geht sie wieder zurück ins Haus und läßt sich müde auf das Küchenstockerl fallen. Seit Alois nach Tattenitz gefahren ist, arbeitet sie unentwegt. Sie ist davon überzeugt, daß sie übermorgen ihr Bündel schnüren muß. Also soll hier in der Wohnung

alles blitzblank sein. Sie hat die Fenster geputzt, den Fußboden gerieben, den Herd geschwärzt, einen Kuchen gebacken, Gulasch gekocht, Nudelflecke ausgewalkt, Kraut geschnitten und zugestellt, Linsen und Erbsen verlesen und Bohnen abgefädelt. Jetzt ist sie hundemüde, so müde, daß sie am liebsten einschlafen möchte. Warum auch nicht? Heute kommt ja Alois doch nicht mehr heim. So schnell wird das nicht gehen, was er in Tattenitz zu regeln hat ...

Sie legt sich in Alois' Bett, weil sie sonst erst in der Küche aufbetten müßte. Auch schläft sie gern in frischer Bettwäsche. Sie hat die Federbetten mit rotweiß gemusterter Bettwäsche bezogen und räkelt sich nun in dieser Frische.

Sie hat nichts an, nackt liegt sie in der warmen Sommernacht unter der Duchent. Ihr Hemd hängt draußen auf der Wäscheleine. Nachthemd kennt sie keines. So etwas ziehen nur bessere Leute an wie die Gnädige im Eden. Da hat sie manchmal beim Bügeln die feinen Spitzen bewundert und sich gedacht: „Viel zu schade zum Schlafen, wo das Nachthemd ja doch keiner sieht ..."

Alois ist der letzte Gast im Grünen Kranz zu Wien, und die Wirtin möchte schließen. Doch der gutgelaunte Alois will noch Unterhaltung. Damit die Wirtin auf ihre Rechnung kommt, bestellt er teuren Südwein und bringt dann sein Anliegen vor.

Die Kranzwirtin ist nicht abgeneigt, Marie zur Kochlehre aufzunehmen, und so geht Alois keinesfalls betrunken, doch heiter beschwingt, seiner Behausung zu.

Auf Socken schleicht er sich, um Marie nicht zu wecken, durch die Küche ins Schlafzimmer und läßt sich aufs Bett fallen.

Aber da rührt sich ja etwas in den Federbetten! Erschrocken zündet er ein Schwefelholz an und erkennt,

daß er in seinem Bett Einquartierung hat – Marie blinzelt ihm verschlafen entgegen. Er lacht leise: „Hast nicht gedacht, daß ich heute schon heimkomm', gelt?"
„Und was hast du ausgerichtet? Wann muß ich denn zurück nach Tattenitz?" fragt sie hastig.
Da erzählt er ihr, was sich inzwischen ereignet hat.
„Der Langer ist eingesperrt? Und ich muß wirklich nicht mehr zu ihm?" fragt sie ungläubig.
„Wenn ich's dir doch sage. Der Gemeindevorsteher ist jetzt dein Vormund. Und er hat erlaubt, daß du in Wien bleibst. Nur deine Kochlehre sollst du beenden. Und das kannst du auch, weil ich es mit der Kranzwirtin abgesprochen hab', daß sie dich zum Kochenlernen aufnimmt. So kannst hier weiter wohnen und bleiben, und in der Früh gehst halt statt zur Messe zu ihr in die Küche. Am Abend kommst dann wieder heim. Siehst du, alles ist schon geregelt."
Marie ist glücklich. Was ist doch der Alois für ein Kerl, daß er das alles geschafft hat! Sie darf in Wien bleiben, ihr Widersacher sitzt hinter Schloß und Riegel, und die Quittung vom Langer ist auch wieder da. Sie schlingt die Arme um Alois' Hals und gibt ihm dankbar einen Kuß. Erschrocken merkt sie, daß sie ja nackt ist und zieht rasch die Bettdecke wieder bis zum Hals hoch. Aber das Schwefelhölzchen ist ja längst erlöscht – es ist dunkel in der Schlafstube, völlig dunkel.
Da merkt Marie, daß Alois sich auszieht. Schnell schlüpft sie aus dem Bett, um in die Küche zu gelangen, stößt jedoch an ihn, und im nächsten Augenblick hält er sie fest.
„Wohin willst denn? Bleib heute bei mir", bettelt er. „Es ist doch Platz für zwei." Seine Arme umfassen sie fester, er hebt sie zurück aufs Bett. Dann liegt er neben ihr, streichelt beruhigend ihr Gesicht. „Hab keine Angst, ich tu' dir nichts."

Er tut ihr auch wirklich nichts. Marie schläft, an die kühle Wand gedrückt, ein. Es ist immer noch dunkel im Raum, als Marie im Halbschlaf zärtliche Hände fühlt – einen warmen, menschlichen Hauch. Sie spürt Alois' stummes Drängen. Es tut ihr weh, trotz aller Behutsamkeit. Sie weiß: Was ihr geschieht, ist schön, doch nicht recht. Aber sie wehrt sich nicht, weil sie genauso weiß, daß sie in dieser Stunde jemanden glücklich macht, der es verdient hat. Als sie am Morgen aufwacht, ist heller Tag. Sie liegt allein in Alois' Bett und muß sich erst eine Weile besinnen, ehe sie all das Neue begreift, das ihr widerfahren ist. Dann beginnt sie leise vor sich hinzusummen, während sie sich anzieht. In der Küche steht der Kaffeetopf noch heiß auf dem Herd. Frische Kipfeln liegen auf der Wachstuchdecke, und Marie erinnert sich an Alois' letzte Worte in der Nacht: „Ich heirate dich, Marie. Wenn du magst, so heirate ich dich ..."

Nun begann für Marie ein schönes, ruhiges Leben. In das Tagebuch schrieb sie:

> „... nachdem alles für mich so glücklich geendet hat, habe ich eine Heilige Messe und eine Kerze für 1 Gulden 30 Kreuzer gestiftet. Alois ist sehr gut zu mir. Er hat mir ein goldenes Kreuz und eine goldene Kette geschenkt. Auch durfte ich mir teuren, grünen Samtstoff kaufen, und die Schneiderin von der Kranzwirtin hat mir einen Rock und eine Jacke daraus genäht – sehr schön mit Posamentierarbeiten. Das Nähen hat Alois auch bezahlt. Er ist ein nobler und braver Mensch. Sogar eine neue Batistbluse soll ich bekommen, mit echter Spitze. Doch die Schneiderin hat erst in vier Wochen Zeit. Ich werde deshalb selbst mit dem Nähen anfangen, zuschneiden

wird die Schneiderin. Bei der Kranzwirtin gefällt es mir ausgezeichnet, viel besser als bei der Frau Toni, die mit mir immer nur rumgeschachtelt hat. Frau Swoboda, so heißt die Wirtin, hat mir gestern erlaubt, ganz allein einen Lungenbraten zuzubereiten. Und er ist mir auch gut gelungen. Besonders gefreut habe ich mich über ein Paar schöne, weiße Schuhe, wieder aus Atlasseide, aber bessere Qualität als meine alten. Alois hat gemeint, daß ich die alten wegwerfen soll, wegen der schwarzen Brandflecken, aber das tue ich nicht ..."

Nicht nur Marie, auch Alois ist glücklich. Er hätte Marie sofort geheiratet, aber er fürchtet, daß er für sie nicht gut genug ist. Marie ist jung und hübsch, er ist genau doppelt so alt, vierunddreißig Jahre. Marie ist jetzt eine „gute Partie". Die beiden Anwesen in Tattenitz stellen ja einen ziemlichen Wert dar. Darf er ihr den Weg für eine bessere Partie, als er sie darstellt, verbauen? Er liebt sie sehr, gewiß. Aber er ist auch ein ehrbarer Mensch. Er hat, genau wie Marie, die Sache gebeichtet und nimmt die Mahnung des Priesters, künftig die Sünde zu meiden, ernst. Oft betrachtet er Marie, merkt, wie sie immer hübscher und voller wird. Ihre zu blasse Haut bekommt Farbe. Die beiden Einbuchtungen in den Wangen runden sich. Die Kost der Kranzwirtin schlägt ihr gut an. Glücklicherweise ist die Wirtin mit ihr zufrieden und Marie mit der Wirtin.
Das einzige, was Alois in seiner Zufriedenheit stört, ist das Gehänsel der Kollegen: „Du hast es gut, hast ein Dienstmädchen für die Nacht, das tagsüber für dich Geld herschafft." Wenn auch die Spötter nicht boshaft sind ... Alois fühlt sich im Dienst nicht recht wohl in seiner Haut.
Die heißen Sommerwochen gehen vorüber. Alois hat Marie zum Feuerwehrfest in Hütteldorf ausgeführt, hat ihr

wieder ein Lebkuchenherz gekauft und ihr ein paar Preise im Schießstand geschossen. Unwillkürlich schaut sich Marie nach Bekannten um, aber sie entdeckt niemanden. Manchmal denkt sie zwar noch an den alten gnädigen Herrn, an die brave Hanna, an den Herrn Sedlatschek und auch an die lockere Sophie, aber Sehnsucht nach dem Eden hat sie keine mehr. Einmal glaubt sie, im Prater dem Leutnant Hanstein zu begegnen, doch sie ist sich nicht sicher und wendet sich schnell ab. Auch diese Zeit ist vorbei, so wie der Sommer vorbeigeht, um dem Herbst und schließlich dem Winter Platz zu machen. Wie der Gegensatz zwischen Sommer und Winter scheint ihr der Gegensatz zwischen der Zeit im Eden und der beim Alois Fiedler. Verbindung gibt es keine mehr, das heißt, eine doch noch: die Kochkunst. In der Küche der Kranzwirtin wird sie des öfteren an die Rezepte der Frau Toni erinnert, die Marie so eifrig aufgeschrieben hatte – oft ohne Wissen der Köchin. Das tut sie übrigens auch mit den Rezepten der Kranzwirtin. Marie ist stolz darauf, daß die Rezeptseiten im Tagebuch wachsen. Immer noch ist es ihr Ideal, eine so bedeutende Herrschaftsköchin zu werden, wie sie ihr auf dem Wochenmarkt begegnen. Da geht die Köchin in weißer, gestärkter, mit Rüschen verzierter Schürze über den Markt, ein Küchenmadl hinter sich, das eifrig in den Korb tut, was die Frau Köchin an Gemüse, Obst, Eiern und gerupftem Geflügel sorgsam ausgesucht hat. Der Gesichtsausdruck der Herrschaftsköchin ist hoheitsvoll, der des Küchenmadls ängstlich und devot – grad' so, wie sie, die Marie wohl im Eden ausgeschaut hat …
Dann naht der graue November, der Monat, den die Wirte am meisten fürchten, weil die Leute schon für die Festtage zu sparen anfangen und es scheuen, bei naßkaltem Wetter auf die Straße zu gehen. In dieser Zeit kommt der Brief der Pepitant' aus Tattenitz. Sie schreibt darin, daß

Marie wohl einmal nach ihrem Eigentum schauen solle. Der neue Pächter des Langer-Anwesens halte dieses zwar in Ordnung, aber bei den Mietern im Schneiderhaus „schaut es aus wie bei den Zigeunern." Und die Tante klagt, wie jammerschade es sei, daß „alles so verkommen tut", weil niemand nach dem Sach schaue.
Marie ist zur Reise schnell entschlossen, und die Kranzwirtin beinahe froh, daß Marie eine Zeitlang nicht von ihrem Tisch zehrt. Sie fährt also nach Tattenitz.
Die Strecke kennt sie schon, und so erpicht aufs Zugfahren ist sie auch nicht mehr. Alois hat sie zur Bahn gebracht, liebevoll gemahnt, nicht das Umsteigen zu vergessen und sich nicht zu verkühlen. Marie hat in ihrer Eitelkeit den neuen, grauen Mantel abgelehnt und ist in ihrem grünsamtenen Sonntagsrock und der pelzbesetzten, schwarzen Jacke unterwegs. Auf ihrem zu hellen Haar sitzt eine Mütze aus Kaninchenfell, daß es fast so aussieht, als ob sie eine schwarze Perücke trüge. Sie findet sich schick und genießt die freundlichen Blicke, die die männlichen Mitreisenden auf sie werfen.
In Tattenitz kommt sie gegen drei Uhr an.
Vor dem Schneiderhäusl verhält sie den Schritt, schaut kritisch zur hölzernen Fassade hinüber. Die kleinen Scheiben sind blind, nicht vom Stubendampf; sie sind mit Fliegenspritzern vom letzten Sommer gesprenkelt und von Straßenstaub gestreift.
Ihr Weg führt sie zuerst in den Stall. Er ist erfüllt von feuchten Dungwolken. Kein Wunder, die Zeige Gretl steht knöcheltief im verfaulten, morastigen Einstreu. Sie meckert, als sie den Luftzug spürt, erwartet wohl Futter. Marie watet zu ihr, streicht über das Fell. Es ist verkrustet vom Dreck, die Knochen stehen spitz hervor. Gierig sucht das Tier nach Freßbarem, meckert hungrig und jämmerlich. Die zweite Ziege ist nicht da. In Marie steigt

kalte Wut hoch. Mit flatterndem Rock rennt sie hinüber zum Haus, reißt die Tür auf und schreit: „Binder, was habt ihr aus meiner Ziege gemacht?“
Ein hustendes Männchen erhebt sich von der Ofenbank: „Jesus, die Marie!“ murmelt er so erschrocken, als sähe er ein Gespenst.
„Ja, die Marie“, höhnt sie. „Die Marie kommt nachschauen, was ihr aus meinem Eigentum gemacht habt. Einen Saustall habt ihr draus gemacht. Da“ – sie stößt mit dem Fuß gegen ein Reisigbündel mitten in der Stube –, „und da“ – sie deutet auf ein Fenster, das blind ist vor Dreck. „Im Ziegenstall läuft einem der Odel entgegen. Nichts als Dreck, Dreck und Dreck! Ich kündige euch, Binder, ihr geht! Morgen geht ihr aus meinem Eigentum!“
Marie schweigt jetzt, starrt ihrem Mieter ins Gesicht. Die Kappe sitzt schief auf ihrem Kopf, den Rock hat sie aufgeschürzt. Der Binder steht gebeugt und läßt das Donnerwetter über sich ergehen.
„Wo ist die Binderin?“ schreit Marie ihn wieder an.
„In der Kirche“, sagt der Alte. Und weinerlich fügt er hinzu: „Ist ja heut Armeseelenmesse für unsere Walburga.“
Marie erinnert sich, daß der Binder ins Schneiderhäusl gezogen war, weil seine Tochter, Bäuerin auf einem kleinen Anwesen, vor zwei Jahren gestorben war und der Schwiegersohn eine neue Frau ins Haus gebracht hatte. Da die Walburga nur eingeheiratet hatte, mußten ihre Eltern Platz machen für die Eltern der zweiten Frau. Der Hof brauchte sie als Arbeitskräfte. Marie war mit dem Vorschlag des Bürgermeisters einverstanden gewesen, die Binderleute als Mieter aufzunehmen. Jetzt ahnt sie, daß sie der Vorsteher übers Ohr gehaut hat. Der wußte sehr wohl, daß die Binderleute im Armenhaus der Gemeinde untergebracht werden müßten, wenn Marie nein sagte.

Sie stellt ihren neuen Vormund zur Rede: „Ihr habt mir Zigeuner ins Haus gelegt. Sie hausen schlimmer als die Zigeuner – alles ist verkommen. Und das in vier Monaten! Ich fahr' nicht eher zurück nach Wien, bevor die nicht aus meinem Haus sind."
Der Bürgermeister runzelt halb belustigt, halb ärgerlich die Stirn: „Marie, Marie, fängst du mit mir auch schon wieder Streit an? Ich werde jeden Monat den Naz zum Binder schicken. Der wird nachschauen, ob alles ordentlich ist."
„Und wenn nicht? Wird dann der Naz die Ziege putzen, ausmisten, Ordnung schaffen?"
„Der Naz nicht, aber seine Frau. Gib Ruh', Marie, und mach kein solches Gezeter. So was paßt nicht zu einem Madl wie dir, tust ja wie eine Furie."
Marie bleibt nichts anderes übrig, als wieder zu gehen. Zum Binder sagt sie: „Schaff mir Bettzeug in die Kammer auf dem Dachboden. Ich bleib' da."
Dann zieht sie den Samtrock aus und geht im Unterrock hinüber zum Stall. Eine verrostete Mistgabel findet sie im Schupfen, eine Schubkarre hinten im Garten, angefüllt mit halbverfaulten Rüben. Marie arbeitet wie eine Besessene. Die verfaulte Einstreu fliegt in großen Schwaden auf den Mist. Vom benachbarten Langeranwesen aus sieht man ihr verstohlen zu.
Nach zwei Stunden ist der kleine Ziegenstall blitzsauber. Als sie einstreuen will, ist keine Einstreu da. Wahrscheinlich steht das Gras von den sauren Streuwiesen des Schneiders jetzt noch draußen.
Marie holt im Buckelkorb vom eigenen Nachbarhof Stroh. Die Pächter geben es ihr diensteifrig. Bei der Gelegenheit sieht sie, daß dort alles in guter Ordnung ist: der Hof ist gekehrt, frisches Reisig liegt zum Schuhabstreifen auf dem Treppenstein, blanke Fenster, gehacktes Holz im

Schupfen, neu geweißt der Stall und das Wohnhaus, der Misthaufen sauber „geflochten“.
Nach dem Stallausmisten kommt nun die Ziege an die Reihe. Apathisch läßt sie sich nach dem Füttern striegeln und bürsten. Doch melken läßt sie sich nicht.
„Ein störrisches Luder ist das“, sagt die Binderin mürrisch, die inzwischen heimgekehrt ist. Sie hat in der Stube eilig halbwegs saubergemacht, Feuer im Herd entzündet und Marie zu „Erdäpfelplatzeln“ eingeladen. Marie lehnt die Einladung ab. Im Schein der Stallaterne untersucht sie Gretls Euter. Es ist hart und angeschwollen. Und die linke Zitze ist offen und wund. Kein Wunder, daß sie sich nicht melken lassen will.
Ganz behutsam gelingt es Marie doch, die Milch aus der gesunden Zitze zu streichen. Sie spürt, wie das Tier ruhiger wird und sich dann wenigstens die Übermilch auch aus der kranken Zitze streichen läßt. Wahrscheinlich ist die zweite Ziege an Verwahrlosung eingegangen.
Während Marie im Stall ist, haben wohl die Binderleute Kriegsrat gehalten. Als Marie aus dem Stall kommt, unterbreiten sie ihr ein Angebot. Wenn sie weiter hier im Haus wohnen dürften, würden sie für Marie jährlich drei Gänse züchten und sie ihr an Weihnachten nach Wien schicken.
„Das braucht's nicht. Haltet mir lieber die Ziege gut und schaut auf mein Eigentum, daß es nicht verkommt“, sagt Marie und wunderte sich selbst über ihre Nachgiebigkeit.
Am nächsten Morgen scheint die Sonne, Marie verlangt nach einem Rechen. Sie will im nahen Wald Einstreu für den Ziegenstall holen. „Und ihr geht beide mit!“ scheucht sie die Binderleute auf.
Zu dritt schaffen sie vier Handwagen mit Laub. Es ist zum Glück trockener, als sie gedacht hat – selbst in den unteren Schichten. Marie schuftet für zwei.

„Marie", sagt die Binderin, „ich mein' es gut mit dir. Solltest dich nicht so anstrengen in deinem Zustand."
Marie starrt sie an: „Was für ein Zustand?"
„Brauchst dich nicht vor mir zu genieren. Wenn's auch sonst niemand noch merkt – ich seh' dir's an, daß du schwanger bist."
Marie lacht auf, sieht an ihrem Unterrock hinunter. Gewiß – sie ist fülliger geworden in den letzten Monaten, aber daran war doch nur die gute Kost der Kranzwirtin schuld. Schwanger! Da hätte sie ja wohl etwas gemerkt haben müssen. So dumm war sie nun auch wieder nicht. Sie hatte doch, wenn auch unregelmäßig, bisher immer noch ihre Tage gehabt …
Aber einiges sieht sie jetzt doch bei ernsthaftem Nachdenken während des Heimweges in anderem Licht. Hat sie nicht manchmal ein eigenartiges Gefühl im Leib? Ein Ziehen und Pochen, sie hat es auf die Verdauung geschoben – aber jetzt? Die Brust schmerzte sie auch manchmal und schien wie geschwollen. Großer Gott, sollte sie am Ende wirklich ein Kind bekommen?
Ihr wird heiß und die Kehle eng vor Angst. Doch dann beruhigt sie sich. Was war denn groß dabei, wenn sie in anderen Umständen war? Alois würde sie natürlich sofort heiraten, das hat er doch schon oft gesagt. Auch gut, denn an Weihnachten könnte schon die Hochzeit sein. Da sieht man noch nichts, höchstens eine wie die Binderin, die das Gras wachsen hört …
Marie verbringt die folgende Nacht schlaflos. Sie beschließt, am nächsten Tag zu einer Hebamme nach Trübau zu gehen. Sie will Gewißheit haben.
Die Gewißheit erhält sie: Sie ist im vierten Monat schwanger.

Das Leben geht weiter

Die Hebamme hat Marie erklärt, daß es in den ersten Monaten einer Schwangerschaft noch durchaus leichte Blutungen geben könne.
„Sie sind freilich ein Zeichen dafür, daß man Obacht geben muß. Es kann da leicht zu einem Abgang kommen. Und glaub nur nicht, Madl, daß das dann ein Honiglecken ist. Ich kenn' viele, die heut am Kirchhof ruhen und vorher meinten, sie hätten noch einmal Glück gehabt und es würde ihnen die Schande erspart. Besser ein Kind kriegen, als unter der Erde liegen."
Das leuchtete Marie durchaus ein. Sie hat nichts gegen das Kind. Und der Alois wird sich freuen …
Sie bleibt nur noch zwei Tage. Sie hat den Mietern gehörig ins Gewissen geredet und die Pächter des Langeranwesens gebeten, nach der kranken Ziege zu schauen. Man verspricht es ihr, und so fährt Marie zurück nach Wien.
Es ist schon dunkel, als sie ankommt. Eilig schreitet sie aus. Das fällt ihr mit dem leichten Gepäck nicht schwer. Sie wundert sich, als sie die Wohnungstür öffnen will, daß Alois nicht daheim ist. Das ist er doch sonst immer um diese Zeit.
Das sagt jemand hinter ihr: „Hier können S' nicht mehr herein, Fräulein. Der Wohnungsinhaber ist im Spital." Es ist der Herr Weinberger, Alois' Kollege. Er hat ein bekümmertes, ernstes Gesicht.
„Aber was fehlt denn dem Herrn Fiedler?" fragt Marie erschrocken. „Es ist doch nichts Schlimmes? Vielleicht wieder die Kreuzschmerzen?"
„Ja, die vielleicht auch", weicht Herr Weinberger aus.

„Bitte, sagen Sie mir, was dem Alois fehlt“, fleht Marie. Der Mann schaut sie mitleidig an. ‚Schad’ um sie‘, denkt er, ‚und schad’ und den Alois.‘ Und er sagt: „Den Herrn Fiedler hat ein Unglück getroffen, ein Berufsunglück sozusagen. Hätt’ mir auch passieren können, ich hab’ neben ihm gestanden, aber es hat halt ihn getroffen. Das ist Schicksal, Fräulein. Da kann man halt nix machen.“
„Was hat ihn denn getroffen, den Herrn Fiedler? Bittschön, sagen Sie’s mir doch.“
„Eine Kugel. Der Lump, der Schembera, der hat auf uns geschossen, wie er hat ausbrechen wollen, der Haderlump. Dem Herrn Fiedler seine Pistole hat er ihm weggerissen und auf ihn geschossen. Wir ham ihn wieder erwischt, den Saukerl. Weit is er net kummen, aber den Fiedler hat’s halt auch erwischt.“
„Ist er tot?“ fragt Marie mit entsetzter, hoher Stimme.
„Tot ist er no net“, erwidert Herr Weinberger mit der Robustheit eines Zuchthausaufsehers, „aber versehen ist er schon worden, im Heiliggeistspital.“
„Ich muß zu ihm“, sagt Marie dumpf.
„Jetzt auf d’Nacht? Do lassen S’ Eahna ja doch net hinein, Fräulein Marie. Schaun S’, daß Sie die Schlüssel von der Wohnung krieg’n, damit S’ heut no an Schlafplatz ham. Morgen müssen Sie sich ja doch um was anders umschaun.“
Da fängt Marie völlig verzweifelt zu weinen an. Der Aufseher nimmt sie am Ellenbogen und sagt: „Jetzt gehn wir erst einmal zum Verwalter wegen dem Schlüssel.“
Die Frau des Gefängisverwalters betrachtet Marie neugierig, bevor sie ihrem Mann Bescheid sagt. Der kommt und gibt Marie die Wohnungsschlüssel. Es hängt noch Alois’ vierblättriges Kleeblatt aus Nickel am Schlüsselring.
Bevor sie sich von Herrn Weinberger verabschiedet, sagt sie: „Ich hab’ halt kein Glück, überhaupt kein Glück.“

„Sagen S' das nicht, Fräulein Marie. Sie san ja noch so jung und haben das Leben vor Eahna. Sie finden schon wieder ein gutes Platzerl, so wie beim Herrn Fiedler."

Am nächsten Morgen hat es geschneit. Über Nacht ist auch die Welt anders geworden, nicht nur Maries Leben. Sie geht im grünen Samtrock und der Jacke mit dem Pelzkragen durch das winterliche Wien. Es ist ziemlich weit bis zum Heiliggeistspital, und sie kommt dort völlig verfroren an.
Dann steht sie vor Alois' Spitalbett. Es steht in einer langen Reihe anderer Betten, in denen Patienten liegen – mit blassen Gesichtern, wie Alois eines hat.
Seine Augen sind geschlossen, das Kinn ist stoppelig, die Nasenflügel eingefallen, die Nase selbst weiß und spitz, der Mund bleich und bläulich.
Jetzt erst erkennt Marie, daß noch jemand an Alois' Lager sitzt: eine ihr fremde Frau, die sie feindselig mustert. „Sie sind wohl die Marie?" fragt sie zischelnd.
Marie gibt keine Antwort. Mit schreckgeweiteten Augen starrt sie auf Alois. Dann geht sie ans Kopfende des Bettes, beugt sich zu ihm und sagt eindringlich: „Alois, Alois, ich bin wieder da. Wach auf, du, schau mich an, ich bitt' dich. Wir kriegen ein Kind, Alois, und da mußt du doch wieder gesund werden. Das geht ja nicht, daß du einfach, daß du …"
„Lassen S' das! Er hört Sie eh nicht. Ich bin seine Schwester, damit Sie wissen, mit wem Sie's zu tun haben. Gestern war er noch bei Besinnung. Und da hat er gesagt, daß Sie das Sparbüchel von ihm kriegen soll'n. Für Sie hat er gesorgt, für Sie schon. Ich hab' vier Kinder, für die hätt' ich das Geld auch brauchen können. Aber ich tät' mich ja der Sünden fürchten, wenn ich Ihnen das Geld nicht geben tät'."

Marie möchte sich die Ohren zuhalten. Diese Person redet, als ob Alois schon tot wäre. Da mischt sich auch die Schwester ein: „Noch ist unser Kranker ja hier auf Erden, liebe Frau. Und so wollen wir für ihn beten, wie es uns die heilige Kirche lehrt: Vater unser, der du bist im Himmel, geheiligt werde dein Name ..."
Marie kniet am Bett nieder und betet inbrünstig, die Stirn gegen das Holz des Bettgestells gelehnt. Sie betet alle Gebete, die sie gelernt hat, und das sind nicht wenige. Ihr eigenes Gemurmel beruhigt sie und besänftigt auch Alois' Schwester.
Dann sagt jemand: „Wir fahren ihn nun hinaus. Bitte warten S' auf dem Gang."
Da weiß Marie, daß Alois gestorben ist.

Das Leben ging weiter. Marie hatte bei der Kranzwirtin einen Unterschlupf gefunden. Sie schlief auf einem Strohsack neben dem Bett des Dienstmädchens der Wirtin. In der ersten Nacht dachte sie: „Jetzt bin ich wieder dort, wo ich vor drei Jahren angefangen hab' – auf einem Strohsack in einer Dienstbotenkammer."
Aber es war natürlich manches anders als damals. Sie schrieb es selbst ins Tagebuch: „... ich könnte mir leicht ein Zimmer nehmen, weil ich ja das Geld dazu habe, und damals im Eden hatte ich keins. Aber ich will das Geld vom Alois nicht anrühren. Es soll fürs Kind sein. Das meint auch die Wirtin. Wie ich ihr das vom Kind gesagt hab', da hat sie nur geantwortet: ‚Vor die Tür setze ich dich nicht. Ich hab' selber eins unehelich geboren, und da weiß ich, wie so was tut. Vielleicht wird es ein Engerl, das wär' das beste für alle.' Aber das möchte ich nicht ..."

Marie gebar leicht und ohne allzu große Schmerzen einen Sohn. Sie brachte das Kind im Bett des Dienstmädchens

Emma zur Welt. Die Wirtin und die Hebamme aus diesem Bezirk standen ihr bei.
Marie lag, das Kind im Arm, in den blaugewürfelten Kissen und nährte es. Sie hatte so viel Milch, daß die Hebamme ihr vorschlug, noch ein anderes Kind zu stillen: „Es ist auch gestern zur Welt gekommen, aber die Mutter hat keine Milch. Du brauchst es auch nicht umsonst zu machen ..."

So ging Marie am vierten Tag ein paar Gassen weiter zu den Eltern des kleinen Viktor, die in einem vornehmen Zinshaus wohnten. Man nahm Maries Ammendienste dankbar an und bat sie, als Dienstmädchen ganz zu ihnen zu ziehen, damit sie immer zur Hand wäre.
Marie fand das in Ordnung. Sie begriff auch, daß ihr Sohn weiterhin in der Dienstbotenkammer der Kranzwirtin bleiben mußte.
Sie wurde gut bezahlt, durfte viermal am Tag zum Stillen zu ihrem Kind gehen, freilich erst dann, wenn das Herrschaftskind satt war. Aber das war schnell satt, es war schwächlich, mit runzeliger, roter Haut, auch als es schon drei Wochen alt war.
Befriedigt sah Marie, wie schön und kräftig ihr Bub sich entwickelte, auch wenn er schon bald mit gewässerter Kuhmilch ernährt werden mußte, weil Maries Milch nicht mehr für zwei reichte.
Die Familie, in der Marie nun lebte, hieß Weinstein. Es war eine jüdische Familie, und Marie hörte die alte Frau Weinstein zum Sohn sagen: „Für den Viktor wäre Kuhmilch vielleicht besser gewesen."
„Rede keinen Unsinn, Mama", erwiderte der junge Herr Weinstein. „Ob von einer christlichen Amme oder von einer jüdischen, das ist ganz egal. Beides ist tausendmal besser als Kuhmilch."

Marie ärgerte sich. Ins Tagebuch schrieb sie:

„... das glaube ich nicht, daß meine Milch besser ist als Kuhmilch. Ich sehe es doch an meinem Gustav. Der gedeiht ohne meine Milch sehr gut und wiegt bestimmt schon mehr als Viktor. Gewogen hab' ich ihn aber noch nicht. Er könnte sich dabei verkühlen."

Marie lernte als Weinsteinsche Amme moderne Kinderpflege, und die kam auch ihrem Sprößling zugute. Sie verwendete für ihn Viktors Puder und Salben, badete ihn im Zuber der Kranzwirtin und ließ ihn am offenen Fenster im Weidenkorb frische Luft atmen. Wenn sie freie Zeit hatte, war sie im Kranz, half in der Küche und machte sich nützlich. Einigermaßen ängstlich wartete sie darauf, daß die Wirtin ihr den Kindsplatz kündigte. Doch nichts dergleichen geschah, weil alle in das Kind verliebt waren. Es blickte beinahe verständig aus blauen Augen in die Welt, lächelte zuerst unbewußt, dann bewußt in jedes Menschenantlitz, das sich über es beugte. Marie war stolz auf ihr schönes Kind.

Marie schiebt den Weinsteinischen Kinderwagen durch die sonntäglichen Straßen Wiens. Doch nicht Viktor liegt darin, sondern Gustl, ihr eigener Sohn. Sie hat sich den Kinderwagen ausgeliehen, weil die Familie Weinstein mit Viktor auf einer Landpartie ist. Für Viktor hat sie vorher mühsam ihre Milch abgedrückt und in ein Fläschchen gegossen. Trotzdem ist die Brust schon wieder gespannt und schwer. Gustl wird sich heute an der Mutter satttrinken können.
Der Frühlingswind ist heftig, aber warm; Marie lüftet ein wenig die Vorhänge am Kinderwagendach. Es ist aus

weißem Ziegenleder und hat links und rechts Scharniere wie an einem echten Kutschendach.
Marie schiebt stolz dieses Prunkstück von Kinderwagen, auch wenn sie heute dazu nicht berechtigt ist. Daß sie ihn für Gustl ausgeliehen hat, weiß nämlich kein Mensch. Sie hat ihn einfach aus der Remise unter der Marmorstiege hervorgeholt, hat ihr Kind aus dem Wickeltuch geschält, das sie wie alle armen Mütter um die Brust geschlungen trägt, und ihn in den Kinderwagen gelegt. Gustl soll auch einmal das Vergnügen haben, kutschiert zu werden – von ihr, seiner guten Mutter. Oh, sie hat heute sehr viel Zeit für ihn. Die Herrschaften wollen erst am Abend zurückkehren.
Zunächst fährt sie Gustl zum Friedhof. Dort hebt sie ihn aus dem Wagen. Er soll das Grab seines Vaters sehen. Aber er schläft. Sie stupft ihn sanft an – nein, er wacht nicht auf, das sanfte Gerüttel des Kinderwagens hat ihn in tiefen Schlaf versetzt. Marie betet. Sie wundert sich, daß sie so wenig tiefen Schmerz empfindet, und kommt sich herzlos vor, denn Alois war ein so guter Mensch – gewiß besser als sie. Er hätte geweint, wenn er an ihrem Grab gestanden wäre, bestimmt hätte er das. Aber es kann ja hier auf diesem schönen, sonnigen Friedhof auch gar keine rechte Trauerstimmung aufkommen – es ist nicht so wie in dem schrecklichen, von Leid erfüllten Krankensaal. Dort war sie traurig gewesen und hatte weinen können.
Das nächste Ziel ist die aufgelassene Kapelle in der Nähe des Hotel Eden. Sie schiebt den Wagen hinüber zur alten Kapelle. Die Tür hängt noch schiefer in den Angeln als früher. Es kostet Marie viel Mühe, sie aufzudrücken. Aber sie muß hinein, weil sie Gustl stillen will.
So sitzt sie wieder auf der morschen, hölzernen Bank, auf der sie einmal mit dem Leutnant Hanstein gesessen hat.

Aber sie denkt nur ganz kurz an ihn, ohne Sehnsucht, ohne Bedauern. Gustl schmatzt an ihrer Brust, und sie ist ruhig und zufrieden. Dieses Gefühl hält noch an, als sie den Kinderwagen schon heimwärts schiebt. Aber es ist im Nu verflogen, als sie die Kutsche ihrer Herrschaft vor dem Portal stehen sieht. Es ist zu spät, um auszuweichen, man hat sie schon entdeckt.
„Marie führt den leeren Kinderwagen spazieren", lacht meckernd der junge Herr Weinstein.
Die alte Frau Weinstein weiß es sofort besser: „Den leeren? Laß mich hineinschauen in den leeren Wagen."
Gustl lächelt ihr wie gewohnt entgegen. „No, so eine Unverschämtheit! Hat sie hineingelegt ihr Kind. Hat sie es gelegt auf die Polster vom Viktor, hat sie es zugedeckt mit der Zudecke vom Viktor! So eine Unverschämtheit von dieser Person!" zetert Frau Weinstein senior.
Die junge Frau kommt heran, der junge Herr steht schon da, das Kindermädchen erscheint mit Viktor auf dem Arm, der jämmerlich schreit. Dieses Schreien stört die gestrenge Inspektion um den Kinderwagen. Der junge Herr Weinstein entscheidet: „Gehen Sie unseren Viktor stillen. Dann werden wir sprechen über alles."
Marie überlegt einen Augenblick lang, ob sie nicht lieber ihren Gustl stillen und diese Leute stante pede verlassen soll. Aber dann sagt ihr der Gerechtigkeitssinn, daß Viktor nichts dafür kann, daß sie sich eigenmächtig seinen Kinderwagen ausgeliehen hat und daß er eine so ungnädige Großmutter hat.
Sie stillt das Kind, während Gustl vom Kindermädchen zurück in den Kranz getragen wird, wo schon die Wirtin mit der Flasche wartet. Das Kindermädchen sagt anerkennend: „Ein hübsches Kind. Schöner als der Viktor." Und erzählt genüßlich, was sich bei den Weinsteins eben abgespielt habe.

Die Wirtin sagt: „Hab' mich eh schon gewundert, daß die Marie das Kind so lang umeinanderträgt. Das hat sie ja sonst nicht gemacht. Nu, das wird eine schöne Gaudi geben! Nimmt sich einfach den Kinderwagen, ohne zu fragen!"
„Wenn wir erst am Abend heimgekommen wären, dann hätt' ja keiner was gemerkt. Aber der Viktor hat so fürchterlich geschrien und hat die Milch aus der Flasche nicht wollen. So haben wir halt früher heimfahren müssen."
„Ein Pech hat sie schon, die Marie", meint die Wirtin. „Da muß man sich oft grad' wundern."

Die Kinderwagenaffäre ging aus wie das Hornberger Schießen. Marie trug wieder einmal ihre Erlebnisse ins Tagebuch ein:

> „... nachdem ich den Viktor gestillt hatte, sagte ich zur alten Frau Weinstein: ‚Mein Sohn hat keine Krätze oder sonst etwas Ansteckendes. Er ist nicht schlechter als ihr Viktor. Er ist auch nicht nackt auf Viktors Polster gelegen, sondern war im Wickelkissen. Das war auch frisch gewaschen.' Die alte Frau Weinstein aber grollte weiter: ‚Hörst du es, Viktor (so heißt auch der junge Herr Weinstein), wie unverschämt diese Person ist?' Sie redete noch mehr, aber das habe ich nicht mehr in Erinnerung, weil ich immer wütender geworden bin. Schließlich habe ich die Tür zugemacht. Sie ist mir aus der Hand gefallen, es gab einen Knall, und ich bin heimgegangen. Dort hat mir die Kranzwirtin auch einen Tanz gemacht, als ob das ein Verbrechen wäre, wenn mein Kind auch einmal herumkutschiert wird. Am liebsten möchte ich bei der Familie Weinstein den Dienst aufkündigen, aber die Wirtin ist sehr dagegen, weil

mir dann wieder ein halbes Jahr im Zeugnisbücherl fehlt. Ich weiß aber nicht, ob mir die Weinsteins überhaupt ein Zeugnis geben. Sie werden mir wohl nichts Gutes bescheinigen ..."

Doch darin irrte sich Marie. Die Wochen gingen schnell dahin, zumindest für Marie, während die alte Frau Weinstein bestimmt schon die Tage zählte, in denen Viktor noch auf die renitente Amme angewiesen war.
Vom Hotel Eden war das Dienstzeugnis für zwei Jahre gekommen. Marie legte es zu den übrigen Zeugnissen, zu dem von der Besserungsanstalt und dem von der Kranzwirtin. Es kam nun noch das von den Weinsteins hinzu, in dem bestätigt wurde, daß Marie ihren Dienst zur Zufriedenheit ihrer Herrschaft versehen habe. Von ihrer Tätigkeit als Amme war hierin nicht die Rede.
So wanderte Marie mit ihren Dokumenten im Pompadour zur Bezirkshauptmannschaft, um sich den Befähigungsnachweis als Köchin zu holen. Ein alter Herr saß hinter einem Schreibtisch, zerrte mit ungeduldigen Fingern an ihren Papieren, warf sie ein paar Zentimeter in die Luft über seinem Schreibtisch und knurrte dann: „Was sollen denn die Fetzen? In drei Jahren auf so vielen Posten? Und einmal in der Besserungsanstalt? Meint man denn, ich bin vertrottelt, daß ich auf so was hin einen Befähigungsnachweis hergebe? Gehn S', Fräulein, und stehlen S' mir nicht meine Zeit!"
Marie stand Augenblicke später wie vor den Kopf geschlagen wieder im Vestibül. Sie ging mit steifen Schritten zum Fenster, sah hinaus, ohne etwas zu sehen, und begann lautlos zu schluchzen. Also war alles umsonst, ganz umsonst. Aus der Traum von der Herrschaftsköchin in weißer Ärmelschürze – aus.
Jemand rührte sie an. Es war der livrierte Diener oder

Aufseher hier in diesem Behördentrakt. „No, wer wird denn so weinen! Is er wieder amal recht grantig g'wesen, der Herr Hofrat, gelt? Um was geht's denn?"
Schluchzend und schluckend berichtet Marie das Geschehene.
„Ja, was machen wir denn da? Hätten S' halt die Zeugnisse vielleicht in ein Dienstbücherl eintragen lassen sollen, damit er alles beisamm' hat. So mag er das. Und am besten wär' halt ein Zeugnis nur von einer Küche, wissen S', für alle drei Jahre. Daß jemand den Dienst wechselt, hat er gar nicht gern, der Herr Hofrat ..."
In Marie klingelte etwas. Sie hatte so ein Dienstzeugnis, ein wunderbares, einwandfreies Dienstzeugnis, für drei Jahre, aus dem renommierten Hotel Eden. Das brauchte sie ja nur ...
„Ich hab' ein Zeugnis."
„No, dann her damit. Warum haben S' es denn net gleich mitgebracht?"
Dieser Frage wich Marie aus.
„Wenn ich morgen mit diesem Zeugnis komme, wird er mich da vielleicht nicht wiedererkennen, der Herr Hofrat?"
„A, gehn S', er is ja jetzt schon a bißl wunderlich hier oben", der Diener tippte an seinen Kopf, „wie sich's halt gehört für einen alten Herrn. Da können S' ohne Sorgen sein – der erkennt Sie nicht wieder."
So war es. Marie erschien am nächsten Tag mit dem alten Dienstzeugnis, das Alois seinerzeit mit anderen Papieren vom Vorsteher aus Tattenitz mitgebracht hatte, und legte es auf den Schreibtisch des Hofrats.
„Sehr schön, sehr brav, so was unterschreibt man gern, liebes Kind." Er drückte einen mächtigen, runden Stempel auf ein ausgefertigtes Papier, in das ein Kanzleischreiber den Namen und die Daten Maries eingetragen hatte,

unterschrieb und reichte der vor Aufregung schwitzenden Marie das Zeugnis. Er stand sogar auf und tätschelte ihre rote Wange.
„Viel Glück, liebes Kind, auf deinem künftigen Lebensweg als Küchenfee", sagte er neckisch.
Marie jubelte innerlich. Sie steckte dem Diener ein Trinkgeld zu und fühlte sich als neuer Mensch, als vollwertiger, erwachsener Mensch, der Trinkgelder gab, dem die ganze Welt nunmehr offenstand. Keinen Augenblick belastete sie der Schwindel, mit dem sie ihren Dienstbefähigungsausweis ergattert hatte. Sie bewahrte ihn sorgfältig in einer Tasche aus grünem Samt auf, auf deren Vorderseite sie „Dokumente" gestickt hatte ...

Der erste Schritt zum Erfolg

Marie stand am gemauerten, großen Herd der Pradelschen Souterrainküche und röstete in einem eisernen Tiegel Zwiebeln.

„Mizzi, mach das Fenster auf", befahl sie, und ein mageres, blasses hübsches Ding eilte zum halb in der Erde steckenden Fenster und drückte einen Flügel in die Höhe. Eine sanfte Stimme kam aus dem Hintergrund: „Marie, die Zwiebeln dürfen nur hellgelb sein, nicht kaffeebraun." Die Stimme gehörte Emilie Pradel, der gnädigen Frau.

„Die Zwiebeln müssen braun sein, sonst geben sie doch keine Farbe für die Gulaschsoß'", widersprach Marie mit ihrer hellen, lauten Stimme.

„Die Farbe gibt der Paprika und ein Schuß Paradeisersaft", ertönte wieder die sanfte Stimme. Jetzt näherte sich lautlos ein Rollstuhl, in dem eine noch nicht alte, aber weißhaarige Frau saß, mit übergroßen dunklen Augen, die fest auf Marie, die junge Köchin, gerichtet waren. Was für eine hübsche Person, dachte Emilie Pradel. Kein Wunder, wenn sie ein bewegtes Vorleben hat, wie sie erst seit gestern wußte.

Marie war in der letzten Zeit ein wenig fülliger geworden. Aber tatsächlich nur ein wenig, um die Hüften herum und oberhalb des flachen Bäuchleins. Sie trug ihr Haar unter der weißen, gerüschten Haube versteckt – so sorgfältig, daß man nicht eine der hellblonden Haarsträhnen sehen konnte. Marie empfand ihr „zu helles" Haar immer noch als Makel ...

„Marie, ich möchte Sie nachher sprechen", sagte Frau Pradel so sanft wie immer. Trotzdem spürte Marie einen

leichten Stich in der Magengegend – wie immer, wenn sie ahnte, daß Unangenehmes auf sie zukommen würde. Sie war nun seit sieben Wochen hier im Pradelschen Haus. Es gefiel ihr hier, denn mit der sanften Hausfrau traute sie sich zu, fertig zu werden. Und das vierzehnjährige Küchenmadl Mizzi parierte ihr aufs Wort, mehr noch, Mizzi verehrte die schöne, resolute Marie. So sagte sie auch jetzt, kaum daß die Küchentür hinter Frau Pradels Rollstuhl wieder zugefallen war: „Freilich muß man die Zwiebeln für ein Gulasch richtig braun rösten. Das macht meine Großmutter auch so."
Marie gab manchmal – das geschah je nach Laune – ihre Küchenerfahrungen preis. Mizzi war eine gelehrige Schülerin. Nur der slowakische Diener und Hausmeister Jarosch grinste, wenn er die junge Marie dozieren hörte, wie jetzt. Er hatte ein Auge auf sie geworfen, aber er traute sich nicht, ihr das allzu offen zu zeigen. Marie war zweifellos hochnäsig. Aber sie wußte ja noch nicht, daß Jarosch eines Tages ein Bauerngütl bei Preßburg erben würde.
„Marie, mächten Sie bitte zu der Hausfrau kommen", sagte er jetzt. Marie schob den Gulaschtopf an eine bestimmte Stelle der Herdplatte, wo das Gericht sacht vor sich hin bruzzeln konnte, steckte die graue, mit Sicherheitsnadeln befestigte Vorschürze ab, rückte die Kochhaube zurecht und begab sich nach oben.
Frau Pradel saß im Rollstuhl an ihrem Platz am Fenster, hinter dem es in nassen Flocken schneite. Wie ein gesprengelter dichter Schleier ging unentwegt der Schneeregen nieder.
„Kommen Sie her, Marie. So, nun setzen Sie sich." Marie tat, wie ihr befohlen. Sie saß an der äußersten Kante des Fauteuils, aufrecht, gespannt, und blickte in die großen, gewölbten Augen ihrer Herrin.

„Liebe Marie, ich habe gestern erfahren, daß Sie –, ja, daß Sie die Mutter eines Kindes sind", sagte Frau Pradel behutsam. Marie war auf so etwas gefaßt gewesen. Sie erwiderte: „Ja, ich hab' einen kleinen Buben."
„Und wo ist er? Hier in Wien?"
„Ja, hier in Wien."
„Warum haben Sie mir nichts von Ihrem – Ihrem unehelichen Kind gesagt?"
„Man hat mich doch nicht gefragt."
„So etwas sagt man, auch ohne daß man ausdrücklich danach gefragt wird."
„Ich werde es mir merken. Möchten Sie nun, daß ich – daß ich den Dienst verlasse? Ich hätte dann vielleicht etwas anderes in Aussicht." Das stimmte zwar nicht, aber Marie wußte inzwischen, daß eine gute Köchin mit Zeugnissen hier in Wien durchaus Mangelware war.
Emilie Pradels Stimme war sanft, ihr Blick aber bestimmt. „Steigen S' von Ihrem hohen Roß, liebe Marie. Ich möcht' wissen, wie das – wie das Ihnen passiert ist. Waren Sie leichtsinnig?"
„Dumm war ich. Aber der Vater von dem Kind hätt' mich geheiratet, wenn er nicht gestorben wäre. Da können Sie seine Schwester fragen. Der hat er es auf dem Totenbett gesagt. Leichtsinnig bin ich nicht, Frau Pradel, bestimmt nicht."
„Ja, und wieso waren S' denn dann in einer Erziehungsanstalt? In einer Besserungsanstalt, Marie?"
‚Die weiß ja alles', dachte Marie erschrocken. ‚Woher denn aber?'
Emilie Pradel gab ihr die Antwort. „Sehn S' Marie, ich hab' ein Leumundszeugnis angefordert – das tu' ich immer, wenn ich jemanden einstelle. Und Ihr Zeugnis kam gestern. Es brachte einige Überraschungen für mich. Eine Unschuld vom Land sind S' nicht mehr, liebe Marie. Aber

natürlich werd' ich Ihnen nicht kündigen. Nur eins bitt' ich mir aus. Mit dem Ferdl und dem Franzl fangen S' mir nichts an, Marie!"

Ferdl und Franzl, 18 und 22 Jahre alt, waren die hoffnungsvollen Sprößlinge der Familie Pradel, mager, hochaufgeschossen, mit Pickeln und Sommersprossen im Gesicht – zwei lustige Burschen, die gern in die Küche kamen, um die hübsche Marie zu necken und um bei der Gelegenheit einen Leckerbissen zu erhaschen. Der Ältere, Franzl, hatte Marie am letzten Sonntagabend einen Sonnenschirm zugesteckt und behauptet, er hätte ihn gefunden. Der Schirm war nicht neu, also hatte ihn Marie erfreut angenommen. Daran dachte sie, als sie der Dame des Hauses versicherte, daß sie selbstverständlich keinerlei Gspusi mit den jungen Herrn anzufangen gedenke. Sie gab Frau Pradel zu verstehen, daß diese aber auch dafür sorgen möge, daß die Burschen nicht alle Augenblicke in die Küche kämen.

„Hinauswerfen kann ich sie doch nicht."

„Warum nicht?" fragte die Mama ungerührt. „In der Küche haben sie nichts zu suchen. Ich kann nicht immer hinter ihnen her sein. Scheuchen Sie sie ruhig fort – in meiner Stellvertretung sozusagen."

Dazu hatte Marie schon vier Stunden später Gelegenheit, als Franzl in die Küche stürmte und rief: „Marie, Sie sind Mama? No, so was!"

Seine zur Schau gestellte Begeisterung war nicht ganz echt, das spürte Marie, wie sie überhaupt ein sehr ausgeprägtes „G'spür" im Umgang mit Menschen hatte. Sie wurde langsam rot und erwiderte: „Ihre Mama hat befohlen, daß Sie uns in der Küch' in Ruh' lassen. Also – Herr Franz, machen S' die Tür bitte von außen wieder zu!"

Nun wurde Franz rot, erkannte Maries Ernst und erwiderte verlegen: „Wie Mama und die Küchenfee befehlen.

Aber Ihren Sohn, den bringen S' doch einmal mit, nicht wahr?" Damit zog er sich zurück.
Mizzi kam herein und fragte: „Was hat denn der Herr Franzl gehabt? Er ist so schnell an mir vorbei. Hat er sich geärgert?"
„Vielleicht", brummte Marie. „In der Küche hat er jedenfalls nichts mehr zu suchen. Und der Ferdl auch nicht. Die zwei halten einen ja doch nur auf."
Mizzi ging zum Schaff, um das Jausengeschirr zu spülen. Sie wunderte sich über den Sinneswandel der jungen Köchin. Mit ihrem kecken Mundwerk hatte sie den Söhnen der Pradels stets Paroli geboten, und die kleine Mizzi hatte Marie bewundert. So gescheit und schlagfertig, und natürlich auch so hübsch, wollte sie auch einmal werden. Schade, daß die lustigen Faxenmacher, die Pradelbuben, jetzt nicht mehr in die Küche kommen dürfen. Marie erläuterte Mizzi das Verbot: „Frau Pradel will es nicht, weil sie Angst hat, daß ich mich in die Lausbuben verlieb'." Marie lachte geringschätzig. „Da wüßt' ich mir schon noch andere."
Sie dachte dabei an den Oberleutnant Hanstein, der inzwischen wieder zu ihren Verehrern gehörte. „So lange, bis er sich halt verlobt", dachte Marie. Aber damit ließ er sich Zeit, der freundliche, ein bisserl nonchalante Herr Hanstein. Vermutlich deshalb, weil seine beiden Schwestern geradezu rührend für ihn sorgten. Marie, die ohne Geschwister aufgewachsen war, wunderte sich immer wieder über das herzliche Verhältnis dieser drei Menschen zueinander. Sie war öfter schon zur Aushilfe in der kleinen Hitzinger Villa bestellt worden. Die Schwestern behandelten sie ebenso zuvorkommend, wie sie alle Menschen behandelten. Sie taten so, als hätten sie keine Ahnung von Otfrieds Techtelmechtel mit der Marie. Sie wurde freigebig mit Kaffee und Kuchen bewirtet, wenn

alle Fenster der Villa wieder blank erglänzten dank Maries besonderer Kunst, streifen- und fleckenlos Scheiben zu putzen.
Die drei Geschwister hießen Otfried, Ottilie und Olga. Die Eltern hatten offensichtlich eine Vorliebe für den runden Buchstaben O gehabt. Dabei hatten sie aber wohl nicht bedacht, daß auch die gestickten Monogramme ihrer Kinder gleich lauteten. Marie amüsierte das beim gelegentlichen Bügeln der Hansteinschen Wäsche.
Sie wurde immer dann zur Aushilfe gebeten, wenn sich die eine oder andere Schwester unpäßlich fühlte. Das geschah in letzter Zeit öfter, als Marie lieb war. Sie sollte an diesem freien Samstag auch nachmittags zu den Hansteins gehen, doch der Schreck mit dem Leumundszeugnis saß ihr noch in den Gliedern. Ottilie hätte heute allein das Rüscheneisen betätigen müssen, um die unzähligen aufwendigen Spitzenrüschen ihrer Festbluse in die richtige Form zu bringen.
Marie war besonders geschickt im Rüschenbügeln. Und Geschicklichkeit gehörte dazu, um mit dem heißen, scherenartigen runden Eisen umzugehen. Sie hatte diese Fertigkeit als Aushilfe in einer Wäscherei gelernt. Sie war zwar in der Wäscherei Donath als Köchin eingestellt gewesen, mußte aber außer der Haus- und Küchenarbeit auch noch in der Bügelstube mithelfen. Das war dann schließlich auch ihr Kündigungsgrund gewesen. Sie wollte eine Köchin wie die Toni im Hotel Eden sein – nicht mehr, aber auch nicht weniger.
Hier im Hause Pradel war sie ihrem Wunschbild schon sehr nahe gekommen. Jarosch, der Hausmeister, hatte ihr gutmütig den ersten Rang in der Dienstbotenhierarchie überlassen, die Bedienerin und die Wäscherin standen wie Mizzi sowieso unter Maries Regiment.
Ein Herrschaftshaushalt im Sinne von Maries Wunsch-

vorstellung war das Pradelsche Hauswesen jedoch nicht. Es gab nur drei Festangestellte. Die Bedienerin, Frau Webschek, und die Wäscherin, Frau Stanzel, wohnten nicht im Haus. Frau Webschek, von den Pradelbuben „Wespe " genannt, war eine flinke, tüchtige kleine Person, kam jeden Morgen um sechs Uhr und ging um zwölf, während des Mittagsläutens. In diesem Zeitraum kehrte, putzte, wischte und bohnerte sie das ganze Haus – unauffällig, ruhelos, nach einem nur ihr bekannten System. In der Küche holte sie dann in zwei Menageschalen ihre Verpflegung ab, um sie daheim mit ihren drei Kindern zu teilen. Seit Marie die elende, feuchte Wohnung und die drei rachitischen Kinder gesehen hatte, fiel diese Tagesverpflegung reichlich aus. Die „Wespe" dankte es ihr durch große Devotheit.
Frau Stanzel, eine mächtige, vierschrötige Wäscherin mit einem echt wienerischen Mundwerk erschien an jedem Montagmorgen zum „Waschtag". Am Abend zuvor mußte Mizzi die Wäsche in großen Trögen einweichen. Frau Pradel überwachte selbst das Ansetzen der Soda-Lauge. Montags um vier schloß die Stanzel die Wachküche auf und waltete ihres Amtes: Sie machte Feuer unter dem Kessel, verrührte die kleingeschnitzelte Kernseife zu Waschlauge, wusch die Einweichwäsche mit vom kalten Wasser roten Händen und vertraute sie der inzwischen warmgewordenen Waschlauge im Kessel an.
Wenn die anderen am Frühstückstisch erschienen, dampfte es schon aus der Waschküche, und wenig später hing die Wäsche an den Leinen im Hof, der die Villa Pradel von der Sesselfabrik Pradel trennte.

Es gab ein ungeschriebenes Gesetz, daß Unterhosen, Damenhosen, Damenhemden und Miederleibchen nicht in freier Natur getrocknet werden durften. Sie kamen auf

den Dachboden, ebenso geflickte oder ergraute Wäschestücke. Was im frischen Wind flattern durfte, flatterte dort in blütenweißer Frische, in bunten, zarten Farben, immer makellos, wie neu.
Am ersten Waschtagmontag erkannte Marie, daß die Wäscherin ihren Batistunterrock auf den Dachboden verbannt hatte.
„Mein Unterrock kommt zum Trocknen hinaus“, erklärte Marie ärgerlich, „ist er vielleicht geflickt?“
Die stämmige Frau Stanzel sah sie an. „Die Wäsche von den Dienstboten soll auf den Boden gehängt werden“, meinte sie unsicher.
„Ich bin kein Dienstbot’“, sagte Marie. Sie war natürlich einer, aber das wollte sie nicht wahrhaben. Immer dachte sie an die respekteinflößende Frau Toni. Hätte man die einen Dienstboten nennen dürfen? Oder gar den Herrn Sedlatschek? Marie wäre es am liebsten gewesen, wenn man sie „Fräulein Marie“ genannte hätte, aber dies zu verlangen, wagte sie denn doch nicht.
Achselzuckend holte die Stanzel den spitzenbesetzten Unterrock Maries vom Dachboden. Dann flatterte er neben dem doppelt so breiten der Hausherrin im Morgenwind. Marie sagte, ohne vorher gefragt worden zu sein, zu Frau Pradel in beiläufigem Ton: „Mein Unterrock ist neu. Ohne Sonne vergraut er mir.“
„Natürlich, Marie“, war die gleichmütige Erwiderung.
Die Wäscherin fand daheim in ihrem Zehker zwei flaumige, gelbe Powidlbuchteln als Lohn für ihre Willfährigkeit.
Um Mitternacht saß Marie in ihrer Kammer auf einem der Sessel, wie man in Österreich Stühle nennt, die in Herrn Pradels Sesselfabrik hergestellt wurden, und schrieb in ihr Kochbuch. Es war kein Rezept – sie vermerkte das vormittägliche Gespräch mit Frau Pradel und schrieb zum Schluß:

„Es ist schade, daß alles herausgekommen ist. Es gefällt mir hier gut. Es ist von hier aus auch nicht weit zum Gasthaus der Kranzwirtin, so daß ich mein Kind oft sehen kann. Ich bin neugierig, wie lange ich werde hierbleiben können. Entweder gehe ich gleich, weil ich dann die paar Wochen nicht ins Dienstbuch eintragen lassen brauche, oder ich muß ein Jahr bleiben."

Wegen dieser Entscheidung war Marie zu so einer späten Stunde noch wach. Sie löschte die Kerze und grübelte. Die Kranzwirtin würde schimpfen, wenn sie mit ihrem Bündel wieder ankäme, aber sie würde noch mehr schimpfen, wenn das nach einem halben Jahr geschähe.
Marie hatte einen klaren Verstand und konnte logisch denken. Aber sie war auch empfindsam. Und sie war abergläubisch. Sie empfand sich immer noch als Pechvogel. War in ihrem kurzen Leben nicht viel zu oft etwas schiefgegangen, was hoffnungsvoll begonnen hatte?
Der Großvater wollte sie glücklich sehen, kaufte für sie den Langerhof und bereitete ihr damit Trübsal über Trübsal. Hätte er ihr doch den Strumpf mit den Gulden vermacht – wie wäre dann alles anders geworden!
Die Besserungsanstalt ... Wäre sie doch dem alten Naz, dem Gemeindediener, einfach weggelaufen, als der sie in S. abliefern sollte! Sie hätte schon ein Unterkommen gefunden, irgendwo auf der Welt – bis Gras über die Sache mit der Mistgabel gewachsen wäre oder man den Langer geschnappt hätte. Jetzt hatte sie ein Brandmal, war abgestempelt. Was nützte das schöne Zeugnis der Schwester Leonarda, wenn die Auskunftsbehörde nichts davon wußte?
‚Ich gehe morgen hin', dachte Marie, ‚ich zeige Ihnen das Zeugnis, vielleicht streichen sie mich aus den Akten, und ich kriege wieder ein normales Leumundszeugnis.'

Marie ging hoffnungsvoll zu Bett. So war es immer: Wenn es ihr nur gelang, dem Bösen einen Hoffnungsschimmer abzuringen, war sie schnell getröstet. Bis zum nächsten Pechregen ...

Nach dem Frühstück machte sich Marie auf den Weg zum Rathaus. Obgleich es ein frostiger Novembermorgen war, trug sie ihr grünsamtenes Kostüm, das ihr wie angegossen paßte und zudem vornehm wirkte. Den Hut aus schwarzem Samt mit der Federgarnitur hatte sie sich selbst genäht, nach der Anleitung einer Büglerin aus der Wäscherei Donath, die Modistin gelernt hatte. Leider deckte er ihr Haar nicht ganz, es quoll blond unter dem Hutrand hervor, so oft es Marie auch ärgerlich zurückstrich.

Ein noch junger Mann mit langen Ärmelschützern aus Lüsterstoff war für den Buchstaben P zuständig. Er blätterte vor Maries Augen in einem Akt, schob die Brille auf die Nase und betrachtete Marie von unten her. Dann nahm er das Zeugnis der Besserungsanstalt samt dem Zusatzpapier Schwester Leonardas in seine knochige Hand.

„Merkwürdig", murmelte er. „Aber so einen Zettel kann doch ein jeder schreiben, net wahr?"

„Der Stempel. Da ist doch ein Stempel drauf", widersprach Marie.

„Ja, ja natürlich, der Stempel", sinnierte der junge Mann, „ein Stempel ist auch drauf. Zwar ein bisserl verwischt –" Er brachte das Papier näher an seine Augen und blickte Marie wieder forschend an. Dann entschied er: „Nein, das geht nicht. So etwas ist noch nie vorgekommen. Entweder man war in der Besserungsanstalt oder man war nicht."

Maries Mund wurde zu einem bösen Strich. Sie nahm heftig das Papier aus der Hand des Beamten, stopfte es in den Pompadour, blitzte den jungen Mann mit ihren grellen Augen an und verließ das Zimmer. Dann stand sie auf dem nach Fußbodenöl riechenden Korridor und weinte. Dunkel erinnerte sie sich herbei an eine ähnliche Situation vor zwei Jahren. Damals war jemand erschienen, um sie zu trösten: ein livrierter Diener. Unwillkürlich sah sie sich nach so einem rettenden Engel um, aber niemand kam. Mutlos ging sie die Straße entlang, fror in ihrem dünnen Kostüm, blickte den Kutschen und den in ihnen sitzenden pelzumhüllten Gestalten nach. In diesem Augenblick wurde in der Seele der Jungköchin Marie der Neid geboren...

Es dauerte eine lange Zeitspanne, bis dieser Neid – infolge besonderer Umstände – wieder erstickt wurde. Doch zunächst entwickelte er sich auf herkömmliche Weise und begann Maries Charakter zu beeinflussen.

Wenn sie zu ihrem freundlichen, sanften Kind kam, das sich so erfreulich entwickelte, dachte sie neidvoll: ‚Warum kann ich nicht wie andere Mütter immer bei ihm sein? Warum wird mein Sohn sein Leben lang unter dem Makel leiden müssen, unehelich zu sein? Warum sind wir beide, er und ich, schlechter als andere?'

Sie zog den kleinen Gustl so heftig an sich, daß er die Mami erschreckt ansah. Weinte sie nicht? Nein, sie weinte nicht. Sie unterdrückte die aufsteigenden Tränen, zog dem Kleinen den Kittel glatt und schwor sich: „Mein Gustl soll alles haben, was die andern haben! Er wird studieren, und er wird es im Leben zu etwas bringen."

Was Marie so leidenschaftlich, mit solcher Zähigkeit als ihr eigentliches Lebensziel anstrebte, sollte in Erfüllung gehen. Gustl studierte, er wurde ein Herr, ein Vorgesetzter für viele Leute, vor allem aber blieb er seiner Mutter ein besonders liebevoller, dankbarer Sohn ...

Auf dem Rückweg von der Kranzwirtin begegnete Marie ihrem Hausherrn, Franz Pradel senior. Er blieb neben ihr

stehen und fragte freundlich: „Wollen S' mit heimfahren, Marie? Mein Wagen steht gleich um die Ecke."
So trippelte Marie neben dem hünenhaften Dienstherrn zu dessen Wagen, saß dann in die Polster zurückgelehnt und dachte an den alten gnädigen Herrn und die Ausfahrten in den Lainzer Tiergarten. War das damals eine schöne Zeit gewesen! Marie hatte den damaligen Ärger und die Drangsal im Eden fast vergessen – sie sah sich in der Erinnerung nur noch als Begleiterin der alten gnädigen Herrn durch die Alleen fahren ...
„Woran denken S' denn, Marie?" fragte Herr Pradel. Er war ein sehr leutseliger Herr und erzählte jedem, wie er zu seinem Reichtum gekommen sei. Er hatte als junger Mensch die kleine Sargtischlerei seines Vaters übernehmen müssen, und er spekulierte unentwegt, wie er zu einem besseren Leben kommen könnte. Einen Sarg, sagte er sich eines Tages, braucht jeder Mensch nur einmal im Leben. Sessel aber, die braucht nicht nur jeder Mensch, die kann man auch an die Behörden verkaufen, in Konzertsäle, Kaffeehäuser, Gasthöfe, Versammlungsorte ...
Also begann Herr Pradel immer mehr Sessel zu erzeugen. Und erfand schließlich den stapelbaren Rohrsessel, dauerhaft, schön, billig. Gut, daß er seinen Sessel rechtzeitig patentiert hatte, so machte er in der Monarchie das Geschäft allein und wurde immer reicher. Aber er blieb im Wesen der kleine Sargtischlerssohn, sparsam, fleißig und leutselig. Ihm war niemand neidisch. Vielleicht auch deshalb nicht, weil seine Frau Emilie krank war. Nach einer heftigen fiebrigen Hals- und Mandelentzündung war eine Lähmung der Beine zurückgeblieben – ein Unglück, das Frau Pradel gelassener trug als ihr Mann.
Herr Pradel schlug die Lederdecke enger um Marie. Es hatte wieder zu regnen angefangen, wässerige Schnee-

flocken fielen aus dem Grau des Himmels und zergingen auf dem Leder.

„Woran denken S', Marie", wiederholte Franz Pradel.

„Ich war gestern auf dem Rathaus – wegen dem Leumundszeugnis", erwiderte Marie mit ungewohnt leiser Stimme. „Ich hab' eine Bescheinigung von der Besserungsanstalt. Darin steht, daß man mich dort zu Unrecht eingesperrt hatte. Aber der Mensch im Rathaus, dieser Mensch hat einfach gesagt, das gilt nicht." Jetzt war Maries Stimme wieder wie immer, hell, klar, laut.

„Wollen S' mir das Papier einmal zeigen?" fragte Herr Pradel. Marie kramte es hervor, ihr Begleiter las es langsam und sorgfältig. „Lassen S' mir das Schreiben für ein paar Tage da", sagte er schließlich und steckte es in die Rocktasche.

Maries trübe Stimmung wurde aufgeheitert, als Mizzi ihr meldete, daß der Bursche vom Herrn Leutnant dagewesen sei. Marie möge doch nachmittags nach Hitzing kommen, weil Fräulein Ottilie unpäßlich sei. Jeweils mit dem Servieren des Mittagessens, Punkt zwölf, begann Maries Freizeit bis zum Jausenkaffee um vier.

Es war kein langer Weg in den Fasangarten, in dem die kleine Villa der Hanstein-Geschwister in einem wohlgepflegten winzigen Vorgarten lag. Als Marie kurz nach dem Mittagessen eintraf, sie konnte sich dann auch gleich in der Küche beim Geschirrabwaschen nützlich machen, wartete schon Otfried Hanstein in der Diele auf sie. „Ich bringe dich später nach Hause", sagte er leise. „Brich bitte nicht zu spät auf."

Marie traf die Schwestern in der Küche. Ottilie sah wirklich schlecht aus. „Gott sei Dank", sagte sie trübe, „daß Sie gekommen sind, Marie. Da kann ich mich gleich niederlegen."

Als Marie zum Waschschaff ging, um das Geschirr zu

spülen, hinderte Olga sie daran: „Marie, bitte machen Sie uns lieber einen Nußbiskuit, mir fällt er immer zusammen. Und morgen kommt die Hofrätin – no, Sie wissen schon, Marie."

Ja, Marie wußte es. Die Hofrätin hatte eine hübsche, aber langweilige Tochter, die gar zu gerne Frau Oberleutnant Hanstein geworden wäre. Die Hofratstochter merkte jedoch nicht, daß Otfried ihr auswich, merkte auch nicht, wie kühl die Mienen der Schwestern wurden, wenn sie uneingeladen an der Seite ihrer üppigen Mama hier auftauchte ...

Wenig später ging Marie an Otfrieds Seite durch das feuchtkalte Wien. Es schien zwar eine blasse Wintersonne vom dunstigen Himmel, doch sie wärmte nicht. Marie trug wieder ihr Samtkostüm und den feschen Hut mit dem Federgesteck. Das wärmende Umschlagtuch hatte sie in der großen Häkeltasche versteckt. Sie würde es umnehmen, nachdem sich Otfried von ihr verabschiedet hatte.

Natürlich hätte sie auch das warme, plumpe, graue Wollkostüm mit der hüftlangen Jacke anziehen können, aber wenn sich schon Otfried in den Straßen Wiens offen an ihrer Seite zeigte, sollte sie wenigstens gut aussehen, wie eine junge Dame seines Standes. Sie fror zwar, doch das tat ihrer Schönheit keinen Abbruch. Auf ihren Wangen blühten ja Rosen aus Rouge, die auch in Frost und Kälte nicht vergingen.

Otfried hakte sie unter. Er war einen Kopf größer als sie. Marie schien, als sei er in den vier Jahren, seit sie sich kannten, noch gewachsen. Er sah gut aus, ihr Galan. Das Bärtchen auf der Oberlippe gab ihm ein draufgängerisches Aussehen – aber er war alles andere als das. Er war höflich, schüchtern und Marie auf eine merkwürdig sanfte Art ergeben. Diese Sanftheit bewirkte, daß auch Marie sich anders als sonst gab, ohne daß es ihr bewußt war. Sie hatte im ständigen Umgang mit Höhergestellten gelernt, sorgfältig zu sprechen, gegliederte Sätze zu bilden, Konversation zu führen. In Maries wohlgerundeter Brust wohnten zwei Seelen – die eines Dienstboten, einer tüchtigen Köchin und die einer halbgebildeten, gescheiten jungen Frau.

Ihr Geschick, die jeweilige Situation rasch zu erfassen und sich ihr anzupassen, bewirkte, daß man das hübsche Mädchen aus dem Volk sympathisch fand. „In jeder Frau steckt ein Stück Prinzessin." Jemand hatte das gesagt und damit in bezug auf Marie wirklich den Nagel auf den Kopf getroffen.

Otfried hätte gern gewußt, was in Maries eigenwilligem Kopf vor sich ging, während sie die belebte Fasangartengasse entlangschlenderten.

Marie dachte in diesem Moment: ‚Wie lange wird das wohl noch dauern? Und wie wird es sein, wenn er mir eines Tages sagt, daß es vorbei ist? Otfried ist achtundzwanzig. In diesem Alter heiratet man doch. Ob er dann, wenn er verheiratet ist, noch an mich denken wird? An diesen Spaziergang oder an die Fiakerfahrt im Sommer hinaus nach Baden oder an den Ausflug in die Donauauen?' Und da der Neid vor ein paar Tagen in Maries kleiner Seele Wurzeln geschlagen hatte, dachte sie weiter: Warum kann er mich denn eigentlich nicht heiraten? Er liebt mich doch. Ich bin gescheiter als die Hofratsfanny, und hübscher bin ich auch. Nur reich bin ich nicht, und ein lediges Kind hab' ich. Aber das passiert den andern, den Hofratstöchtern, auch. Das weiß jeder. Dann verschwinden sie auf ein paar Monate zu Verwandten – angeblich – und kommen schlank und fesch wieder. Ohne Kind.'

Aus dieser Stimmung heraus sagte Marie, während sie ihren Arm aus dem Otfrieds zog: „Ich hab' über uns bei-

de nachgedacht, Otfried. Und ich weiß nun, daß wir uns trennen müssen."
„Aber Marie! Ich bitt' dich, wieso denn? Hab' ich dich gekränkt, paßt dir irgend etwas nicht?"
„Es paßt alles nicht. Ich bin ein Dienstbote, und du bist ein Offizier."
„Aber das war doch immer so, Marie, mein Liebling!"
„Ja, schon viel zu lang. Ich werde halt auch älter, Otfried, und auch gescheiter. Ich möcht' einfach nimmer."
„Du liebst mich nicht mehr. Du hast einen anderen gefunden."
„Vielleicht. Vielleicht sogar einen, der mich heiratet, auch wenn ich bloß ein Dienstbot' bin."
„Warum sagst du das? In meinen Augen bist du kein Dienstbote, sondern ein bildhübsches Mädel. Ach Gott, Marie!"
Marie wurde weich. Doch dann straffte sie sich. Es war ganz gut, wenn sie sich für eine Weile trennten. Einen Augenblick lang schwankte sie, ob sie Otfried nicht von der Besserungsanstalt und von dem miserablen Leumundszeugnis erzählen sollte. Sozusagen als Grund ihres Verzichts. Doch dann erwiderte sie nur: „Wir können uns ja hin und wieder noch sehen, Otfried, bei deinen Schwestern, nur ... Also, unser Verhältnis soll aufhören, bevor es zu spät ist."
Otfried grübelte, was sie damit wohl meinte. Hatte sie Angst, ein Kind zu bekommen? Wenn es nur das wäre – sie konnten ja wie früher auch nur einfach beisammen sein, in allen Ehren sozusagen. Eine Zeit ohne Marie? Ohne ihre gescheite Munterkeit, ihre Schönheit, ihre Schlagfertigkeit – er konnte es sich nicht vorstellen.
Die Kameraden wußten von seiner Geliebten, er hatte es nicht nötig, sich mit ihr in Séparées zu verstecken.
Schweigend gingen sie nebeneinander her. Marie blieb

stehen, holte ihr häßliches Umschlagtuch aus der Häkeltasche, nahm ihren modischen Hut ab, verstaute ihn und schlang sich das dicke Tuch, Zeichen ihres Standes, um Kopf und Schultern. Ihr kleines, hübsches, ja besonders hübsches Gesicht sah Otfried aus der plumpen wollenen Umrahmung trotzig entgegen. Er empfand einen fast körperlichen Schmerz. Sie hatte sich in das Früher, hatte sich in den Stand, dem sie angehörte, zurückgezogen. Sie war ihm entglitten …

Endlich rehabilitiert

Maries lebenslange, einfache Weltanschauung bestand darin, daß man für alles Gute im Leben belohnt, für alles Böse bestraft würde. Abergläubisch wartete sie darauf, daß ihr der liebe Gott nun bald den Gegenwert ihres „Opfers“ bescheren werde: Sie hatte ja freiwillig auf die Liebe Otfrieds verzichtet. Und das war für sie ein Opfer gewesen. Sie schrieb traurig in ihr Koch-Tagebuch:

> „Vorgestern habe ich mit meinem Verehrer Otfried Hanstein Schluß gemacht. Wir sind vier Jahre miteinander gegangen, aber es ist besser so.“

Einige Wochen später trug sie hinter dieser Bekundung ein neues Pastetenrezept ein.

Nachdem sie den Schlußpunkt gesetzt hatte, dachte sie nach. Das Rezept hatte ihr eben Frau Pradel gegeben. Nach diesem sollte sie für das Souper am Donnerstag eine Fleischpastete backen. Die Menge der Zutaten verwirrte sie. So ein Trumm von einer Pastete wird doch reißen, das muß sie doch, auch wenn man sie noch so langsam bäckt. Sie blätterte im Kochbuch, schlug die Seite mit dem Pastetenrezept aus der Küche des Eden auf. Diese kleinen Pasteten waren immer gelungen, ohne aufzureißen. Doch was ging es sie an, wenn die Pradelsche Pastete mißriet? Schließlich war das nicht ihre Schuld. Aber so ein mißglücktes Trumm dann servieren zu lassen? Sie konnte der Pastete doch nicht gut einen Zettel anstecken: „Rezept nach Frau Emilie Pradel.“

Marie rang in Gedanken um einen Ausweg. Er zeigte sich ihr nach einer halb durchwachten Nacht: Sie würde einfach nach bewährtem Rezept zusätzlich vier kleine Pasteten backen. Mißlang die große, konnten die kleinen serviert werden. Erleichtert schlief sie ein und versäumte die Frühmesse. Mizzi mußte sie buchstäblich aus dem Schlaf rütteln. Marie schien tatsächlich eine Glückssträhne eingefangen zu haben. Sie bekam Post aus Tattenitz, ihrem Heimatort. Der Vorsteher schrieb ihr, daß die Gemeinde ihre Angerwiese zu kaufen gedenke, da man das Schulhaus vergrößern werde. Ob sie mit dem Verkauf zu einem guten Preis einverstanden sei?

Natürlich war sie damit einverstanden. Doch Herr Pradel riet ihr, nicht sogleich zuzustimmen, sondern zuerst einen Preis zu nennen, einen Preis, der Marie jedoch viel zu hoch vorkam. So nahm Herr Pradel die Sache in die Hand und ließ seinen Sekretär einen wohlgesetzten Brief schreiben.

„Schaun S', Marie, Sie sind in ein paar Monaten volljährig. Deshalb versucht man, jetzt schon zu einem Einverständnis zu gelangen. Letztendlich entscheidet heute noch Ihr Vormund für Sie. Und der ist zugleich der Bürgermeister und handelt auch im Interesse der Gemeinde. Da heißt es vorsichtig sein. Man wird über unser Angebot verhandeln müssen, damit gewinnen Sie Zeit. Notfalls bis zu Ihrer Volljährigkeit."

Marie begriff.

An jedem zweiten Mittwoch im Monat fuhr Frau Pradel aus. Jarosch trug sie in die Kutsche oder den Pferdeschlitten, schob ihre armen Beine in einen Fellsack, auf dessen Grund eine Wärmflasche steckte, und fuhr die Gelähmte spazieren. Sie kehrte anschließend bei einer ihrer Freundinnen ein und kam erst zum Nachtmahl wieder heim.

Diesen Mittwoch nützte Marie zum heimlichen Pastetenbacken. Wohlgeraten wanderten sie in die Speisekammer,

versteckt unter einem Strudeltuch. Gelassen sah sie nun dem nächsten Tag entgegen.
„Die große Pastete wird reißen", warnte sie Frau Pradel.
„Wenn Sie alles so machen, wie ich's Ihnen gesagt habe, wird sie nicht reißen", antwortete diese. Sie fuhr mit dem Rollstuhl so nah als möglich an den Küchentisch und begann eigenhändig mit den Vorbereitungen. Marie half mit, schob die Riesenpastete schließlich ins Backrohr, drosselte nach 20 Minuten die Hitze, indem sie zwei Schöpfer Wasser ins Holzfeuer spritzte, und wartete mit erhitztem Gesicht die restlichen Stunden auf das Backergebnis. Schon brachte der Lohndiener das kalte Buffet, baute es im Salon auf und begutachtete den Eßtisch, den Frau Pradel mit Mizzis Hilfe gerichtet hatte.
„Marie soll die Pastete jetzt aus dem Rohr holen", entschied die Hausfrau und ließ sich von Jarosch ins Untergeschoß tragen. In jedem der Stockwerke stand ein Rollstuhl für sie bereit. Die Insassin rollte ihn zum Herd, an dem Marie stand und der Dinge harrte.
Das Backrohr wurde aufgezogen, die Pastete herausgeholt und – siehe da, sie entpuppte sich als wohlgeraten, wenn auch ein wenig blaß.
„Sie wird nicht durch sein", unkte Marie. Doch ein Gabeleinstich bewies das Gegenteil.
„Sehen Sie, Marie, nun haben S' etwas dazugelernt." In der Stimme der Hausfrau schwang sanfter Triumph.
In der Absicht, Lob oder Tadel durch die Gästeschar zu hören, drückte sich Marie nach dem Servieren noch in der Halle herum. Da wurde sie angesprochen. Ein junger Mann fragte: „Kennen wir uns nicht, kleines Fräulein?"
Marie sah ihn kurz an. „Nein", sagte sie und verschwand hinter der Tür, die zur Treppe ins Souterrain führte.
Sie half Mizzi beim Garnieren der kandierten Früchte, die in einem hohen, schweren Glasaufsatz als Nachtisch ser-

viert werden sollten. Da tat sich die Küchentür auf, und der junge Gast stand auf der Schwelle.
„Ich weiß nun genau, wo wir uns gesehen haben", sagte er näselnd. „Es war in Baden, und Ihr Begleiter war Oberleutnant Hanstein. Sie hatten damals ein weißes Kleid an, bestickt mit einer blauen Borte. Ich weiß es genau, weil wir beide miteinander getanzt haben. Stimmt's?"
Mizzi im Hintergrund dachte: ‚Das kann nur Maries Sonntagskleid sein!' Marie entschloß sich, den Herrn zu erkennen. Kühl sagte sie: „Ein netter Zufall, Herr –"
„Schinagl, Leutnant Schinagl", beeilte der sich vorzustellen. „Es geht das Gerücht, mein Fräulein, daß unser lieber Otfried nun solo ist. Wenn das stimmt – ich meine –", Herr Schinagl warf einen kurzen Blick auf Mizzi, die sich anschickte, den Glasaufsatz nach oben zu tragen, „vielleicht könnten wir beide uns irgendwo treffen? Vielleicht im Sacher?"
Marie überlegte. Sie hätte gern wieder etwas über Otfried erfahren. Es kränkte ihre Eitelkeit, daß er gar keinen Versuch machte, sie umzustimmen.
„Das Sacher –", erwiderte sie zögernd, „das ist mir von hier zu weit."
„Aber bitte sehr, dann das Parkcafé, das ist doch ganz in der Nähe. Es wird mir wirklich eine Freude sein. Wann? Morgen um drei?"
„Vielleicht", sagte Marie. „Aber jetzt müssen Sie gehen. Die Frau Pradel hat es nicht gern, wenn ich Besuch bekomme."
Nachdem die Gäste gegangen waren, probierte Marie von der Pastete. „Gar kein Vergleich mit meiner", sagte sie zu Mizzi. „Das hab' ich doch gleich gewußt. Das Fleischaroma kann sich in dem dicken Trumm nicht richtig entfalten."

Am nächsten Tag, dem Tag ihres Rendezvous mit Leutnant Schinagl, schneite es. Marie stand zögernd vor ihrem Kleiderkasten. Was sollte sie anziehen? Als sie das grünsamtene Kleid zur Hand nahm, dachte sie an Otfried, dem es immer so gut gefallen hatte. Sie hängte es zurück in den Schrank und zog in einem schnellen Entschluß das alte, an den Ärmeln schon abgewetzte Wollkostüm an. Sie knüpfte ein graues Tuch über ihr Haar, wie es die Frauen der Armen trugen, und ging zu Jarosch.
Von ihm lieh sie sich einen eisernen Kinderschlitten, den man wie einen Kinderwagen schieben konnte. Eilig fuhr sie ihn zum Gasthof *Zum Kranz*, wickelte ihren Sohn in das gestrickte Umschlagtuch der Kranzwirtin und setzte ihn in den Schlitten. Gustl jauchzte. „Schneller!" jauchzte er, als Marie mit dem Schlitten die Gasse entlanglief. Atemlos blieb sie vor einer Standlfrau stehen. Bei ihr hatte sie im Sommer Karfiol, Paradeiser, Kohl und Kraut gekauft. Jetzt stand die Resl an einem Maroniofen und briet die harten, braunen, glänzenden Früchte, die Edelkastanien.
„Eine Stanitze Maroni", verlangte Marie und kramte im Muff nach Kleingeld.
„Lassen S' nur", sagte die Standlfrau, „die san für das schöne Kind. Wem g'hört's denn? No, was frag' i denn? S' ist Eahna ja wie aus dem G'sicht g'schnitten." Und damit legte die Alte dem Kind die Stanitze in die kleinen Hände.
„Vergelt's Gott", sagte Marie. Sie fühlte sich zufrieden und glücklich. Wenn sie an Schinagl dachte, kräuselten sich ihre Mundwinkel zu einem schadenfrohen Lächeln.
Inzwischen saß der Herr Leutnant im blauen Séparée des Parkcafés und wartete – erst geduldig, dann ungeduldig und zum Schluß wütend. Hatte ihn doch dieses gelbhaarige Flitscherl einfach sitzen lassen! Ihn, den Leutnant

Schinagl, Sohn eines millionenschweren Mühlenbesitzers! Er sann auf Rache. Bald fiel ihm etwas ein. Er würde Otfried Hanstein erzählen, er habe gesprächsweise vom Fabrikant Pradel erfahren, daß die Marie in einer Besserungsanstalt gewesen sei. Daß der Fabrikant mit Hilfe von Beziehungen eine Löschung dieses Eintrags im Leumundsregister erreicht hatte, das würde er dem Otfried natürlich nicht verraten.
Als dies Otfried aus dem Mund Schinagls erfuhr, glaubte er zu wissen, warum Marie ihn verlassen hatte – aus Angst, Otfried könne von sich aus mit ihr Schluß machen. Warum vertraute sie ihm nicht? Aber wahrscheinlich hatte sie mit ihrem feinen Gespür richtig entschieden. Die Besserungsanstalt und ein uneheliches Kind, das war wirklich ein bisserl viel.
Marie erfuhr erst Jahre später von diesem Sachverhalt ...

Es kam der Heilige Abend. Marie war am Nachmittag noch schnell ins Kranzgasthaus gelaufen, ein mit einem Tuch verhülltes Schaukelpferd im Arm. Es stammte vom Pradelschen Dachboden. Jarosch hatte ihm eine neue Kufe geschnitzt, angeleimt und es zum Schluß mit roter und grüner Farbe herrlich bemalt. Er fand zwar blau und golden passender – so war das Schaukelpferd früher bemalt gewesen –, aber die rote und grüne Farbe hatte er kostenlos zur Hand als Reste von der Anstrichfarbe der Gartenstühle.
„Das hast du herrlich gemacht“, sagte Marie zum großen, starken Jarosch, stellte sich auf die Zehenspitzen und gab ihm schnell einen kleinen, dankbaren Kuß aufs Kinn. Er wollte sie festhalten, aber da hatte sie sich schon losgerissen und war mit dem Spielzeug unterm Arm aus seiner Stube gelaufen.
Gustls verwunderte blaue Augen hingen am Schaukelpferd, als Marie es vor ihn hinstellte. Dann ließ er sich in

den gemalten Sattel heben, stemmte die kleinen Füße auf die runden Stäbe unterhalb des Pferdebauches und brachte mit erstaunlicher Geschicklichkeit das Schaukelpferd in Bewegung. Marie sah zu, wie ihr Kind schaukelte und jauchzte. Tränen traten in ihre Augen. ‚Warum heule ich?' dachte sie. Und sie erinnerte sich an einen Ausspruch der Kranzwirtin vor der Geburt des Kindes: „Vielleicht wird es ein Engerl – das wäre das beste für alle." Wie ein Engel sah ihr Kind aus, doch es war Gott sei Dank lebendig, überaus lebendig und gesund!

Marie steht schwitzend vor dem Bratrohr. Die Gans für den morgigen ersten Feiertag wird vorgebraten. Das ist nicht einfach: man muß genau den Zeitpunkt berechnen, wann die noch blasse Gans aus dem Rohr genommen werden muß. Ist sie eine Junggans, muß das nach einer Stunde geschehen, ist sie älter, nach einer längeren Zeit.
Marie hat noch zu wenig Erfahrung, das Alter einer Gans auf Anhieb zu erkennen. Frau Pradel ist darin auch ungeübt – also muß man sich auf die Auskunft der Bäuerin verlassen. Das hier soll eine heurige Gans sein, deshalb muß sie jetzt aus dem Rohr.
Morgen kommt sie zur Bräunung noch einmal in den Ofen. Löst sich dann der Flügel nach einer Stunde vom Fleisch, ist anzunehmen, daß man mit dem Braten Ehre einlegen wird. Löst er sich nicht, muß weiter gebraten werden, wobei zu befürchten ist, daß die braune, knusprige Haut zu braun und knusprig wird …
In der Küche riecht es auch nach Fisch, ein Geruch, dem Marie immer noch sehr abhold ist. Nun schwimmen die Stücke des panierten Karpfens in heißem Fett, der süßsaure Erdäpfelsalat steht angerichtet. Am Heiligen Abend ißt die Herrschaft zusammen mit dem Gesinde – das war schon immer so.

Marie sitzt dem Hausherrn gegenüber, und Emilie Pradel erkennt, daß Marie tadellose Tischmanieren hat.
‚Woher wohl?' fragt sie sich. Marie hätte ihr die Antwort geben können: Das war das Verdienst der Besserungsanstalt, genauer gesagt Schwester Gottfriedes.
Nach Tisch läutet im kleinen Salon eine Glocke. Marie wundert sich – man ist ja hier geschlossen versammelt, niemand fehlt. Wer läutet denn nebenan die Weihnachtsglocke? Sie fragt Franz. „Die Weckeruhr", grinst er und setzt hinzu: „Das war für mich früher das größte Weihnachtswunder, daß es klingelte, während doch alle hier waren."
Marie wickelte ihre Geschenke aus: ein Leinenhemd mit dazu passender Hose, eine blaue Barchentbluse mit dazu passendem, bequem weitem Rock, eine weiße Rüschenschürze und ein Paar dunkelbraune Schuhe. Die betrachtet Marie kritisch. Immer noch gilt ihre heimliche Liebe schönem Schuhwerk, und unter ihrem Bett stehen schon fünf Paar braune, beige, weiße, und zwei Paar schwarze, eines davon Stiefelchen mit unzähligen kleinen Knöpfen. Die neuen Schuhe sind ein bisserl zu solide verarbeitet – immerhin haben sie vier gelbe Ziernähte, die Marie gefallen. Auch sind die Absätze nicht ganz flach. Wenn sie sich doppelte Lederflecke darauf nageln ließe, wären sie hoch genug, elegant allerdings immer noch nicht.
„Zufrieden?" fragt Herr Pradel und steht plötzlich neben ihr. „Ich hab' noch ein Präsent für Sie, Marie. Da!" Er reicht ihr zwei Umschläge, einer ist aus normalem, blauem Geschäftspapier, der andere – größer und umfangreicher – aus dickem, braunem Packpapier.
Marie wird langsam rot. Sie ahnt, was ihr hier beschert wird. Im blauen Kuvert ist ein dünner Briefbogen, bedruckt und gestempelt. In schöner Handschrift enthält er nur drei Zeilen: „ ... wird hiermit amtlicherseits bestätigt,

daß sich die Vorgenannte eines guten Leumundes erfreut und befleißigt."

Nicht mehr und nicht weniger steht hier, genau so viel, wie in den meisten Wiener Leumundszeugnissen. Mehr ist auch nicht gefragt. Marie ist wieder „unbescholten". Sie hebt ihr freudestrahlendes Gesicht Herrn Pradel entgegen, ergreift schnell seine Hand und küßt sie.

Herr Pradel entzieht ihr die Hand, räuspert sich und sagt: „Nun machen Sie nur auch den andern Brief auf, Marie. Er kommt aus Tattenitz."

„Wissen Sie schon, was drinsteht?" fragt sie.

„Hm, ich glaube schon. Ich bekam einen ähnlichen Brief."

Da zieht Marie das umfangreiche Schreiben aus dem Umschlag. Es handelt sich um ihre Wiese und ist ein Kaufvertrag. Marie liest die Summe. Ein kleiner, begeisterter Aufschrei entfährt ihr: „Hundertsiebzig Gulden!" Ja, es ist genau die Summe, die Herr Pradel gefordert hatte.

Noch in derselben Nacht trägt Marie in ihr Kochbuch ein:

> „Das war das schönste Weihnachten, das ich je erlebt habe."

Und sie zählt ihre Geschenke auf, samt Leumundszeugnis und Kaufvertrag. Sie vergißt auch nicht, Gustls Schaukelpferd zu erwähnen und zu beschreiben. Sie schließt: „Ich glaube, ich bin kein Pechvogel mehr. Gott sei für alles gedankt!"

Ein weiterer Glückstag ist für sie, als Frau Pradel ihr mitteilt, daß Marie für eine Soiree des berühmten Johann Strauß ihre Rosentorten backen solle. Das tut sie mit großem Eifer. Frau Pradels Freundin, Josefine Straßner, ist auch mit der Gattin des Tonsetzers Johann Strauß be-

freundet und hat ihr bereits von Maries Kunst, Rosen aus Marzipan zu formen, berichtet: „Sie sehen wirklich wie echt aus, ganz superb, meine Liebe!"
Jetzt sitzt Marie am Küchentisch, Frau Pradel daneben und sieht zu, wie unter Maries Fingern sehr schnell Röschen um Röschen entsteht. Dazu formt Marie kleine Blätter, die sie eines um das andere zu einer Knospe oder Marzipanrose legt. Im Handumdrehen sind die Torten mit weißen Röslein üppig garniert. „Sie sind ja eine Künstlerin", ruft Frau Pradel, „wirklich!"
Der Duft nach in Fett gebackenen Faschingskrapfen zieht durchs ganze Haus. „Wie Sie das nur machen, Marie!" meint Mizzi voll bewundernder Anerkennung. „Jeder Faschingskrapfen hat um den Bauch herum ein weißes Randl. Das bringt meine Mutter nie fertig. Bei ihr sind die Faschingskrapfen alle gleich braun."
„Da muß man halt besonders aufpassen."
Jetzt überzuckert Marie das leichte, flaumige Gebäck und drückt Mizzi den Kuchenteller in die Hand. Frau Pradel hat Gäste im kleinen Salon. Ihre Freundin Albine Schinagl, die Mutter vom Leutnant Schinagl, ist wieder zu Besuch. Mizzi serviert die Krapfen.
„Die sehen gut aus", meint Frau Pradel. „ Richt das unserer lieben Marie aus, Mizzi!" Mizzi knickst und geht zum Kachelofen, um ein paar Holzscheite zuzulegen. Da hört sie die Schinagl sagen:
„Deine liebe Marie mag ja eine Perle sein, was ihre Kochkunst anbelangt, aber in meinem Haus tät' ich sie trotzdem nicht behalten."
Hastig verläßt Mizzi das Zimmer, rennt in die Küche und ruft: „Schnell, Marie, die reden oben über Sie!" Schon ist Mizzi am Speisenaufzug, drückt den Schieber hoch und steckt den Kopf in den Aufzugschacht. So kann man jedes Wort mithören, das oben gesprochen wird. Marie wischt

ihre Hände an der Vorschürze ab und tritt zum Schacht. Deutlich hört sie die scharfe Stimme Albine Schinagels: „Wenn ich es dir doch sage! Wie du so eine Person bei vier Mannsbildern im Haus als Köchin einstellen konntest, das ist mir ein Rätsel. Ein lediges Kind hat sie, und in der Besserungsanstalt war sie! Dabei kannst du mit deiner Krankheit doch nicht so die Augen offenhalten, wie sich das gehört."

„Ich bitte dich, Albine, du siehst Gespenster. Marie ist ein anständiges Mädel. Ich –", erwiderte die Hausfrau.

„Anständig? Haha! Entschuldige, Emilie, aber da kann ich nur lachen. Scheinbar weißt du nichts von ihrem jahrelangen Verhältnis mit einem Kameraden meines Erwin, mit dem Oberleutnant Hanstein."

„Ach was, das ist pure Übertreibung. Marie geht ab und zu als Aushilfe in die Villa Hanstein. Die zwei Damen waren extra bei mir und haben gefragt, ob ich etwas dagegen hätte. Das ist die Wahrheit, Albine."

„Das ist sie nicht!" kreischt Frau Schinagl. „Das ist nur ein Vorwand, damit sich diese Person ungeniert mit dem jungen Hanstein treffen kann. Aber das ist noch nicht alles – sie hat sich doch außerdem meinen Erwin angeln wollen, nach den Regeln dieser schmutzigen Kunst. Ja, schau nur! Sie hat mit ihm ein Rendezvous ausgemacht. Im Parkcafe. Natürlich ist mein Erwin da nicht hingegangen – er wollte nur wissen, wie weit es diese Person treiben würde. Was war das? Wer hat denn da geschrien, Emilie?"

Es ist Marie, die laut aufgeschrien hat: „So eine Gemeinheit!"

Man hört es durch den Schacht bis in den Salon.

Jetzt rennt Marie die Stiege hinauf, reißt die Tür zum Salon auf und schreit weiter: „Was haben Sie da eben behauptet, Sie scheinheilige Schlange? Ich soll Ihren Sohn zu einem Rendezvous – zu einem Rendezvous – Er war es! Er wollt' ein Rendezvous, und die Mizzi kann's bezeugen, die war auch in der Küche. Mir wäre das nie im Leben eingefallen, zu dem Rendezvous zu gehen. Ich war bei meinem Kind, das kann der Jarosch bezeugen. Und er kann auch bezeugen, daß der feine Herr Leutnant Schinagl ihn später gefragt hat, ob ich zu Hause sei, nachdem er vom Parkcafe gekommen ist. Ich –"

„Jetzt ist's genug, Marie. Hören Sie mit dem Geschrei auf und gehen Sie in die Küche. Wir sprechen uns später. Gehen Sie, Marie, bitte sofort!" sagte die Hausfrau mit erhobener Stimme.

Marie hört dann im Flur den Gast kreischen: „Das ist unerhört! Unglaublich! Ich komme erst wieder in dieses Haus, wenn du diese impertinente Person entlassen hast!"

Bewegung im Salon veranlaßt Marie, zurück in die Küche zu laufen. Dort läßt sie sich auf einen Stuhl fallen, schlägt die Hände vors Gesicht und schluchzt vor Wut und ohnmächtigem Zorn: „Was bin ich denn für die? Ein Schuhfetzen, nichts als ein Schuhfetzen, an dem die sich ihre dreckigen Schuh' putzen! Ich will nicht mehr."

Mizzi bedauert – zu spät – den Mund nicht gehalten zu haben. Sie steht ratlos vor der Wütenden.

Marie wurde dann von Frau Pradel wieder beruhigt.

Sie vollendete das Jahr im Pradelschen Hauswesen, kündigte jedoch im Spätherbst des Jahres nach einem weiteren Zwischenfall: Die Mutter von Emilie Pradel erkannte den hübschen Sonnenschirm, den Franz Pradel junior im Vorjahr gefunden und Marie geschenkt hatte, als ihr Eigentum wieder: „Ich hatte den Schirm vergessen, anders kann es doch nicht sein, und eure Marie hat ihn einfach unterschlagen. Es ist doch so, Marie, oder wollen Sie's leugnen?"

Marie erklärte den Sachverhalt, Franzl gab zerknirscht zu, Marie den Schirm geschenkt zu haben. Man entschuldigte sich bei der jungen Köchin – doch Marie kündigte.
Sie bekam ein ausgezeichnetes Zeugnis und trat wenig später eine Stelle im Haus eines Geschäftsfreundes von Herrn Pradel an. Im Pradelschen Haus trauerte man ihr einige Zeit nach – besonders der große, starke Jarosch. Er hatte Marie von seinem zu erwartenden Bauerngütl bei Preßburg erzählt, aber Marie hatte das nicht beeindruckt.
„Ach, Jarosch", sagte sie zu ihm. „Ich wäre dir eine schlechte Bäuerin. Da mußt du dir eine wie die Mizzi suchen."
„Isse doch noch zu jung."
„Das gibt sich, Jarosch, das wird mit jedem Jahr besser."
So war ihm nichts anderes übrig geblieben, als Marie den letzten Liebesdienst zu erweisen und ihre Habseligkeiten in das Haus des Herrn Pilloni zu bringen.

Das große Glück der Liebe

Die Firma Karl Pilloni erzeugte statt Sesseln, wie die Firma Pradel, Tische verschiedenster Art sowie stabile Schulbänke. Sie galt als die größte Möbelfabrik Wiens – und weit darüber hinaus.

Marie hatte die angebotene Stelle gewählt, weil ihr Herr Pradel versichert hatte, es handle sich um einen frauenlosen Haushalt. Aber ganz so war es nicht. Eine Schwester des Herrn Karl Pilloni hatte hier das Sagen. Sie war eine noch nicht alte, üppige, schwarzhaarige Person mit einem dunklen Bartanflug auf der vollen Oberlippe. Sie wünschte, als „Fräulein Pilloni" und nicht als „gnädiges Fräulein" angeredet zu werden, war sehr fromm, was sie auch durch einen allmorgendlichen Kirchgang bewies, und offensichtlich überaus sparsam.

Daran mußte sich Marie erst gewöhnen. Es wurde in diesem Haus nach zwei Speisezetteln gekocht, einem für die Herrschaft und einem für die Dienstboten. Es gab hier mehr Gesinde als im Pradelschen Haus – vielleicht sparte Fräulein Anna Pilloni deshalb.

Sie bestimmte, was auf dem Markt an Gemüse, Obst und Geflügel eingekauft werden sollte – Marie hatte sie nur zu begleiten. Als sie sich dagegen wehrte, meinte Anna Pilloni liebenswürdig: „Aber ich brauche doch Ihren Rat, liebe Marie." Natürlich brauchte sie den nicht, denn sie kaufte grundsätzlich einfach das Billigste. Mochten von den dreißig Eiern ruhig sieben schlecht sein, und Marie von dem welken Salat ein Drittel wegwerfen müssen – die Hauptsache war, daß Anna Pilloni billiger eingekauft hatte als die anderen Hausfrauen. Am Dienstbotentisch in der Küche saßen sieben Leute. Im Eßsalon wurde für vier

gedeckt, für den Prokuristen der Fabrik, dessen Frau und für die Geschwister Pilloni.
Für Marie begann eine harte Zeit. Um sechs mußte das Frühstück für Anna Pilloni auf dem Tisch stehen, um halb sieben das für die Dienstboten und um sieben für Herrn Pilloni.
Um zehn hatte Marie ein warmes Gabelfrühstück bereitzuhalten, Punkt zwölf mußte das Mittagessen auf dem Tisch stehen. Fräulein Pilloni sparte nicht mit Lob für die junge Köchin, das sie nur in einem Punkt einschränkte: „Sparen, liebe Marie, mehr sparen. Mit viel Geld gut kochen, das kann jede Gans – mit wenig Geld gut kochen, das können nur die besten Köchinnen."
Marie erfand eine Einbrenn mit nur halb soviel Fett wie sonst üblich und vermerkte dies in ihrem Kochbuch.
Eine neue Fettart war aufgekommen. Sie hieß Margarine und wurde angeblich aus Fischtran gemacht. Anna Pilloni behauptete zwar, daß man das überhaupt nicht schmecke, Marie wurde aber schon übel, wenn sie dieses Fett nur sah.
„Es schmeckt und riecht gar nicht anders als Olivenöl", behauptete Anna, „und es kostet nur halb soviel wie Butter."
Nun, Marie gewöhnte sich auch an diese neumodische Margarine. Sie verwendete mehr Zwiebeln, die den tranigen Geschmack milderten.

Marie ringt die Hände. Gerade hat ihr Anna mitgeteilt, daß sie in zwei Stunden ein Essen für zehn Herrschaftsgäste zu richten habe. „Herr Pilloni bringt Geschäftsfreunde zu Tisch", sagt Anna. „Es sind Gäste, die zur Gedenkfeier für die Toten beim Brand im Ringtheater nach Wien gekommen sind."
Marie erfährt, daß das Ringtheater am 8. Dezember 1881

unter katastrophalen Umständen abgebrannt war. „Lesen Sie das Extrablatt, liebe Marie, das damals erschienen ist. Es stehen einem noch heute die Haare zu Berge.“ Marie blickt skeptisch auf Annas kohlschwarze, üppige Zopffrisur. Sie stellt sich vor, wie Anna ausschauen würde „mit meterlangem, hochstehendem Haar. Wenig später schämt sie sich dieses Gedankens.
Sie liest:

> „... haarsträubendes Entsetzen ist seit gestern Abend das einzige Gefühl in der Residenz. 386 Menschen sind getötet, unter unvorstellbaren Qualen zu Tode gedrückt, zu Tode getrampelt worden. Ihre Todesschreie erfüllten das Theater, haushohe Flammen prasselten auf, verzehrten Menschen und Inventar des Theaters ...“

Während Marie in Eile Wiener Schnitzel vorbereitet, denkt sie immer noch an den Brand im Ringtheater. Der wurde auch einmal im Pradelschen Haus im Zusammenhang mit der Gründung der Sesselfabrik erwähnt. Die Neubestuhlung des Theaters hatte Herrn Pradel reich gemacht. Aber die Hintergründe des Brandes wurden nicht erwähnt, nicht die Toten, nicht die für ihr Leben Verstümmelten ...
Zum Servieren des Kaffes ist Marie in die Bibliothek gerufen worden. Sie tritt sozusagen als Renommierstück vor die Gäste. Fanny, das kleine, blasse, rachitische dreizehnjährige Küchenmadel, hat beim Mittagessen mit dem Stubenmädchen serviert.
Marie spürt die Blicke der Herren. Sie sind voll Wohlwollen. Auch Anna Pilloni schaut Marie zufrieden zu, wie sie geschickt die Mokkatassen bereitstellt. ‚Sie ist wirklich eine schöne Person‘, denkt sie. ‚Das Schönste sind ihre

Haare. Sie sollte nicht ständig die unförmige Haube tragen. So etwas schadet dem Haar. Ich muß es ihr sagen ...'
Marie merkt, daß wieder vom „Jahrhundertbrand" die Rede ist. Ein kleiner, lebhafter Herr mit einem unverwechselbar mährischen Akzent in der Stimme erzählt gerade: „So was hat nur in Wien passieren kennen. Bei der Wiener Schlamperei. Wenn schon beim Anzünden von den Soffitten auf der Biehne Feier ausbricht – warum haben s' dann um Gottes willen net gleich den eisernen Vorhang runtergelassen? Dann wär' nur die Biehne ausgebrannt. Aber nein, missen die Trottel noch das Tor hinter der Biehne aufmachen, damit das Feier nur ja genug Luft kriegt. Bei uns in Brinn wär' so was bestimmt nicht passiert. Bei uns in Brinn haben die Leit' noch an gewissen Verstand im Hirn. In Wien sans' hirnlos, wann's amal beweisen solln, daß sie ans ham, a Hirn."
Ein anderer, offenbar ein Wiener, fällt dem Lebhaften gelassen ins Wort: „Mein Lieber, i möcht' dich sehen, wenn du in so ein Schlamassel von einer Minute zur andern hineingerätst. Das Ringtheater war ja damals fast neu, das heißt, der Umbau. Sie haben das Haus so in die Höhe gebaut, weil der Bauplatz viel zu klein war, daß lauter Winkelwerk, Gänge und Treppen entstanden sind, aus denen die Leut' halt nicht herausgefunden haben. Wo's nicht brannte, war's stockdunkel, weil s' keine Notbeleuchtung eingebaut hatten. Und dann waren alle Tore und Türen zum Öffnen nach innen, man hat sie durch den Druck der Menschen nicht aufmachen können ..."
„Was ich ja grad' gesagt hab' – hirnlos. Auch eire Baumeister", knurrte der Brünner dagegen.
Der Kaffee ist serviert. Marie tut es leid, die Gesellschaft verlassen zu müssen. Sie hätte gern noch mehr erfahren. Aber sie knickst und verläßt den Raum. Sie hört nicht mehr, was einer der Herren sagt: „Eine fesche Wienerin, die Klei-

ne. Wenn wir schon angeblich zu wenig Hirn haben, schöne Madeln haben wir, das ist beinah soviel wert."
Anna kann es sich nicht verkneifen, diesem Herrn zu widersprechen: „Unsere Köchin stammt aus der Provinz, gar nicht so weit weg von Brünn."
Der lebhafte Brünner, ein Herr von Baltazzis, jauchzt: „Sag ich's nicht? Meine Landsleite ham nicht nur mehr Hirn, wir ham auch die scheensten Madeln der ganzen Monarchie."
Während Marie dem Küchenmädel beim Geschirrspülen hilft, beschließt sie, bei ihrem nächsten Theaterbesuch genau aufzupassen, ob die Türen nach außen aufgehen oder nicht …

Im Laufe der Zeit zeigte sich, daß Herr Pradel, der Sesselfabrikant, ihr nicht zuviel versprochen hatte: Der neue Posten war recht interessant. Offensichtlich hatte das Fräulein Pilloni den Gästebesuchen während der ersten drei Monate, in denen sich Marie eingewöhnen sollte, einen Riegel vorgeschoben. Doch im Frühjahr rissen die Besuche von Verwandten und Freunden der Geschwister Pilloni nicht mehr ab. Marie wunderte das.
Sie schrieb in ihr Koch-Tagebuch:

> „… sonst ist das Fräulein Pilloni doch so sparsam, aber für die Gäste ist immer nur das Beste gut genug. Fast jede Woche muß ich Sachertorten backen, nach meinem Rezept. Ich kenne auch das vom Fräulein, aber da ist viel zuviel Zucker drin. Ich hab' ihr meines gestern aufgeschrieben, und sie hat sich über meine schöne Schrift gewundert. Die verdanke ich auch dem alten gnädigen Herrn. Unlängst ist mir vorgekommen, als tät' ich ihn auf der Mariahilferstraße sehen, aber es war wohl nur eine Täuschung.

Wenn ich mehr Zeit hätte, würde ich mit dem Gustl einmal die Hanna besuchen fahren. Aber hier ist immer Trubel, man kommt zu nichts. Alois, so heißt der eine Lehrling, den ich beköstige, hat gestern gesagt, das Fräulein sei halt auf der Suche nach einem Bräutigam, deshalb hätten wir soviele Gäste. Ich tät' ihr das Glück vergönnen, daß sie einen Bräutigam findet, weil sie es verdient. Sie tut viel Gutes. Erst habe ich geschrieben, daß sie scheinheilig sei, weil sie so oft in die Kirche rennt, aber sie ist wirklich eine gute Christin. Das sieht man auch, wie sie für das Küchenmädl Fanny sorgt. Die muß jeden Tag Herrschaftskost essen, Lebertran trinken – mir wird schon schlecht, wenn ich das nur sehe, aber das soll sehr gesund sein.
Heute habe ich erfahren, daß der Herr von Baltazzis ein Onkel von der Mary Vetsera ist, welche die Geliebte des Kronprinzen Rudolf war. Der Herr von Baltazzis ist auch ein Freund vom Herrn Pilloni. Er kommt oft zu uns. Den möchte ich einmal fragen, wie es wirklich mit dem Selbstmord von seiner Nichte war. Aber das Fräulein Pilloni meint, daß man so etwas nicht fragen darf. Sie ist gegen die Mary Vetsera, weil es eine Todsünde ist, wenn man sich einfach umbringt. Das kann schon sein. Aber der Kronprinz und die Baroneß Vetsera haben doch nimmer aus noch ein gewußt, weil der Kaiser absolut gegen eine Scheidung war. Es weiß doch ein jeder, daß die Kronprinzessin eine Bißgurn ist. Und die Mary war überall beliebt. Daß sich der Kronprinz hat scheiden lassen wollen, das wird jetzt überall vertuscht, aber das ist die Wahrheit.
Der Kronprinz war auch nicht verrückt, der war gescheiter wie sein Vater, der Kaiser Franz Josef ..."

Marie hatte oft Gelegenheit, sich die Gespräche der Herrenrunde im Garten unter dem Fenster anzuhören. Sie erfuhr auch durch Tratschereien, daß manche dieser Herren einer Loge angehörten. Was es aber mit dem sonderbaren Verein auf sich hatte, konnte sie nicht herausfinden. Einer der Herren, ein Dr. Viktor Adler, fiel ihr am meisten auf, weil er am meisten sprach.
Den Herrn Doktor Adler fand Marie sympathisch, weil er sich einmal sehr lebhaft für die Unfall- und Krankenversicherung für Leute wie sie einsetzte. Immer wieder fing er mit dem „Arbeiterschutz" an, und Marie erfuhr von Anna Pilloni, daß der Arzt eine wichtige Rolle im Parlament spiele. „Er hat auch dazu beigetragen, daß die allgemeine Arbeitzeit nur noch elf Stunden betragen darf und daß Kinderarbeit verboten ist." Trotz des Lobes, das Anna für diesen Dr. Adler bereithielt, glaubte Marie eine gewisse Feindseligkeit der Dame des Hauses dem Gast gegenüber zu spüren. Sie hegte ganz offensichtlich eine Vorliebe für Herrn von Baltazzis, der sich immer mit Herrn Adler stritt.
Es gab überhaupt manch Widersprüchliches und Merkwürdiges in diesem Herrschaftshaus. So erfuhr Marie durch Zufall, daß die Pillonis eigentlich Adlige waren, wenn auch nur „Industriebarone". Weshalb sie das Wörtchen „von" gestrichen hatten, konnte Marie nicht herausfinden.
Von den Gästen, für die Marie kochte, war etwa die Hälfte adlig, die andere Hälfte bürgerlich. Man kam zusammen, um zu trinken, zu politisieren und auch zu albern.
Karl Pilloni konnte gut Klavier spielen und Zauberkunststücke vorführen. Einmal mußte Marie in einen Kuchen eine künstliche Maus einbacken. Sie hörte das „Hallo" bis hinunter in die Küche. Sie wurde heraufgerufen und mußte zur Strafe denjenigen küssen, der die Maus ent-

deckt hatte. Es war der Hausherr selbst. Damals meinte Marie, es sei nur ein Zufall gewesen ...
Dem Hausherrn gefiel die blonde Marie, das spürte sie, obgleich immer noch die „rassigen“ Dunkelhaarigen auf den neumodischen Ansichtskarten dem Beschauer entgegenlächelten. Doch sogar der Photograph riet Marie, sich ohne Hut fotografieren zu lassen. „Auf dem Bild sieht ihr Haar dunkel aus, werdn S' schon sehen. Das kann ich mit einem Schatten so machen. Wissen S', Damen mit Hüten photographieren, das tu' ich nicht gern. Die Hüte kommen ja aus der Mode, und da weiß man später genau, wie alt mein Modell ist, nicht wahr?“
Das sah Marie ein. Sie wollte natürlich auch eine zeitlose Künstlerphotographie. Herr Pilloni sagte später, als er sie sah: „Ich hab' einen Freund, den Maler Franz Kollarz, den kennen S' ja, Marie, dem zeig' ich die Photographie. Er soll mir ein Bild davon malen. Sind S' einverstanden, Marie?“
Natürlich war sie es. Sie fühlte sich sogar sehr geschmeichelt. Nach der Photographie entstand ein Bild, ein schönes Bild, auf dem Marie wie eine Dame aussah. Nur an ihrem Kleid erkannte man den Stand, aus dem sie kam.
Herr Pilloni hatte Maries Bild auf einem Sims in seinem Arbeitszimmer stehen. „Wenn ihn jemand fragt“, berichtete Anna Pilloni der Marie, „wer das ist, dann sagt er: die fescheste Köchin von Wien!“
Marie war stolz auf ihren hübschen Sohn, der von der Kranzwirtin öfter zu ihr gebracht wurde. Anna Pilloni ließ für ihn ein Steirergewand nähen.
„Jetzt schaut er aus wie der Erzherzog Johann als kleiner Bub“, stellte Anna fest. Dem Kleinen war alles recht, nur das Hütl wollte er nicht aufbehalten, auch nicht beim Photographen. Doch dann fügte er sich wie immer.
Marie stellte das Kinderbild aufs Nachtkastl. Wenn sie aufwachte, fiel ihr erster Blick sogleich darauf.

„Lieber Gott, gib, daß ich lange lebe und gesund bleibe, damit es dem Gustl nicht so geht, wie es mir gegangen ist", betete sie. Seit sie selbst Mutter war, mußte sie oft an ihre eigene Mutter denken, an ihre „Friedhofsröserln" auf den Wangen, von denen der Großvater erzählt hatte. Marie hatte seine Worte im Ohr: „Sie war schön wie ein Engel, dein Mutterl. Das haben alle Leut' gesagt, wie sie im Sarg gelegen ist."

Erst jetzt wußte Marie, daß wohl auch der Großvater um sie ein Leben lang Angst gehabt hatte. Angst, daß auch auf ihren Wangen die Friedhofsrosen der Lungenkranken aufblühen könnten ...

Im dritten Jahr ihres Aufenthaltes in der Pilloni-Villa ereignete sich etwas, das für Marie einen neuen Lebensabschnitt bewirkte: Anna war für einige Wochen zu Verwandten nach Verona gefahren. Nun führte Marie das Regiment. Sie kaufte das beste Gemüse, das es auf dem Markt gab, kochte das gleiche für Dienerschaft wie für die Herrschaft und leistete Herrn Pilloni manchmal auf der Gartenterrasse Gesellschaft.

Diese Julitage waren ungewöhnlich heiß. Herr Pilloni kam meist schon um drei aus der Fabrik heim, seufzte wegen der Hitze und trank auf der Terrasse gespritzten Wein mit Eisstückchen.

An einem Sonntagnachmittag – das Personal hatte Ausgang – war Marie mit dem Hausherrn allein. Da klingelte es aus dem oberen Stockwerk. Sie stieg die Treppe hoch zu den Schlafräumen der Pillonis. Vielleicht war dem Herrn schlecht geworden? – Kein Wunder bei dieser Hitze.

Sie klopfte. Als keine Antwort kam, trat sie ein. Der Hausherr stand an der Tür zum Kabinett, hatte den Bademantel an und darunter nichts als seine blasse Haut. Man konnte dies sehen, denn der Bademantel klaffte.

Marie schrak zurück, strebte zur Tür, doch da trat Karl Pilloni vor diese Tür, hob die Hände und sagte bittend: „Bleib doch, Marie, du mußt doch spüren, daß ich dich liebe. Einmal muß es gesagt werden."
„Nein", erwiderte Marie mit heller, erregter Stimme. „Nein, Herr Pilloni. Das will ich nicht."
„Bin ich schlechter als der Vater von deinem Kind?" Karl Pilloni ließ die Arme sinken. Sie hingen schlaff an ihm herab. Marie hätte nun das Zimmer durch die Tür verlassen können, aber irgend etwas hinderte sie daran. War es der Ausdruck der Augen des Mannes vor ihr? Sie sah plötzlich ein anderes Augenpaar auf sich gerichtet, hörte Alois Fiedlers bittende Stimme, mit der es das gleiche erflehte wie dieser Mann hier. Als Karl Pilloni ihre Bluse aufknöpfte, zitterten seine Finger ...

Von diesem heißen Sonntagnachmittag an wird in Maries Dienstbotenleben alles anders. Anna Pillonis Hausschneiderin kommt ins Haus und kleidet Marie neu ein: eine zarte Rohseidenbluse mit Biesen am Vorderteil und Knöpfen aus Schildpatt, ein weißer, üppig weiter Rock, der glockig ausschwingt und rückwärts in einem bauschigen Faltenteil endet, eine lose Jacke aus zarter Wollspitze. Marie schaut staunend in den hohen Stehspiegel, der ihr Bild zurückwirft.
Und immer ist Karl in ihrer Nähe, als hätte er Angst, daß sie ihm entwischt. Er hat die Fabrik zugesperrt, auf vierzehn Tage, einfach zugesperrt. „Damit euch nicht der Hitzschlag trifft", sagt er den Arbeitern. „Und diese vierzehn Tage bezahle ich euch."
„Hoch unser Herr Pilloni!" schreien die Arbeiter. Marie hört es bis in die Küche. Dort waltet eine alte Köchin als Aushilfe, damit Marie Zeit für den Herrn hat.
Marie übersiedelt aus der Dachkammer in das Zimmer

der Tante Sophie. Die Tante ist immer nur wenige Wochen im Jahr in Wien, zur Theatersaison, und Karl findet, daß dies nicht Grund genug sei, das Zimmer ein Jahr lang leerstehen zu lassen. Marie räkelt sich in einem weichen Matratzenbett. Sie, die Zeit ihres Lebens nur auf Strohsäcken schlief – sie genießt die weiche Liegestatt, den schönen Raum mit den weißen Spitzenvorhängen an den Fenstern, den hellblauen Tapeten, den Nippesfiguren auf der Konsole, dem plüschbezogenen Diwan mit den kostbar bestickten Kissen, sie genießt das Untätigsein, Karls verliebte Blicke, seine Zärtlichkeit, seine Liebe. Sie genießt alles in dem Wissen, daß dieses Märchen sehr schnell zu Ende sein wird – spätestens, wenn Fräulein Anna Pilloni wieder heimgekehrt ist.

Jetzt sitzt Marie am Frühstückstisch im Schatten eines Sonnenschirms, trinkt Schokolade und streicht Butter und Pomeranzenjam auf weißes Brot. Da faßt Karl nach ihrer Hand, die ohne Küchenarbeit hell und zart geworden ist, fragt vergnügt: „Wollen wir heiraten, Marie?"

„Aber da müssen wir uns beeilen, bevor Signorina Anna zurück ist."

„Was hat Anna hier zu sagen?" meint Karl, und Marie spürt seine Verstimmung. Marie weiß, daß Anna sehr viel zu sagen hat, weil sie Mitbesitzerin der Fabrik und zugleich der Villa ist. Aber Marie schweigt. Sie fürchtet nur, nicht rasch genug in ihre Köchinnenrolle zurückschlüpfen zu können. Man müßte genauer wissen, wann Anna zurückkehrt ...

Am nächsten Morgen macht Karl Marie den Vorschlag zu verreisen: „Irgendwohin, es muß nicht weit sein."

Man einigt sich auf die Wachau. Schon am Nachmittag bringt ein Fiaker Marie und Karl zum Bahnhof, und am Abend wandern sie Arm in Arm an der Donau entlang. Sie haben in einem einfachen Gasthof in Dürnstein Quar-

tier genommen. Das Zimmer ist kühl – die alten, dicken Mauern halten die Hitze der Julitage ab.
Aus den engen Gärten dringt Rosenduft durchs offene Fenster, als Marie und Karl vom Spazierengehen zurückkehren. Das Leinen des Bettzeugs ist kühl und frisch ...
Und das Märchen ist immer noch nicht zu Ende. Karl spricht immer wieder von Heirat und kauft in Krems zwei Ringe. In der Dürnsteiner Dorfkirche steckt er den einen an Maries Ringfinger. Den zweiten streift Marie an den seinen...
Sie kehren vier Tage später wieder zurück. Marie fürchtet, daß sie von dem Glück dieser Woche den Rest ihres Lebens wird zehren müssen.
Anna hat immer noch nicht die Absicht heimzukommen.
Am nächstfolgenden Donnerstag trifft sich der Freundeskreis wieder in der Pilloni-Villa. Marie ist neugierig, wie Karl sich verhalten wird.
Er stellt den Freunden Marie als seine Braut vor. Man ist zunächst verblüfft. Dr. Adler ist der erste, der Marie ungeniert küßt und ihr Glück wünscht. Die anderen fallen lautstark ein. Einer sagt anerkennend: „Echt Pilloni!"
Man feiert mit Champagner und Tokaier ... Und Marie ist glücklich wie noch nie zuvor in ihrem Leben.

Fünf Tage später hält ein Fiaker vor dem Gartentor der Villa. Anna steigt aus, entlohnt den Kutscher und geht rasch den Gartenweg entlang. Sie spricht mit dem Gärtner, Marie sieht es von Tante Sophies Fenster aus. Sie streift ihr ärmelloses Sommerkleid ab, schlüpft in ihre graublaue Dienstkleidung, bindet die weiße Schürze um und geht gelassen hinunter in die Küche.
Anna sieht ihr entgegen, scheucht mit einem Wink die Aushilfe hinaus und sagt: „Marie, nie hätte ich das von Ihnen gedacht, nie! Sie haben mich enttäuscht, bitter ent-

täuscht. O Madonna, wie konnten Sie so etwas tun? Eine solche Sünde begehen!"
Marie ist in diesem Augenblick alles andere als widerspenstig und renitent. Sie sagt: „Ich hab' in Dürnstein gebeichtet, Fräulein Pilloni."
„So. Haben Sie das? Aber dann munter weiter gesündigt!"
„Ihr Herr Bruder will mich heiraten."
„Heiraten! Ja, wissen Sie denn nicht, daß er schon verheiratet ist? Gut, er ist geschieden, aber eine Ehe ist unauflöslich, das wissen S' doch so gut wie ich."
Marie ist wie vor den Kopf geschlagen. Das hätte Karl ihr sagen müssen, das gehört sich so. Aber hatte sie denn ihm etwas von der Besserungsanstalt erzählt? Das ist etwas anderes, beschwichtigt sie ihr Gewissen. Da war ich unschuldig drin.
„Was soll nun weiter werden?" seufzt Anna. „O Madonna, keine acht Wochen kann man dieses Haus verlassen, und schon geht alles drunter und drüber. Gehn Sie jetzt, Marie, ich muß nachdenken."
Marie geht in Tante Sophies Zimmer, räumt ihre Sachen in den stabilen Reisekorb mit Deckel. Dann geht sie hinüber in die Fabrik. Karl ist nicht im Kontor. Der Prokurist sagt ihr, er sei nach Klosterneuburg gefahren.
„Hat er gewußt, daß Fräulein Pilloni heute heimkehrt?" fragt Marie voll Mißtrauen. „Bitte sagen Sie mir die Wahrheit, Herr Lebeda."
„Aber dann wäre er doch nicht weggefahren. Der Termin bei dem Holzhändler stand schon lang fest. Er hatte das vergessen. Ich mußte Herrn Pilloni erst daran erinnern."
Also hat Karl sich nicht absichtlich aus dem Staub gemacht. Mit hängenden Armen geht Marie zurück zur Villa. Nun muß sie selbst entscheiden. Wieder einmal kommt ihr bitter zu Bewußtsein, daß sie allein ist, daß sie

niemanden hat, der wirklich zu ihr hält. Doch, jemand ist da, Hanna! Hanna im Hotel Eden ...

Der Gärtner bringt sie im Einspänner samt Korb und Reisetasche ins Eden. Es liegt in der gleißenden, sommerlichen Mittagssonne behäbig und altvertraut da, als sei sie erst gestern mit Herrn Sedlatscheks Schuhen in der Hand die Freitreppe hinuntergehüpft ...

Herr Sedlatschek sitzt, weißhaariger geworden, in der Portiersloge und sieht ihr schläfrig entgegen. Dann wird er lebendig: „Ja, das ist doch die Marie, unsere Marie! Und mit Koffer und Tasche? Will sie bei uns Logie nehmen, die Marie?“ Er bemüht sich, die direkte Anrede zu vermeiden.

„Sagen Sie nur du zu mir, Herr Sedlatschek, ich bin immer noch die alte.“

Das glaubt Herr Sedlatschek zwar nicht – so vornehm und gepflegt wie das ehemalige Küchenmadl jetzt aussieht, aber er sagt eifrig: „Ein schönes Zimmer hab' ich für dich, Marie. Weißt schon, das mit dem Fenster zum Fliederbaum. Der ist gewachsen! Leider blüht er nimmer – sonst hättest du den ganzen Tag Fliederduft in deinem Zimmer.“

Marie unterbricht ihn. „Eigentlich komme ich nur wegen der Hanna. Sie ist doch noch da? Und ist noch gesund?“

„Gesund wie ein Pferd. Sie macht noch alle Hotelwäsche allein. Jetzt ist sie wohl in der Bügelstube.“

Hanna steht wirklich bei dieser Mittagshitze am Bügelbrett. Sie wischt mit schweißfeuchter Hand das ergraute Haar aus der Stirn und erkennt in der eintretenden Person sofort die Marie. Dann nimmt Hanna das ehemalige Küchenmadl an ihre Brust, und Marie weint.

Die robuste, breithüftige Hanna mit ihrem zarten Gemüt leidet unter Maries Bekenntnis. Was soll sie raten?

„Jetzt bleibst erst einmal schön hier, Marie. Meint es dein

Karl ehrlich, dann wird er dich holen. Meint er's nicht ehrlich, wirst du einen neuen Posten finden."

Bruchstückweise erfährt auch Herr Sedlatschek etwas von Maries Affäre. Das hält Hanna für richtig – vielleicht braucht man seine Hilfe.

Der alte gnädige Herr lebt noch, doch im rückwärtigen Flügel, wo er mehr Ruhe hat. Marie möchte ihn besuchen, Herr Sedlatschek rät aber davon ab. Es könnte die Gnädige verstimmen. Marie soll lieber warten bis zum nächsten Mittwoch, denn da fährt die Gnädige für zwei Tage auf den Semmering.

„Wenn ich bis zum nächsten Mittwoch noch hier bleibe", denkt Marie, wieder hoffnungsvoll geworden.

Das spürt auch Hanna. Sie ist davon überzeugt, daß Maries Hoffnungen trügerisch sind. Hanna ist älter als Marie und kennt das Leben. Vorsichtig versucht sie, Maries Optimismus zu dämpfen.

Da sagt Marie nachdenklich: „Weißt, Hanna, in unserer Familie hat schon einmal einer sein Glück gemacht, mein Onkel Jakob. Er ist in seiner Militärzeit nach Preßburg gekommen. Dort hat er ein reiches Mädel kennengelernt – grad' wie ich meinen Karl – und ist in Preßburg hängengeblieben. Er hat das Mädel geheiratet und ist glücklich geworden. Das hat der Großvater oft erzählt."

„Kennst du ihn denn, deinen Onkel?"

Marie verneint. Sie hat von ihm immer nur gehört. Jakob ist der älteste Bruder ihres verstorbenen Vaters. Beide Söhne des alten Schneider-Jakob hatten Tuberkulose. Der eine, Maries Vater, starb daran, ebenso wie seine junge Frau, der andere ist im warmen Preßburger Klima wieder gesund geworden. Er kam nie wieder zurück in sein bescheidenes Elternhaus. Selbst zum Begräbnis des alten Schneiders war er nicht gekommen – nur einen riesigen Kranz mit einer breiten, silbernen Schleife hat er ge-

schickt. Auf der Schleife stand in schwarzen Buchstaben: „Ein treues Vaterherz hat aufgehört zu schlagen“, und: „In tiefer Trauer, Dein Sohn Jakob.“
Wenn Marie an den fremden Onkel denkt, hat sie stets Großvaters Stimme im Ohr. „Mein Jakob, der war schon immer der Gescheiteste. Die schönsten Briefe hat er schreiben können, schon wie er noch beim Militär war. Er hat für die andern Kameraden auch immer die Briefe schreiben müssen. Er hat's erzählt, als er vom Militär auf Urlaub kam. Der wird es noch weit bringen ...“
Hanna sagt vorsichtig: „Ein Bursch ist kein Mädel. Ein Bursch kann sein Glück immer auf der Welt machen, wenn er tüchtig ist. Wenn ein armes Mädel einen reichen Mann heiratet, so hat sie es jedoch sehr schwer. Die Leute sagen dann, sie hat ihn eingefangen ...“
„Das können sie von mir aber nicht sagen, Hanna!“ fährt Marie auf. „Ich hab' an so etwas überhaupt nicht gedacht. Er war es, Karl war es, der es hat wollen.“
„Ach, Marie“, seufzt Hanna, „du bist doch sonst so gescheit. Natürlich, du weißt es, daß es so war, aber doch nicht die anderen Leute.“
„Aber man kann's ihnen doch sagen.“
„Ja, sagen schon, aber glauben tun sie dir's nicht. Ich hab' aber für dich eine Kerze in der Rosenkranz-Kapelle gestiftet. Vielleicht hilft's, Marie.“
Nach drei Tagen meldet das Stubenmädel Besuch für Marie. „Ein Herr. Er wartet im Frühstückssalon.“
Marie preßt die Hand aufs pochende Herz, bevor sie die Tür zum Frühstückssalon öffnet. Eine männliche Person steht mit dem Rücken zur Tür am breiten Fenster. Nicht Karl. Marie erkennt ihn auf den ersten Blick.
„Herr von Baltazzis“, sagt sie schwach, voll innerer Abwehr und Enttäuschung.
„Gelt, haben S' den Karl erwartet, liebes Fräulein Marie“,

beginnt Herr von Baltazzis. „Wie geht's Ihnen denn? Gut schaun S' aus“, gibt er sich hastig selbst die Antwort.
„Schickt Sie Herr Pilloni?“ fragt Marie mit trockener Kehle. „Niemand schickt mich, bloß mein eigenes Gewissen. Ich möcht' Ihnen sagen, daß – ich meine, wenn S' Hilfe brauchen, Fräulein Marie, bitte schön, hier ist meine Visitenkarte.“ Er kramt eine Karte aus der Westentasche, mit Golddruck und Wappen.
Irgendwie ist Marie gerührt. Erst später kommt ihr in den Sinn, daß der Verwandte der unglücklichen Freundin des Kronprinzen Rudolf vielleicht fürchtet, daß auch Marie aus lauter Liebeskummer und Verzweiflung ...
Maries Lippen kräuseln sich zu einem bitteren Lächeln. Sie, die Enkelin des Dorfschneiders Jakob Portisch, ist keine kleine exzentrische Baroneß ...
Aber die größte Enttäuschung ihres Lebens tut weh, auch wenn man noch so tapfer versucht, darüber hinwegzukommen. Sie denkt an Karls Küsse, seine Zukunftspläne, an die unbeschwerte Fröhlichkeit der Wachauer Tage, an ihr eigenes, hoffnungsvoll stolzes Glücksgefühl. Sie liebte Karl. Sie liebt ihn immer noch, weil er hilfreich, gut und edel ist – ganz so, wie ein Mensch sein soll. Sie kennt ihn nun schon seit Jahren und weiß, daß er ihre Liebe verdient. An eine Heirat hat sie ja zunächst gar nicht gedacht. Dann aber hat sie seine Zuversicht angesteckt. Sie begann an das Märchen zu glauben. Liebe, Leidenschaft, Hingabe – das Glück war ihr begegnet, und nun möchte sie es festhalten. Doch sie ahnt, daß Herrn von Baltazzis Besuch das Ende ihres Glücks ankündigt ...
Am folgenden Mittwoch geht Marie zum alten gnädigen Herrn. Er hat sie wohl schon erwartet, denn Gebäck steht auf dem Konsolentisch an seinem Lehnstuhl, zwei Gläser, und neben der Siphonflasche eine Karaffe mit Wein.

Er begrüßt sie mit zitternder Freude, plaudert wie in früheren Zeiten.
„Schreiben S' noch Tagebuch, Marie? Ein paar von Ihren Lektionen hab' ich mir aufgehoben, schaun S' –". Er hält ihr einige Bogen beschriebenes liniertes Papier entgegen. „Man erkennt den Fortschritt, den Sie gemacht haben. Da, die letzte, wie schön ist schon Ihre Schrift."
Nach dem Besuch schlägt Marie nach langer Zeit wieder das Koch-Tagebuch auf, blättert darin und holt schließlich Tintenfaß und Feder.
Sie schildert ihren „Aufstieg" im Hause Pilloni, beschreibt blumenreich ihre Wachauer Reise – es wird ein Aschenbrödelmärchen, das mit dem Satz schließt: „Es wär' zu schön gewesen; es hat nicht sollen sein!"
Marie hat damit die Entwicklung vorweggenommen. Ein langer Brief von Karl Pilloni, in dem er von Liebe und Verzicht spricht, trifft wenig später ein. Marie wird ihn viele Jahre lang sorgsam aufheben.
Maries Märchen ist so banal und alltäglich wie nur etwas in Wien: Ein hübsches Mädel aus „einfachem Stand" findet einen Liebhaber, der ihr das Blaue vom Himmel verspricht. Manchmal spielt echtes Herzweh eine bittere Rolle in dem kleinen Drama. Was Marie wirklich gelitten hat, wissen wir nicht. Sicher war sie, trotz ihres schnippischen Wesens, weichherzig und zärtlichkeitsbedürftig. Vielleicht fing Hanna mit ihrer Mütterlichkeit das Schlimmste an Bitterkeit und Enttäuschung ab.

Kur in Davos

Wir begegnen Marie in den letzten Spätsommertagen dieses Jahres im Haus eines k. u. k. Hofrates wieder draußen in Hitzing. Herr von Kempeny hat eine muntere Familie, zwei hübsche Töchter und eine hübsche Frau. Es ist immer Leben im Haus, während der Hofrat selbst in seinem Büro sitzt. Marie hat ihren neuen Posten Herrn von Baltazzis zu verdanken. Mit einem wunderbaren Zeugnis Anna Pillonis war es auch nicht schwer, ihn zu bekommen, obgleich die Familie Kempeny von Maries unehelichem Sohn schon von Anfang an wußte.

Im Haus der Kempenys lernt Marie einen ihr neuen Lebensstil kennen. Es gibt viel Personal. Einmal das Fräulein Rosa, die Haushälterin. Ihr den ersten Rang in der Dienstbotenordnung streitig zu machen, versucht Marie erst gar nicht, obwohl das Fräulein Rosa vor zwanzig Jahren auch nur als Dienstmädchen in der Kempenyschen Haushaltung angefangen hat.

Rosa ist eine Art Zweitausgabe von Frau Toni, streng, gewissenhaft, sparsam, in allem das Gegenteil von der heiteren Hausfrau, die stets bereit ist, fünf gerade sein zu lassen.

Dann ist da das Dienstmädchen Josefine. Sie ist die Hauptleidtragende unter Fräulein Rosas Fuchtel. Man munkelt in Dienstbotenkreisen, daß die nicht mehr junge Josefine nur deshalb weiterhin bei Kempenys bleibt, weil ihr die Hausherrin allmonatlich ein „Schmerzensgeld“ für die durch Fräulein Rosa erlittene Unbill zahlt. Josefine kuscht, Fräulein Rosa befiehlt.

Marie kauft der Haushälterin gleich am ersten Tag die Schneid mit der nötigen Energie ab. Sie sagt: „Fräulein

Rosa, ihr Aufgabenbereich umfaßt Haus, Hof und Garten – meiner ist die Küche."
„Die Küche gehört auch zum Haus", versucht Fräulein Rosa sich zu behaupten.
„Nein. Sonst hätte ich hier erst gar nicht angefangen. Mir hat man jede Selbständigkeit fest zugesagt."
Das ist zwar glatt übertrieben, aber es wirkt. Fräulein Rosa meidet die schöne, helle, ebenerdig gelegene Küche und verhält sich der selbstbewußten jungen Köchin gegenüber abwartend.
Die arme Josefine und auch das Stubenmädel Erna, dem Marie gleich von Anfang einen guten Rat geben konnte, sind Marie treu ergeben. Im Haus gibt es viele Spiegel. Sie zu putzen, ist Obliegenheit des Stubenmädels. „Wegen einem Fliegendreck brauchen Sie doch nicht den ganzen Spiegel zu putzen, Erna. Mit ein bisserl Spucke und Zeitungspapier geht das sofort weg."
Erna lohnt diesen unbezahlbaren Rat Maries mit Ergebenheit – etwas, was wiederum Maries Selbstbewußtsein dringend benötigt. Das Küchenmädel Liesel zählt eigentlich nicht. Es ist unentwegt bemüht, es Marie recht zu machen. Kaum dreizehnjährig, verdient es sich schon sein Brot selbst, und es war sehr unglücklich, als in diesem Frühjahr das Gesetz zum Verbot der Kinderarbeit in Kraft trat.
Die Mutter kam zu Frau Kempeny und bat weinend, ihr Mädel weiter zu beschäftigen – sie habe ja noch fünf unversorgte Kinder daheim. Frau Kempeny weinte zum Schluß mit. Liesel durfte bleiben, bekam weiterhin ihren guten Lohn, mußte jedoch jeden Vormittag in die Schule gehen. Marie dachte an jenem Tag: ‚Was nützt es denn, wenn sie die Kinderarbeit verbieten! Freiwillig geht ja kein Kind arbeiten – es wird der Verdienst von der Familie dringend gebraucht.'

Durch das Verbot waren viele Familien noch schlechter dran als vorher, zugleich auch das Kind, das vor Ausbeutung geschützt werden sollte. War Liesel bei Kempenys ausgenützt worden? Nein. Wohl aber sie selbst, Marie, seinerzeit im Hotel Eden. Wenn man aber ehrlich war, konnte man nicht die Gnädige dafür verantwortlich machen – wenn, dann eher die Frau Toni, eine Dienstbotin wie Marie auch.
Frau Kempeny unterstützte viele arme Leute. Ständig bereitete sie irgendwelche Wohltätigkeitsveranstaltungen und Bazare vor. Es gehörte zum guten Ruf einer Gnädigen, freigebig und edel zu sein. Selbst die sparsame Anna Pilloni hatte stets einen offenen Geldbeutel für Spenden und für die Bettler an ihrer Tür.
Es stimmte schon, was Herr Sedlatschek immer sagte: „Wer in der Wienerstadt arbeiten will, der findet auch Arbeit und den entsprechenden Verdienst." Und wer nicht mehr arbeiten konnte, wurde eben zum Objekt der Wohltätigkeit, der christlichen Nächstenliebe.
Kürzlich hatte Herr Kempeny gesagt: „Nicht auszudenken, wenn es für unsere Mama keine Armen mehr gäbe! Was täte sie dann den ganzen Tag?"
Frau Cäcilie Kempeny hatte erwidert: „Pfui, schäme dich, du bist frivol! Das kommt davon, weil du viel zuwenig in die Kirche gehst."
Es war alles natürlich nur im Scherz gesagt, aber ein Körnchen Wahrheit steckte schon dahinter. Mochte man es Heuchelei nennen, wenn jedermann sich bemühte, edel, hilfreich und gut zu sein – oder zu scheinen. Den Nutzen hatten in jedem Fall die, die Hilfe brauchten. Kam sie nun aus dem Herzen oder aus dem schnöden Wunsch, einen guten Eindruck zu machen...
Marie liebte – wie alle andern im Haus – Cäcilie Kempeny, die Gnädige, und sie wunderte sich, daß die heute

noch hübsche Mutter zweier fast erwachsener Töchter den häßlichen Herrn Kempeny geheiratet hatte. Zweifellos liebte sie ihn – für so was hatte das Personal ein besonderes Gespür. Die Ehe der Kempenys war überaus glücklich, das sah jeder ...

Cilli, die ältere Kempeny-Tochter, kam in die Küche. „Marie, Sie sollen als Anstandswauwau mit auf den Eislaufplatz. Bitte, Marie, sagen Sie nicht nein, sonst dürfen wir nicht hin, bitte!"

Da erschien auch schon die Mama: „Frau Hornbach ist verhindert, liebe Marie. Und die Fratzen wollen aufs Eislaufen nicht verzichten. Ich hab' heute meinen Jour fixe, und Sie haben Ihren freien Nachmittag und wollen zum Gustl. Was machen wir denn da?"

Marie lachte: „Den Gustl abholen und zum Eislaufplatz mitnehmen."

Cilli umarmte sie kurz und heftig. „Sie sind meine Rettung, liebste, beste Marie."

Das Rätsel dieses Überschwangs löste sich, als Marie – im Teeraum sitzend und die Eislauffläche beobachtend – sah, wie sich ein junger Herr mit wehendem Wollschal und wollener Schirmmütze um Cilli bemühte. Er schob sie im Eisschlitten über die glitzernde Fläche, während Rieke, die kleinere Schwester, brav in langer Freundinnenreihe dahinlief.

Dann war Cilli plötzlich verschwunden. Marie wagte sich aufs Eis, um nach ihr zu suchen. Der Platzwächter kam. „Schlittschuhe bekommen Sie an der Kasse, mein gnädiges Fräulein", sagte er höflich. „Fünfzig Kreuzer den Nachmittag."

Marie dachte: „Warum nicht? So schwer ist das Eislaufen ja wohl nicht. Und was sind schon fünfzig Kreuzer!"

Gustl saß brav bei seinem heißen Kakao, versprach zu warten, bis die Mutter ihn wieder holte.

Die Schlittschuhe waren plumpe, anschraubbare Konstruktionen. „Werden die auch halten?“ fragte Marie besorgt die Platzverwalterin, als sie ihr die Dinger mit einem kleinen Schlüssel an den Stiefelchen festschraubte.
„Werden sie schon. Und wenn nicht, da ist immer schnell ein Kavalier zu Hand, der Ihnen behilflich ist“, lachte die Frau anzüglich. „Ich hab' Kundschaften, die absichtlich verlangen: ‚Nicht zu fest anschrauben!‘“
„Zu denen gehöre ich nicht“, erwiderte Marie patzig, „schrauben Sie sie so fest an wie möglich.“
Dann probierte sie die ersten Schritte und war enttäuscht. Sie schlitterte unglücklich mit abwechselnd nach außen und innen knickenden Füßen am rettenden Ufer des Eislaufplatzes dahin. Schwupp – saß sie auf dem Eis. Sie lächelte mühsam und rappelte sich auf. Aber da war schon eine helfende Hand zu Stelle: „Haben Sie sich wehgetan?“ fragte der junge Mensch. Es war Cillis Galan, der mit dem wehenden Schal. Cilli stand hinter ihm und verkniff sich nur mühsam ein Kichern. Natürlich hatte sich Marie wehgetan!
„Wo waren Sie denn, Fräulein Cilli?“ fragte sie vorwurfsvoll.
„Einen Indianerkrapfen essen, Marie. Wir waren wirklich nur im Cafe drüben am Pavillon.“
„Das hätten Sie mir vorher sagen müssen.“
„Aber ich wollte doch dem Gustl eine Freude machen. Schauen Sie!“
Cilli zog ein Päckchen aus dem Muff. „Mandelbögen. Die hat der Gustl doch so gern. Und Ihnen bringt jetzt mein Verehrer Nikolaus das Eislaufen bei. Sind Sie wieder gut, Marie?“
Während sich Cilli mit Gustl beschäftigte, lehrte Nikolaus Kozian Marie das Eislaufen. Später sagte er zu Cilli: „Marie ist phänomenal begabt.“

Marie begleitete Cilli nun des öfteren auf den Eislaufplatz. Frau Hornbach war dies sehr recht.
„Ein Sack voller Flöhe ...", sagte sie zu ihrer Freundin Cäcilie, „na, du weißt schon."
Cäcilie lachte: „Unserer Marie entkommen sie nicht so schnell, die Flöhe, gelt, Marie?"
Marie lächelte hintergründig. Der junge Nikolaus gefiel ihr. Und das nicht nur, weil er ihr so geschickt das Schlittschuhlaufen beibrachte. Gustl kam auch auf seine Rechnung: Er bekam ein Paar Schlittschuhe geliehen und durfte sich auf dem Eis versuchen. Er tat dies nicht weniger geschickt als seine Mutter. Nur die Kranzwirtin schimpfte: „Den Tod wird sich der Bub auf dem kalten Eis holen ..."
Daran dachte Marie schuldbewußt, als Gustl heute nicht aufhören wollte zu frieren, obgleich sie ihn dicht an den glühenden, eisernen Ofen im Teeraum gesetzt hatte, ihm heiße Schokolade aufdrängte und seine Hände rieb. Die Zähne des Kindes klapperten. Marie zog ihre Wolljacke aus, hängte sie dem Buben um die Schultern – doch Gustl zitterte weiter. Nikolaus sagte: „Marie, Gustl gehört ins Bett, der hat Fieber."
Nikolaus mußte das wissen, denn er studierte Medizin.
„Ich bringe ihn heim, Marie. Sie können inzwischen mit Cilli hier warten. Ich nehme einen Fiaker. Machen Sie sich keine Sorgen, es ist bestimmt nichts Ernsthaftes, nur eine kleine Influenza."
Darin aber irrte der angehende Mediziner. Gustl hatte die Halsbräune, eine der damals gefährlichsten Kinderkrankheiten, die häufig tödlich endeten.
Er wurde ins Spital gebracht. Marie war außer sich vor Angst und Selbstvorwürfen. Das Kind lag mit anderen Kindern in einem großen Saal, war sehr blaß, lag da, mit großen, ergebenen Augen, immer wieder von Er-

stickungsanfällen gequält. Marie sah entsetzt von der offenen Tür zu ihm herüber. Den Saal betreten durfte sie nicht.
Man behandelte die Halsbräune, die Diphterie, mit warmen Halswickeln und mit Auspinseln des Rachens. Immer noch schwebte Gustl in Lebensgefahr. Marie magerte in dieser Zeit zusehends ab. Die Familie Kempeny stand ihr in diesen schlimmen Tagen treu zur Seite.
Nikolaus wurde nun den Kempenys vorgestellt, weil er der Hausfrau einmal in die Hände lief, als er unterwegs zur Küche war, um Marie Bericht zu erstatten. Er besuchte Gustl täglich, veranlaßte auch – nach einer neuen Methode –, daß das Kind in ein einstündiges heißes Bad gelegt wurde. „Das unterstützt die Abwehrkräfte", erklärte er Marie.
Nach dem dritten Dauerbad zeigte sich eine Reaktion, bei der man glaubte, das Kind werde sterben. Nikolaus wurde von den Schwestern mit zornigen und vorwurfsvollen Blicken bedacht, er selbst wich nicht vom Bett des Buben. Er überstand die Nacht. Zwei Tage später ließ Nikolaus wiederum ein Bad richten. Nach diesem fühlte sich der kleine Patient so wohl, daß er nicht aus der Wanne wollte. Nach dem sechsten Bad war Gustl fieberfrei und gesund. Nikolaus brachte ihn zuerst ins Kempeny-Haus zu seiner Mutter. Marie war überglücklich, ebenso die Kranzwirtin, die im Verstibül auf ihr Pflegekind wartete.
Nikolaus gab ihr gute Ratschläge, dabei betrachtete er die Wirtin nachdenklich. „Fühlen Sie sich gesund, liebe Frau?" fragt er schließlich geradeheraus.
Da erzählte die Kranzwirtin von ihrem Leiden. „Aber es ist nicht ansteckend. Es ist nur die Leber, hat unser Doktor gesagt."
‚Nur die Leber!' dachte Nikolaus. Die Frau gehörte längst in ein Krankenhaus. Aber er wußte auch, wie

schwer das für Leute wie die Wirtin durchführbar war. Sie, eine „Besitzende", aber genauso arm wie die Arbeiterinnen in den neuen Fabriken, mußte den Krankenhausaufenthalt selbst bezahlen. Für die Armen traten wenigstens Wohlfahrtsverbände ein. Nikolaus gehörte zu den Vorkämpfern für eine behördliche Krankenfürsorge, aber das Gesetz, für das sich besonders Dr. Viktor Adler eingesetzt hatte, trat nicht in Kraft ...

Nikolaus untersuchte die Kranzwirtin in der Ordination eines Freundes, stellte eine Leberentzündung fest und sagte zu Marie: „Sie müssen sich darauf einstellen, daß Ihre Bekannte sehr krank ist ..."

Marie war jede Lust zum Eislaufen vergangen. Sie saß nun an ihren freien Nachmittagen im Gasthaus *Zum Kranz* in der Wirtsküche und half der Wirtin, die diese plötzliche Anhänglichkeit und Hilfsbereitschaft verlegen und mißtrauisch machte.

„Was ist, Marie? Hast du etwas im Sinn?" fragte sie. „Willst du vielleicht wieder den Posten wechseln, weil dir halt wieder was nicht paßt bei den Kempenys? Das sag' ich dir, das sind feine Leute, so eine Herrschaft findest du in ganz Wien nicht wieder, das kannst du mir glauben."

Marie wehrte ab.

Ein paar Tage später bat Cäcilie Kempeny Marie zu sich. „Marie, in vierzehn Tagen fahr' ich zur Kur nach Davos. Möchten S' mit? Sie sind so blaß und mager, Ihnen würde eine Kur auch guttun."

Eine Reise! Und nach Davos! Marie jubelte innerlich. Dann fiel ihr die Kranzwirtin ein und sie entgegnete: „Es wird nicht gehen, gnädige Frau. Die Pflegemutter von meinem Gustl ist nicht gesund, der Herr Nikolaus wird es Ihnen erzählt haben ..."

„Dann müssen wir halt den Nikolaus fragen. Aber wenn wirklich etwas passieren sollte – jetzt gibt es ja schon

einen Telegraphen in die Schweiz. Da kann man in einem halben Tag eine dringende Nachricht durchgeben. Ich möchte Sie gern um mich haben, Marie. Meine Mama ist mir ein bisserl zu anstrengend als Begleiterin, wissen S'. Voriges Jahr ..."
Und jetzt folge eine ausführliche Beschreibung jener Unzulänglichkeiten, die auf den Eigensinn der alten Frau zurückzuführen waren.
Marie versicherte, daß sie sehr gerne mitfahren würde – wenn ... Nun, die zarte gnädige Frau erreichte natürlich, daß alle Schwierigkeiten gemeistert wurden. Ihre Mutter wurde überzeugt, daß sie im Hause Kempeny als Respekts- und Anstandsdame unentbehrlich sei. „Die Mädel sind schon zu groß, Mama. Ich könnt' mich nicht trauen fortzufahren, wenn du auf sie nicht aufpaßt." Die Großmama sagte geschmeichelt zu. Als Maries Vertretung wurde ihre Vorgängerin verpflichtet, deren Rheuma sich gebessert hatte. Der Zustand der Kranzwirtin wurde von Nikolaus als momentan nicht bedrohlich bezeichnet. Sie selbst sagte zu Marie: „Das war's also, daß du gar so geschäftig und zutunlich warst, Marie. Hast mir schmackhaft machen wollen, daß die Dame verreist. In die Schweiz, weit weg von ihrem Sohn ..."
„Es ist doch nur auf vier Wochen. Gönn es mir halt! Bin ja aus Wien noch nie herausgekommen."
„Aha, und die Wachau? War das nichts?"
Ach, die Wachau, Dürnstein! Der Gedanke an ihre ehemaligen Hoffnungen und Sehnsüchte tat immer noch weh.
Die Kranzwirtin sagte kalt: „Den Herrn Pilloni haben wir zwei, der Gustl und ich, im Spital gesehen, gelt, Gustl?"
„Hat er nach dem Gustl geschaut?" fragte Marie zögernd.
„Hat er wohl. Sonst wär' er ja nicht an der Saaltür gestanden. Mich hat er sogar gegrüßt."
Aber nicht nur Marie sah im Hause Kempeny schlecht

aus – auch Frau Cäcilie wirkte kränklich, mit dunklen Ringen unter den Augen. Das konnte von der Ballsaison herrühren, aber auch ernstere Gründe haben als die durchtanzten Nächte. Marie wußte, daß die gnädige Frau „ein wenig schwach auf der Lunge" war wie viele Menschen in ihrem Alter und daß sie deshalb auch alljährlich zur Kur nach Davos fuhr – doch sah sie ja bisher immer blühend und frisch aus. Jetzt kam das Rot aus dem Rougetöpfchen, wie Maries Kenneraugen sofort feststellten. Cäcilie war auch nicht mehr ganz so heiter und unbeschwert wie früher ...

Die beiden Mädchen Cilli und Rieke nahmen lebhaft Anteil an Maries Reiseausstattung. Das grüne Samtkostüm sollte mit – es war immer noch Maries bestes Sonntagskleid –, doch damit war die Auswahl auch schon erschöpft. Die hochsommerliche Garderobe, die sie der Gunst Herrn Pillonis verdankte, paßte nicht in diese Vorfrühlingszeit.

Die Hausschneiderin wurde bemüht und kleidete Marie ein: „Dunkelblau. Das steht Ihnen bestimmt am besten. Zu Blond paßt Dunkelblau besonders gut. Mit einer weißen Garnitur aus Tüll, das sieht frisch aus. Und es ist vornehm." Das neue Kleid gefiel Marie. Sie sah wirklich vornehm aus: dunkelblauer Wollstoff, „Ripsqualität", wie sie später in ihrem Koch-Tagebuch vermerkte.

In Davos bewohnte Cäcilie Kempeny mit ihrer „Zofe" das gewohnte Appartement im Schloßhotel. Marie wunderte sich über den Prunk und Aufwand dort. Sie hatte bisher geglaubt, daß das Eden ein vornehmes Hotel sei – aber was ihr hier an Plüsch und Samt, Tapeten aus Seide und an vergoldetem Mobiliar begegnete, übertraf alles bisher Gesehene ...

Nur das Essen, fand Marie, war geschmacksärmer als im

Eden. Trotzdem schmeckte es ihr – Frau Kempeny sah es lächelnd. Sie selbst aber aß wie ein Vogel und nahm noch mehr ab. Marie zeigte sich besorgt, doch die gnädige Frau beschwichtigte: „Ich nehme immer erst gegen Ende der Kur richtig zu. Sie werden schon sehen. Zunächst einmal muß ich noch eine kleine Reise hinter mich bringen – zu Freunden in Zürich."

„Nach Zürich fahren wir auch?" freute sich Marie.

„Nur ich, meine Liebe. Sie können sich inzwischen hier ein paar angenehme Tage machen."

„Aber wieso? Wer wird Sie denn dort kämmen?" Marie hatte in Wien extra ein paar Lehrstunden bei der Friseurmamsell genommen, um Frau Kempeny frisieren zu können.

„Ach, Marie, meine Freundin hat auch eine Friseuse. Die schafft das schon. Wenn ich Sie mitnehme, so bringt das gleich Umstände mit sich. Ein zweites Zimmer müßte zur Verfügung gestellt werden, für eine weitere Person gekocht werden und so weiter."

Marie war gekränkt. Wozu war sie denn mitgefahren? Zur Pflege und Obhut der gnädigen Frau. Und jetzt wurde sie beiseite gestellt wie ein Regenschirm bei Sonnenschein. Dabei spürte sie, wie unruhig ihre Herrin war. Sollte am Ende ...?

Natürlich, das mußte es sein. Ein Mann war im Spiel, einer, den Frau Kempeny heimlich treffen wollte. Nicht hier, wo man sie kannte, sondern in Zürich ...

Offenbar steckte in Marie mehr Phantasie, als man gemeinhin glaubte, – Phantasie gepaart mit praktischem Sinn. Und mit Neugierde natürlich. Marie gedachte, die Herrin heimlich zu begleiten. Taschengeld hatte sie genügend, damit versorgte sie ja Cäcilie auf ihre gewohnt großzügige Art.

Frau Kempeny fuhr erster, Marie dritter Klasse dem Ziel

Zürich entgegen. In Zürich erwartete kein vornehmer Galan die Gnädige, sondern eine Kutsche mit dem Firmenschild *Parkhotel.* Marie folgte der Kutsche bis zum Hotel. Vor dem Eingang wartete sie geduldig, in eine Mauernische gedrückt.

Cäcilie erschien erst bei anbrechender Dämmerung. Marie hätte sie beinahe nicht erkannt. Offensichtlich hatte sie im Reisekoffer auch alles Schwarze ihrer Garderobe mitgenommen: wie zu einer Beerdigung gekleidet ging sie eilig und zu Fuß die Straße entlang. Marie folgte ihr, sehr beunruhigt. Geht man in Trauerkleidung zu einem Rendezvous? Was hatte die Gnädige vor? Besuchte sie jetzt die erwähnte Freundin? Hatte sie ihre Pläne geändert und, um der Freundin nicht zur Last zu fallen, im Parkhotel Quartier genommen? Hatte es im Haus der Freundin vielleicht einen Trauerfall gegeben, und erklärte sich Cäcilies Gewandung so?

Marie verlor ihre Dienstherrin nicht aus den Augen. Sie ging jetzt langsamer, blieb einige Male stehen – jetzt zögerte sie wieder, sah auf das Nummernschild eines vornehm wirkenden Hauses und verschwand in diesem, bevor sich Marie versah. Die überquerte die Straße und stand jetzt auch vor dem Portal, neben dem ein kleines Emailleschild angebracht war: Dr. Moritz Sprüngli, Gynäkologe.

Marie erfaßte die Situation sehr schnell. Warum fährt eine Frau wohl viele Kilometer in eine ihr fremde Stadt zu einem fremden Arzt, wenn es hervorragende Ärzte in ihrem Heimatort gibt? Deshalb also die Unruhe, die Nervosität Frau Kempenys, die Appetitlosigkeit, das schlechte Aussehen: Frau Kempeny bekam ein Kind und wollte es wegmachen lassen.

Marie wurde es heiß vor Aufregung. O Gott, das war eine Sünde. Und wie viele bezahlen die Sünde mit dem Leben …

Aber vielleicht war alles ganz anders und ganz harmlos? Vielleicht hieß die Freundin der Gnädigen Sprüngli und war die Frau des Arztes?
Marie beschloß zu warten. Sie stand eine zeitlang im Torbogen, dann, gegen elf Uhr nachts, wurde ihr kalt, trotz der lauwarmen Vorfrühlingsnacht. Sie ging auf und ab, auf und ab. Viele Gedanken bewegten ihr Herz. Wie war das damals gewesen mit ihrer Schwangerschaft? Mit einem kurzen Gedanken hatte auch sie an das gedacht, was ihr jetzt im Zusammenhang mit ihrer Herrin solchen Kummer bereitete. Aber die Furcht vor der Sünde und die Angst vor dem Tod hatten diese Überlegung sehr schnell erstickt. Es war ja allgemein bekannt, daß die Hälfte aller Frauen, die diese Sünde begingen, sterben mußten.
Warum sollte dann aber Frau Kempeny, die im Überfluß lebte und keine Sorgen hatte, so etwas tun? Ob ihr Mann etwas davon wußte? Da – war sie das nicht, die eben aus der Haustür trat? Marie war gerade ein paar Schritte vom Haus entfernt. Die Gestalt strebte einem Fiaker zu, dessen Laterne trüb in die Nacht glimmte. Marie lief eilig, doch die Kutsche verschwand zusehends schneller ihren Blicken. Sie hastete ihr nach.
Im Parkhotel ging es noch lebhaft zu. Gedämpfte Musik drang aus einem Nebenraum. Der Portier saß schläfrig hinter seinem Schreibtisch. Das Schlüsselbrett war nur zur Hälfte behängt.
„Bitte, ist Frau Kempeny auf ihrem Zimmer?" fragte Marie noch außer Atem.
Der Portier sah Marie aufmerksam an. „Die gnädige Frau ist verreist", meinte er dann. „Darf ich ihr etwas ausrichten? Sie kommt in zwei Tagen zurück."
„Bitte, ist sie nicht vor ein paar Minuten zurückgekommen? Ich glaube, ich habe sie gesehen."
„Nein, mein Fräulein. Sie müssen sich geirrt haben."

Damit war für den Portier die Angelegenheit abgeschlossen. Er wandte sich wieder schläfrig seinem Eintragsbuch zu. Marie stand unschlüssig. Im Spiegel ihr gegenüber sah sie den verrutschten Hut. Sie nahm ihn ab, fuhr mit dem Taschentuch über die schweißfeuchte Stirn, setzte den Hut wieder auf und verließ das Vestibül. Sie sah nicht, wie der Portier hinter ihr her blickte und etwas notierte.
Marie fuhr mit dem Nachtzug zurück nach Davos.
Die folgenden zwei Tage verbrachte Marie voll Unruhe. Am dritten Tag war Frau Kempeny wieder da, fröhlich, wenn auch totenblaß mit glänzenden Augen. „Es war alles sehr anstrengend, liebe Marie, und ich danke Ihnen für Ihre – Ihre Sorge um mich. Sie sind mir nachgefahren. Und ich sehe Ihnen an, daß Sie es wissen. Ach Marie!" Sie ließ sich auf das Bett fallen, lehnte sich in die Kissen zurück. „Es ist gut, daß Sie es wissen, Marie. Vielleicht hätte ich es Ihnen sowieso gesagt. Ich brauche Schonung, weil ich viel Blut verloren habe. Und wir haben nicht mehr allzuviel Zeit." Sie sprach hastig, und Marie dachte erschreckt: „Woher weiß die Gnädige von meiner Reise nach Zürich?"
Das Rätsel löste sich schnell: Der Portier hatte, als Frau Kempeny zurückkehrte, von der „hellblonden" Dame berichtet. Und Marie verwünschte einmal mehr ihre auffallende Haarfarbe. Frau Kempeny kannte ja diesen Kummer. Sie sagte zwei Tage später: „Marie, gestern traf ich eine Dame beim Kurkonzert, wahrhaftig, sie könnte ihre Schwester sein. Sie wohnt auch im Schloßhotel."
„Hat sie auch so blonde Haare?"
„Ja. Aber mit einem Stich ins Rötliche. Ihre sind viel schöner."
Am Nachmittag beäugte Marie neugierig ihre Doppelgängerin, eine schlanke Person, der Marie tatsächlich ähnlich war. Nur Maries waschblaue Augen hatte sie nicht. Die

Augen der Fremden spielten mehr ins Grünbraune. Die zierliche Dame merkte wohl etwas von Maries neugierigem Interesse – sie lächelte halb freundlich, halb spöttisch zu dem Tisch mit den beiden Wienerinnen hinüber.
Cäcilie lag in den nächsten Tagen viel auf ihrer fahrbaren Terrassenliege. Es gehörte zur Therapie, viele Stunden am Tag zu „kuren", also zu liegen und nach ärztlicher Vorschrift tief und ruhig zu atmen. Das verhinderte die übliche Konversation und hatte zur Folge, daß auf der von Menschen bevölkerten Terrasse gespenstische Stille herrschte – so als wären sie alle taub und stumm.
„Marie", flüsterte Frau Kempeny, „haben Sie, als Sie schwanger waren, nie daran gedacht – ich meine, wenn Sie die Möglichkeit gehabt hätten …"
„Abzutreiben?" Marie dämpfte ihre helle Stimme ebenfalls zum Flüstern, trotzdem klang sie kampflustig. „Nein. Da hätte ich mich der Sünde gefürchtet." Sie sollte es nur wissen, die schöne, reiche, junge Frau Kempeny, daß das, was sie getan hatte, eine schwere Sünde war.
Cäcilie lächelte – aber das Lächeln war nur in den Mundwinkeln, ihre Augen sahen Marie ängstlich an.
Marie flüsterte weiter: „Aber Ihr Doktor, der Sprüngli, der hat noch viel schwerer gesündigt. Wie hat er das nur machen können!"
„Ich hab' mich selbst gewundert, daß er so schnell einverstanden war. Ich kenn' ihn schon lange. Er war früher in Davos."
Marie erfuhr erst viel später den Grund, weshalb Dr. Sprüngli so leichtherzig eingegriffen hatte – Cäcilie war sehr schwer lungenkrank.

Marie schlendert durch die Straßen von Davos. Sie hat jetzt viel Zeit, Frau Kempeny schickt sie fort, um mehr Ruhe zu haben. Marie hört sie nachts manchmal unruhig

auf und ab gehen und unterdrückt husten, und gestern hatte Marie entsetzt Blutflecken auf ihrer Serviette entdeckt.
„Ach das!“ hatte Cäcilie abgewehrt. „Das hab’ ich oft, da ist ein Äderchen geplatzt, sonst nichts. Machen S’ sich um mich keine Sorgen.“
Doch das war leicht gesagt. Marie ist ihrer Herrin doch von ganzem Herzen zugetan. Selbst diese Fahrt nach Zürich hat sie ihr wieder verziehen. Marie wünscht sich in diesem Augenblick, da sie durch die Hauptstraße von Davos geht, nichts sehnlicher, als daß es in ihrem Leben so bleiben möge wie bisher – als Herrschaftsköchin im Hause Kempeny lang, möglichst lange …
Da kommt eines der neumodischen Schuhgeschäfte in Sicht. Einige Schuster sind jetzt dazu übergegangen, Schuhe nicht mehr nur nach Maß, sondern sozusagen in Vorrat herzustellen. Marie bleibt vor der Auslage stehen. In einer Ecke entdeckt sie ein besonders preiswertes Paar. Marie rechnet verblüfft in Gulden um – diese Schuhe sind ja spottbillig, ein Gelegenheitskauf.
Sie tritt in das Geschäft. Der Raum ist düster, doch erkennt Marie noch eine weitere Kundin im Hintergrund.
Man spricht hier nur Französisch, wie Marie feststellt. Also kratzt sie all ihre Französischkenntnisse zusammen. „Nombre?“ fragt sie. Die Schuhe haben ihre Größe. Nun hat Marie sie in der Hand.
‚No, besonders gute Qualität ist das nicht‘, denkt sie. Aber der Preis stimmt. „Oui, Mademoiselle.“
Marie sieht sich nach einer Sitzgelegenheit um. Neben der anderen Kundin steht ein Hocker. Marie setzt sich, zieht ihren Schuh aus und schlüpft in den neuen Schuh. Er paßt.
Sie spürt verwunderte Blicke. Nicht nur die Verkäuferin sieht sie sonderbar an, auch die andere Kundin.

Ah, denkt Marie, das ist ja meine Doppelgängerin, die Dame aus dem Schloßhotel, die Rötlichblonde, die ihr Haar so ungeniert zur Schau trägt. Jetzt sagt sie mit fremdartigem Akzent zu Marie: „Liebes Fräulein, was Sie hier anprobieren, sind unechte Schuhe – es sind Sargschuhe, ich meine, Schuhe für den letzten Gang, aber dazu sind Sie ja noch viel zu jung."
Marie starrt erschreckt auf den zarten weißen Schuh an ihrem Fuß, streift ihn ab und murmelt beschwörend: „Heilige Mutter Anna, bitt für mich!"
Dann weicht der Schreck dem Gefühl der Blamage. Hastig steht sie auf, murmelt eine Entschuldigung und hört das leise Kichern der Verkäuferin hinter sich.

Marie sitzt am gewohnten Frühstückstisch nahe dem Fenster. Sie ist allein. Cäcilie hat im Bett gefrühstückt und will nun nicht gestört sein, denn sie schreibt einen Brief.
Marie hängt ihren Gedanken nach, während sie das Nußröllchen verzehrt, dessen Rezept sie gestern von der freundlichen Hotelköchin bekommen und in ihrem Kochbuch notiert hat.
Marie grübelt weiter. Noch nie im Leben hatte sie dazu so viel Zeit wie jetzt. Fast alle Menschen, die sich hier im Sanatorium – das Schloßhotel heißt nur Hotel, es ist ein Lungensanatorium – so gelassen bewegen, sind krank. Alle befallen von jener sanften, fast „gesellschaftsfähigen" Krankheit Tuberkulose, die die Menschen nicht häßlicher, eher schöner macht. Auch daheim gab es fast in jedem Haus so einen Kranken. Er machte wenig Mühe, man schonte ihn, verabreichte ihm eine besonders fette, seit Krankheitsgenerationen bewährte Kost, Ziegenmilch, viel Ziegenmilch, Brennesseltee, fette Suppen, Rotwein und Ei, sparte sich in der Familie diese Kost für den Kranken oft vom eigenen Mund ab. Manchmal genas der

Patient, viel öfter starb er jedoch – nach Gottes Willen und Ratschluß.
Auch hier im Hotel wird üppig und fett gekocht – diese Nußröllchen sind ein Beispiel dafür, wie man sehr viel Butter auf möglichst erträgliche Weise zu sich nehmen kann. Die gesunde Marie ist sichtlich molliger geworden. Das steht ihr gut.
„Noch ein Nußdessert, Fräulein Marie?“ fragt der Tischkellner freundlich. Er findet die niedliche Zofe, als die Marie hier gilt, appetitlich und frisch. Marie interessiert der junge Mann wenig. Er erinnert sie an den Schustergesellen Schorsch, ihren ersten Verehrer. Freilich hat Charles bessere Manieren, ist im Frack wie ein Herr angezogen, doch von ihr will er dasselbe wie damals der lange Schorsch.
Marie lehnt dankbar ab. Sie ist bis obenhin satt und will gerade aufstehen, da nähert sich die rötlichblonde Ausländerin ihrem Tisch.
„Ich will, bitte, bei Ihnen Platz nehmen“, sagt sie freundlich in ihrem drolligen Deutsch. „Ist es erlaubt?“
Obgleich ihre Sätze eigentlich einwandfrei formuliert sind, rufen sie beim Gesprächspartner ein Lächeln hervor. Die Dame setzt sich und stellt sich vor: „Mary McClain aus Wien.“
Auf Maries verwunderten Blick hin erklärt sie: „Ich habe in Wien ein Haus und bewohne es mit meinem Personal. Wie der Portier sagte, sind Sie die Zofe von einer Wiener Dame. Es ist so?“
„Ich bin die Köchin von Frau Kempeny.“
„Ist diese Dame un peu malade?“
„Wir sind nur zur Sommerfrische da“, weicht Marie aus. Die Fremde erscheint ihr zu leutselig. Längst weiß Marie vom Portier, daß Mary McClain eine spleenige, sehr reiche Engländerin ist und „alle Sprachen der Welt spricht“.

Hier in Davos scheint sie tatsächlich nur „zur Sommerfrische“ zu sein. Sie „kurt“ zwar, aber ißt magere Kost, die hier im Hotel auch geboten wird.
„Wissen S', Fräulein Marie,“ sagt die Engländerin plötzlich in wienerischem Tonfall, „der Herr in meiner Begleitung, der ist mein Cousin.“
‚Aha‘, denkt Marie, ‚die Dame hat ein schlechtes Gewissen. Immerhin, daß sie überhaupt ein Gewissen hat, spricht für sie‘. Marie findet ihre „Doppelgängerin“ nett. An ihren Begleiter erinnert sie sich nur dunkel.
„Wie gefällt es Ihnen hier in Davos?“ setzt sie die Konversation fort. „Ich find's hier fesch, sehr fesch.“ Marie kann sich jetzt ihr Lächeln nicht mehr verkneifen.
„Habe ich etwas Nichtrichtiges gesagt?“ fragt die Zierliche eifrig. „Ich spreche zu viele Sprachen, wissen S'. Da geht's halt manchmal übereinand'.“
Marie lacht nun hell heraus, die Dame lacht mit.
„Es ist wunderbar – oder sagt man wundervoll? –, viele Menschensprachen zu können.“ Das glaubt ihr Marie aufs Wort.
Die Dame möchte sie auf einen Likör „hineinladen“, doch Marie muß zunächst zur gnädigen Frau schauen. „Ich warte auf Sie bei den Büchern“, ruft Miss McClain Marie nach und meint wohl damit die Bibliothek.
Cäcilie Kempeny sieht matt aus, als Marie ins Zimmer tritt.
„Marie, schwänzen wir die Liegekur“, sagt sie. „Ich möchte ausfahren, etwas anderes sehen. Ich brauche Ablenkung, Menschen ...“
Marie ist Cäcilie beim Ankleiden behilflich, packt die Pelzdecke in den Zweispänner und erinnert sich dabei, daß sie ja mit Miss McClain in der Bibliothek verabredet ist.
„Ah, da sind Sie ja, Fräulein Marie. Darf ich Ihnen mei-

nen guten Onkel vorstellen? Herr Harry Klugmann, Fräulein Marie Portisch."
„Aja, Fräulein Portisch, Marys neue Freundin", sagt Herr Klugmann. „Sie waren gestern mit meiner Nichte Schuhe einkaufen, nicht wahr?"
Marie erkennt die Situation: Sie soll als Alibi fungieren. Warum nicht? Sie lächelt: „Gefallen Ihnen die Schuhe?"
„Hm. Sie sind extravagant. Was kann man auch anderes in Davos erwarten?"
Mary mischt sich ein: „Fräulein Marie, haben Sie morgen etwas Zeit? Wir könnten fahren aus."
„Ich weiß nicht. Wenn mich Frau Kempeny braucht – ich muß jetzt leider gehen. Wir fahren in den Auwald, Frau Kempeny und ich." Sie verabschiedet sich schnell.
Als Marie und ihre Dienstherrin schließlich in den Wagen einsteigen – Cäcilie hat vorher noch ihren Tee zu sich genommen – steht plötzlich Miss McClain am Wagenschlag und fragt: „Liebste, gnädige Frau, können Sie meine Wenigkeit bis zum Dorfplatz mitnehmen? Es ist nichts Fahrbares frei."
Natürlich ist Cäcilie damit einverstanden. Unterwegs lädt die Engländerin Cäcilie und Marie zu einem Empfang ein. „Sicher haben Sie schon gehört, daß Doktor Tschechow angekommen ist. Dr. Anton Tschechow. Ich kenne ihn. Direktor Wänglis gibt einen Empfang für ihn. Möchten Sie auch anwesend sein?"
Natürlich dankt man Miss McClain erfreut für das Angebot, den bekannten russischen Dichter kennenzulernen. „Ich dolmetsche für ihn. Aber er spricht auch etwas Deutsch", erklärt Mary noch, bevor sie den Wagen mit einem kleinen, gewagten Sprung aufs Pflaster verläßt.

Marie versuchte vergeblich, von Cäcilie Kempeny Näheres über den Russen Anton Tschechow zu erfahren. Sie

wunderte sich einmal mehr darüber, wie wenig interessiert doch die feinen Leute waren, etwas dazuzulernen. Dabei hatten sie die nötige Zeit und alle Möglichkeiten, die ihr fehlten. Auch die Kempeny-Mädchen Cilli und Rieke lernten nur unter Druck und widerstrebend. Da die Küche neben dem Wohnzimmer lag, hörte Marie oft zu, wenn die Mädel ihre Lektionen aufsagten, und wurde kribbelig, wenn die zwei immer wieder patzten. Sie war versucht, die richtigen Antworten dazwischen zu rufen, tat es aber dann doch nicht. Dazu mußte sie sich überwinden, denn der Hang zum Schulmeistern steckte in ihr.
‚Wäre ich eine Kempeny-Tochter', dachte Marie neidisch, ‚tät' ich Tag und Nacht lernen und eine Lehrerin tät' ich werden.'
Aber sie fühlte sich auch als „Zofe" wohl. Sie bewegte sich in der feinen Umgebung selbst wie ein feines Fräulein und dachte manchmal an Karl Pilloni. Sie war sogar versucht, ihm eine der Ansichtskarten, wie sie jetzt modern waren, zu schreiben. Aber da hätte Karl vielleicht angenommen, sie hätte ihm verziehen, was durchaus nicht der Fall war. Mehr als ihm, nahm sie sich selbst übel, daß sie an seine Luftschlösser geglaubt hatte. Dabei war sie weiterhin fest davon überzeugt, daß Karl es ehrlich gemeint hatte, wobei nur die fromme Anna schuld daran war, daß er sie, die schöne, junge, gescheite Marie, sitzenließ …
Die Kranzwirtin freilich fragte empört: „Und du hättest ihn genommen, den Geschiedenen? Du hättest die Sünde auf dich genommen? Wärst doch exkommuniziert worden, du Trutscherl!"
Marie erfuhr später von Mary McClain, wer Dr. Tschechow sei: „Ein Bauernjunge, der es durch gußeisernen Fleiß – sagt man so? – bis zum Arzt gebracht hat."
„Warum ist er hier in Davos? Ist er auch – auch kränklich?"

„Wahrscheinlich, aber man weiß es nicht. Er ist nur Besuch hier, wie auch ich."
Herr Harry Klugmann schaltete sich ein: „Ich bin leider lungenkrank, daraus mache ich kein Hehl. Und meine Nichte begleitet mich. Warum tun die Leute hier nur so geheimnisvoll mit ihrer Krankheit? Wer geht schon nach Davos? Doch nur Lungenkranke. Mir ist es egal, was die Leute sagen."
‚Ja', dachte Marie, das scheint ihm wirklich egal zu sein. Was seine Krankheit betrifft, tuschelt man zwar nicht hinter ihm her – wohl aber wegen seiner angeblichen Nichte. Daß sie seine Geliebte ist, steht für Gäste und Personal fest.' Außer Marie aber ahnte kaum jemand etwas davon, daß sich die junge Mary hinter dem Rücken des Onkels mit immer neuen Ausreden täglich ein Rendezvous mit einem anderen Mann zu verschaffen wußte. Marie spielte mit, nachdem Mary hoch und heilig versichert hatte, daß sich alles in ehrbaren Grenzen bewege, daß Onkelchen aber trotzdem sehr eifersüchtig sei und geschont werden müsse ...
Der Empfang zu Ehren des russischen Gastes verlief wie viele Empfänge zuvor und danach. Eine kleine erlesene Schar von Hotelgästen war in den grünen Salon gebeten worden, wo ein gutaussehender, blasser Herr nach der Begrüßung und dem Umtrunk aus einem schmalen Band in schlechtem Deutsch einige kurze Geschichten vorlas – zwei heitere, eine triste. Man klatschte begeistert Beifall.
„Er hat Sie einige Male angesehen", sagte Cäcilie Kempeny amüsiert. „Bestimmt, Marie! Das macht Ihr helles Haar. Sehen Sie, es gefällt auch anderen, nicht nur mir."
Marie hatte ihr Haar diesmal an den Ohren breit ausladend über eine Roßhaareinlage hochgesteckt. Das war jetzt große Mode. Schön fand sie die Frisur nicht, aber Frau Kempeny gefiel sie.

In den restlichen Tagen des Aufenthaltes in Davos schloß sich Marie immer mehr Mary an. Cäcilie war froh darüber. Sie war lieber allein. Maries besorgte Aufmerksamkeit störte sie, besonders deshalb, weil Marie dies zu offen zeigte. Ängstlich untersuchte sie jedes Taschentuch der kranken Dienstherrin nach Blutflecken. Sie wußte nicht, daß Cäcilie die hellrot befleckten Taschentücher eigenhändig auswusch und dem Stubenmädchen zum Bügeln gab.

Marie erfuhr im Umgang mit Mary mancherlei Interessantes. Die Engländerin erzählte freimütig aus ihrem Leben, etwa davon, daß sie seit drei Jahren in Wien lebe – großzügig von ihrem verwitweten Onkel unterstützt.

„Warum heiraten Sie ihn nicht?" fragte Marie.

„Warum sollte ich das tun? Ist ein guter, gemütvoller Mensch, mein Onkelchen, hat mir eine Villa verehrt und eine superbe Apanage. Er hat mir im Testament viel vermacht – mehr als sein Sohn Leo weiß. Heirate ich ihn, haben wir alle Ärger. Sohn Leo wäre sehr ärgerlich – oder sagt man verärgert? –, und Onkelchen würde gekränkt sein, ich auch. So sind alle zufrieden. Leo macht mir den Hof, Onkelchen liebt mich …"

Mary erzählte auch, daß sie gern verreise. „Überaus viel." Zu Verwandten, Freunden, Bekannten. Offenbar reiste sie nicht allein …

Als Miss McClain Marie für „treue" Dienste, nämlich daß diese sich während der Ausflüge zu gegebener Zeit diskret zurückzog, jene Schuhe verehrte, die sie in Maries Gegenwart ausgesucht hatte, wehrte sich Marie zunächst in anerzogener Bescheidenheit. Doch dann griff sie begierig nach der Schuhschachtel. Es waren zauberhafte, sündteure Schuhe – bestehend aus weichen Lederriemen, einer biegsamen zarten Sohle und hohen Absätzen. „Sie sind mir zu groß", begründete Mary das Geschenk.

Nun, Marie paßten sie wie angegossen. Sie trug sie und

bedauerte nur, daß der lange Rock so wenig von ihnen sehen ließ.
Am Abend vor der Abreise aus Davos besuchte man noch den Vortrag eines gewissen Dr. Sauerbruch. Dieser Arzt, so erfuhr man, hatte für Lungenkranke eine wichtige Entdeckung in der Chirurgie gemacht. Er hatte eine sogenannte „Unterdruckkammer“ erfunden, mit deren Hilfe man nun auch Lungenkranke operieren konnte. Begreiflich, daß die Vorlesung überfüllt war. Auch Cäcilie lauschte mit heißen Wangen. Eine Hoffnung tat sich all den Zuhörern auf – konnte man nun doch zerstörte Lungenteile wegoperieren und somit die Abwehrkräfte des Körpers entlasten …
„Wie gut“, sagte Cäcilie am nächsten Morgen, „daß wir gestern noch diesen Vortrag hörten. Ach, Marie!“
Da wußte Marie, daß sich Cäcilie krank fühlte, viel kränker, als sie zugab …

Daheim in Wien wurde die Rückkehr mit großer Freude, einem Lampionfest und Festschmaus, gefeiert. Cäcilie gab sich heiter. Im sanften Kerzenschein wirkte sie frisch und gesund. Trotzdem wunderte sich Marie nicht, als der Hofrat sie beiseite bat und fragte: „Marie, wie geht es meiner Frau? Ich finde sie verändert, nicht erholt, eher müder.“
Da berichtete Marie von den Blutflecken in den Taschentüchern, von den Schwächezuständen und der Gewichtsabnahme Frau Kempenys.
„Hat sie sich überanstrengt in Davos, Marie? Haben Sie auf meine Frau ebensogut aufgepaßt, wie es meine Schwiegermutter tat?“
Marie bestätigte das eifrig. Von der Reise nach Zürich durfte sie ja nichts verraten …
Nikolaus, der junge Mediziner, vermittelte eine Spezial-

behandlung mit entsprechenden Untersuchungen und befürwortete eine Reise nach Ägypten. „Die trockene Luft dort tut oft Wunder ...“
Auch auf dieser Reise begleitete Marie die Dienstherrin. Ausgerechnet in Kairo aber erkannte Marie, daß auch sie offenbar krank geworden war. Sie wurde im Sanatorium nun auch als Patientin behandelt. Sie hustete und hustete.
„Marie“, sagte Cäcilie, „Sie sind ja kränker als ich.“
„Nein, bestimmt nicht“, wehrte sich Marie, „in meinen Taschentüchern ist keine Spur von Blut.“
Es gefiel weder Marie noch Cäcilie in dem deutsch geführten Kairoer Sanatorium. Marie schrieb in ihr Koch-Tagebuch:

> „... ich möchte wissen, wieso es hier so viel Geld kostet! Das Essen ist schlecht, die Betten auch, die Spucknäpfe werden nicht oft genug ausgeleert. Eine Patientin hat erzählt, ein Doktor habe behauptet, daß die Schwindsucht ansteckend sei. Ich glaube das nicht, aber trotzdem sollte man die Spucknäpfe auskochen oder sonst etwas tun. Ich bin nun auch krank geworden. Aber ich kann es nicht glauben. Es fehlt mir nichts, nur husten muß ich, und Fieber habe ich, aber nicht viel. Meistens nur am Nachmittag. Mit Frau Kempeny steht es nicht gut. Es geht ihr viel schlechter als in Davos. Am besten wäre es, wir könnten wieder nach Davos fahren ...“

Dazu kam es aber nicht mehr. Cäcilie Kempeny wollte unbedingt nach Hause, als ahnte sie ihr nahes Ende. Man fuhr mit dem Schiff zurück. Wenige Tage nach der Heimkehr starb Cäcilie an einem unstillbaren Blutsturz.
Marie kam durch die Vermittlung Herrn Kempenys in ein Lungensanatorium im Schwarzwald. Dort genas sie

nach zwölf Wochen. Sie kehrte froh heim und meldete sich bei Herrn Kempeny zum Dienstantritt. Bedauerlicherweise mußte sie erfahren, daß inzwischen eine neue Köchin eingestellt worden war.
Die beiden Mädel Cilli und Rieke waren ihr gegenüber verlegen und distanziert. Alle Freude schien in dem einst so fröhlichen Haus erloschen zu sein. Herr Kempeny wirkte um Jahre gealtert. Er händigte Marie ein Kuvert aus.
„Es soll Ihnen den Anfang irgendwoanders erleichtern“, sagte er müde.
Marie war wie vor den Kopf geschlagen. Sie konnte nicht fassen, daß man ihr hier den Laufpaß gab.
„Soll ich Ihnen behilflich sein, eine neue Stelle zu finden?“ fragte Herr Kempeny. Marie verneinte hart und gekränkt.
Das hätte sie nicht tun sollen. In Wien hatte sich wohl herumgesprochen, daß Marie als Pflegerin der verstorbenen Cäcilie Kempeny ebenfalls krank geworden sei – dort, wo sie sich bewarb, war für sie keine Stelle frei.
Sie mußte schließlich froh sein, daß sie im Gasthaus *Zur Traube*, einem Ausflugslokal in Grinzing, einen schlechtbezahlten Posten bekam. Sie hauste mit einer Serviererin in einer schäbigen Bodenkammer, hatte kaum freie Zeit und war unglücklich.
Für alles im Leben muß man bezahlen. Sie mußte nun für ihre guten Tage bei den Kempenys bezahlen. So wollte es das Schicksal.
Marie grübelte und grübelte. Ach, wo waren sie, die heiteren glücklichen Tage? Jene Tage, als sie mit Karl Pilloni wie im siebenten Himmel schwebte, als alles so hell und leicht war, als sie begonnen hatte, Karls Zuversicht zu teilen. Die waren doch noch gar nicht so lange her, die besonnten Tage. Und doch schien es Marie, hier in der

elenden Grinzinger Bodenkammer, als sei ihr jenes Glück in einem anderen, fremden Leben begegnet. So dachte sie oft – bis ihrem resoluten Köchinnensinn ein heilsames Rezept einfiel: He, Marie, was wäre dir lieber, ein Schicksal, wie es die arme, reiche Frau Kempeny traf, oder ein Schicksal, arm und mühsam leben zu müssen, dafür aber gesund zu sein. Doch auch dieses kluge Rezept konnte es nicht verhindern, daß Marie in Liebe an jenen Menschen dachte, der ehrlich bereit gewesen war, sie zu heiraten ...

Trübe Zeit in Grinzing

Die Serviererin entpuppte sich zwar als rigoros geschäftstüchtig – sie war jeden Abend stolz auf die erschwindelten Mehrbeträge, die sie vor allem ausländischen Grinzing-Besuchern abknöpfte – doch zugleich war sie gutmütig und verträglich. Sie hieß Hanni, beinahe wie die gute Hanna im Eden, hatte dauernd neue Verehrer, denen sie gegen gute Worte und kleine Präsente ihre Gunst schenkte, war stets guter Laune, wozu sie wenig genug Grund hatte, denn die Wirtin war ein geiziges Reibeisen, das keinem Streit aus dem Weg ging.
Nach den ersten enttäuschten, bitteren Wochen richtete sich Marie auf ihre neuen Lebensumstände ein. Von einer Kündigung wurde nur noch selten gesprochen. Die Kranzwirtin hätte sowieso Himmel und Hölle in Bewegung gesetzt, um sie zu verhindern: „Sei froh, daß du einen Posten hast! Wer nimmt heutzutage schon einen Dienstboten, der die Schwindsucht hatte!"
Das sah Marie ein. Wieder haftete ein Makel an ihr. Die warnenden Stimmen, allen voran die von Dr. Adler, wollten nicht verstummen, daß die Tbc ansteckend sei.
Noch hielten sich Meinung und Gegenmeinung die Waage. Die Gegner der Theorie weisen immer wieder darauf hin, daß in vielen Familien jahrzehntelang nur ein Kranker lebte, während die anderen Familienmitglieder gesund blieben. Bei Influenza, Pocken, Masern, Cholera, also tatsächlich ansteckenden Krankheiten, wurden die Leute innerhalb kurzer Zeit krank, sofern sie mit Patienten in Berührung kamen. Das leuchtete den meisten ein, trotzdem blieb die Unsicherheit; und die Scheu vor der einst als so sanft angesehenen Schwindsucht stieg. Schon

wurden Kranke gemieden. Sie spürten jetzt statt Mitleid und Verständnis Abwehr, Angst, ja Abscheu. Wer hustete, wurde scheel angesehen, besonders die Dienstboten. Dr. Adler verlangte sogar eine Verordnung, daß sich das Personal, besonders Kinderschwestern und Köchinnen, einer gründlichen Untersuchung unterziehen müßten. Doch drang er mit diesem Ansinnen bei den zuständigen Stellen nicht durch.
Nikolaus Kozian, der Verehrer Cilli Kempenys, hatte inzwischen sein Studium beendet. Er kümmerte sich immer noch um Gustls Pflegemutter, die Kranzwirtin. Ihr ging es, dank der Wasserkur des jungen Dr. Kozian, auch wieder besser. Sie war ihm deshalb aus tiefer Seele dankbar und ergeben.
Gustl war inzwischen groß genug, um Marie zu besuchen. Es waren immerhin zwei Wegstunden, die er zurücklegen mußte, wenn er mit der Mutter zusammensein wollte. Dann saß er bescheiden in einer Ecke der Gaststube oder draußen im Garten, nippte an seinem Kracherl, löffelte die Leberknödelsuppe, die ihm Hanni, die Serviererin, auf den rohen Holztisch stellte, lauschte der Schrammelmusik und betrachtete seine Mutter durchs ebenerdige Küchenfenster, wie sie – erhitzt und eilig – mit fettigen Händen Portionen auf Teller verteilte, Soßen abschmeckte, Suppenterrinen vollschöpfte. Gustl war der tüchtigen Mutter sehr ergeben, ihr ein wohlgefälliger Sohn ...
Nach dem Saisonsommer in Hitze und Hetze folgte der feuchtkalte November mit wenig Kundschaft – die Zeit, von der die Kranzwirtin in Wien immer als der ruhigen, erholsamen gesprochen hatte: „Dann wirst auch wieder zunehmen, Marie, wirst schon sehen.“
Doch die Chefin des Grinzinger Gasthauses sorgte schon dafür, daß Marie nicht zunahm. Sie gab ihr täglich zu ver-

stehen, daß sie in dieser Nichtsaisonzeit auch ohne Köchin sehr wohl auskommen könne und Marie nur aus „Gnad' und Barmherzigkeit" in der *Traube* behalte. „Dafür wird sie mir, das Fräul'n Köchin, wieder bei jeder Überstunde in der Saison eine saure Goschen ziehen, net wahr?"
Hanni lachte tröstend: „So was hört man doch einfach net, Marie. Mich hätt' sie ja auch schon längst gefeuert, wenn ich ihr net die Kundschaft besorgen tät'."
Das stimmte. Die meisten Wintergäste kamen wegen der feschen, mit ihrer Gunst so freigebigen Hanni. Der Hausknecht verriet Marie unter der Hand, daß Hanni bei der dicken Hrdlitschka gegenüber der Traube ein „Séparée" unterhalte. Und immer wenn sie zur Hrdlitschka „zur Aushilfe" hinübereile, warte „Kundschaft" auf sie.
„Fürchtest du dich denn gar nicht vorm Fegefeuer?" fragte Marie die heitere Hanni vorwurfsvoll.
„Nein", lachte Hanni und manikürte sich weiter die Fingernägel, „wenn's soweit ist, da hab' ich Geld wie Mist und kann mir Ablässe kaufen, noch und noch. ‚Die Seele aus dem Feuer springt, wenn das Geld im Kasten klingt'."
Böse konnte man der Hanni nicht sein. Sie hatte Marie gern, auch wenn die nicht bereit war, auf Hannis vorteilhafte „Angebote" einzugehen. Zum Beispiel billiges Freibankfleisch zu kaufen und der Wirtin teueren Fleischhauerbraten zu verrechnen – oder einige Speiseportionen „unterm Tisch" verschwinden zu lassen und sich den Erlös zu teilen ...
Hanni schüttelte zwar den Kopf ob solcher Tugendhaftigkeit, trug sie aber Marie nicht weiter nach. Im Gegenteil, sie blieb stets bemüht, Marie ehrlich ein „Zubrot" zu verschaffen. So strickte Marie im Winter für die Kundschaft des Gasthauses Schals, Strümpfe und Socken. Darin brachte sie es zu solcher Fertigkeit, daß sie beim Strikken Zeitungen und Bücher lesen konnte.

Nur wenn sie „echt Tiroler Wadenstutzen“ strickte, die große Mode der vielen Salontiroler, dann mußte sie aufpassen – an ein Lesen war da nicht zu denken. Vor Gustls Augen entstanden die schönsten und kompliziertesten Zopfmuster – so schwierige, daß Marie sie in ihrem Kochbuch notieren mußte.
In dieses Koch-Tagebuch trug sie jetzt im Winter auch wieder einige Begebenheiten ein:

> „Vorgestern, am Rosenmontag, habe ich meinen alten Verehrer O. H. wieder getroffen. Er war hier mit einem Freund aus Budapest. Wie er mich – durch das Schiebefenster – gesehen hat, ist er in die Küche gekommen. Mir war es peinlich, weil meine Schürze nicht sauber war. Hier waschen sie nur alle vier Wochen, und immer soll man mit der Wäsche sparen. Aber O. H. hat sehr nett mit mir gesprochen ...“

Otfried Hanstein war besorgt um seine ehemalige Geliebte. Sie sah abgespannt und müde aus. Von ihren Mundwinkeln zogen sich zwei dünne Falten zur Nasenwurzel. Sie war immer noch hübsch und angenehm anzusehen, doch diese Hetze hier, die unappetitliche, grantige Wirtin, die ganze Umgebung paßte doch nicht zu der adretten, gescheiten, hübschen Marie.
Eifrig überlegte er, wie und wo er Marie unterbringen könnte, und war sehr enttäuscht, als sie ihm zu verstehen gab, daß sie hier zu bleiben gedenke. Er wußte ja nichts von ihrer Krankheit und von Maries Überzeugung, daß man sie aus einer neuen, besseren Stelle sowieso wieder feuern würde, wenn man erfuhr, daß sie lungenkrank gewesen war ...
Marie hatte während ihrer Krankheit etwas gelernt, etwas sehr Wesentliches: den Neid zu überwinden. Was hatte

die arme Cäcilie Kempeny von all ihrem Reichtum? Der konnte sie nicht gesund machen. Den Wert des Lebens erkennt man erst dann, wenn es bedroht ist. Marie schwor sich während angstvoller fiebriger Nächte, sollte sie wieder genesen, würde sie mit ihrem Leben immer zufrieden sein. Daran hielt sie sich auch.
Sie stand, von der mürrischen Wirtin angetrieben, Tag für Tag bis spät in die Nacht in der Küche. Bis in die Nacht hinein schälte sie Kartoffeln für den nächsten Tag. Kam sie endlich zur Ruhe, drang die süßliche Schrammelmusik aus der Gaststube oder dem Garten bis tief in ihre unruhigen Träume. Ihr einziger Lichtblick war Gustl, für den sie ja auch so rackerte, sparte und schuftete. Er sollte studieren, das war abgemacht. Das Zeug dazu hatte er, das bestätigten seine Lehrer immer wieder.

In der verwohnten, wenn auch sauberen Küche sitzt Marie und schält wie üblich Kartoffeln, Erdäpfel, wie man in Wien sagt. Es ist ein warmer Sommerabend. Außer einem „kleinen Gulasch", das sanft am Herd bruzzelt, wird von den Gästen kaum etwas anderes verlangt. Zum Heurigen ißt man etwas Fettes; mitgebrachte trockene Blutwurst, mit Speckbrocken durchsetzt, oder eben ein Schweinsgulasch, auf dem Fettaugen schwimmen, so groß wie der Teller selbst.
Aus dem Garten dringen die Töne der Schrammelkapelle. Nicht jedes Wirtshaus hat eine eigene Kapelle wie die *Traube*. Tagsüber arbeiten die Musiker in Schreibstuben als Sekretäre oder Buchalter; einer ist Postbote und ein anderer, der Geiger, hat eine eigene Weberei. Das Aufspielen in weinseliger Stimmung – Wein gibt es gratis – ist ihr Steckenpferd, das sie auch ohne ihr Trinkgeld reiten würden.
Der Geiger, ein großer Blonder mit fettigem Haar, stellt

Marie schon seit langem nach. Er versucht, sie mit schmachtenden Geigentönen zu locken: „Machen wir's den Schwalben nach, bauen uns ein Nest ...", singt er mit gar nicht so übler Stimme zu den schluchzenden Geigenklängen und wirft immer wieder einen Blick durch das Schiebefenster in die Küche. Natürlich merkt Marie die Absichten des musizierenden Webereiinhabers. Er hat sie sogar eingeladen, sich einmal die Weberei anzusehen.
Marie atmet tief ein und schließt das Fenster. Ihrem trüben Sinn ist nicht nach Schrammelmusik zumute. Sie hat einen schmerzenden Daumen, „Umlauf" sagt man im Volksmund dazu. Es pocht der Puls im Nagel – deutlich spürbar wie das Herz. Der Finger gehört eigentlich in Seifenlauge gebadet, statt dessen schält sie mit ihm schmutzige Erdäpfel. In ihren Gedanken kreisen dabei Geschichten des Großvaters über Blutvergiftung und ihre tödlichen Folgen. Sie wirft das Schälmesser auf den Küchentisch und betrachtet ihr Handgelenk. Sieht man schon den gefährlichen roten Streifen?
Da wird die Küchentür geöffnet und Hanni ruft: „Hörst es denn nicht, Marie? Einen neuen Straußwalzer spielen sie. Komm, laß den Erdäpfelhaufen. Wir tanzen jetzt zusammen."
Und schon ist Hanni bei Marie und knüpft ihr die Schürze ab und zieht sie hinaus in den kleinen Garten. Auf dem erhöhten Bretterboden walzen die Paare, und der Geiger nähert sich Marie, um ihr aufzuspielen. Mit einer unwirschen Bewegung winkt Marie ab. Sie weiß, daß sie sich vor Nachstellungen nur durch konsequente Abwehr schützen kann. Bei den Wirtsgästen herrscht die Meinung, Kellnerinnen und weibliches Wirtspersonal seien für die Liebe vogelfrei. Der alte Gitarrenspieler sagt hämisch zum Geiger: „Bei der Marie fängt die Liebe erst beim Oberleutnant an ..."

Marie wirft ihm einen giftigen Blick zu und beschließt, in seine Leberknödelsuppe zu spucken, bevor Hanni sie ihm serviert …
Dann vergeht aber der Ärger über die Anspielung auf Otfried Hanstein, der hin und wieder mit einem Kameraden in der *Traube* auftaucht, ein oder zwei Vierterl Wein trinkt und wieder verschwindet – nicht ohne mit Marie „geplauscht" zu haben, über dieses und jenes, über seine Schwestern und deren Wunsch, Marie wiederzusehen. Sie wird diesen Wunsch nicht erfüllen – sie scheut davor zurück, ihren sozialen Abstieg eingestehen zu müssen. Als „Beiselköchin" wird sie den Damen keine Aufwartung machen …
Manch begehrlicher Blick folgt ihr, wie sie so leicht am Arm der feschen Hanni dahinfliegt. „Tanzen kannst!" sagt Hanni außer Atem. „Warum tanzt denn du dann nie? Ich hab' gemeint, weil du's nicht richtig kannst."
Marie streicht das Haar aus der erhitzten Stirn. „Schön war's", sagt sie leise. „Ich möcht' jetzt auch wieder öfter tanzen."
Damit erschließt sich Marie einen kleinen Freudenquell. Sie sitzt nun nicht mehr mit ihrem Strickstrumpf allein in einer Stubenecke, sie besucht mit Hanni jene Bälle und Tanzereien, die der Wiener Weiblichkeit ihres Standes offenstehen. Sie nimmt lange Fußwege in Kauf, um zu den Tanzlokalen zu kommen. Hanni fürchtet die „Konkurrenz" nicht – Marie bleibt jedem Liebeswerben gegenüber spröde. Und insgeheim gesteht sich Marie ein, daß der alte Gitarrenspieler recht hatte: Da keiner ihrer Verehrer Karl Pilloni oder Otfried Hanstein das Wasser reichen kann, hat auch keiner bei ihr eine Chance …

Grinzing ist ein Dorf – fast wie Tattenitz daheim in Mähren. Marie hat das schon längst festgestellt. Während die

reichen Bauern in Tattenitz Korn und Weizen anbauen, sind die Grinzinger Dorfbewohner Weinbauern und Gastwirte. An jedem Anwesen hängt ein Heurigenkranz. Die Wiener kommen mit Einspännern oder zu Fuß, mit Rücksäcken auf dem Rücken, um beim Erzeuger selbst den Weinvorrat zu holen.
In den langen Wintermonaten wandert die junge Weiblichkeit des Dorfes, genauso wie in Tattenitz zum „Rockengang“, zum Spinnen und Stricken in die Dorfstuben. Auch Marie ist unter ihnen.

Beim letzten Rockengang kam Marie in das Haus des Webers und Geigers Franz Lautner. Der Geiger saß lesend auf der Ofenbank, während die Mädchen in der großen Küche schwatzten, lachten und spannen. Marie sah sich um. Es war hier ordentlich und rein. Die Schwester des Webers, eine ältliche, derbe Person, die tagsüber am Webstuhl des Bruders saß, tischte Faschingskrapfen auf – ohne das bewußte weiße Randl. Marie war versucht, ihr das Geheimnis des Randls zu verraten, doch dann ließ der Hausherr den Kalender sinken und wandte kein Auge von ihr. Sie spürte es, ohne vom Strickstrumpf aufzuschauen.
Zu mitternächtlicher Stunde erbot sich der Weber, Marie heimzubegleiten. Da Hanni nie beim Rockengang mitmachte, Marie also stets allein den Heimweg antreten mußte, war ihr das Angebot recht. Sie würde sich schon ihrer Haut zu wehren wissen, sollte der Lautner zudringlich werden.
Er wurde es nicht. Vielmehr erzählte er ihr, daß er Gustl kenne. „So ein braver Bub, Fräulein Marie! Ich hab’ ihn um Zigaretten geschickt. Er hat das Trinkgeld, was ich ihm geben wollt’, partout nicht annehmen wollen. Da hab’ ich ihn zum Sauschlachten eingeladen. Er ist auch

gekommen und hat sich die Weberei angeschaut – alles hat ihn interessiert. Hat er es Ihnen erzählt?"

Nein, Gustl hatte Marie nichts vom Besuch bei dem von ihr so gering geschätzten Weber erzählt. Sie hatte ja auch immer viel zu wenig Zeit für den Sohn. Zwar freute sie sich überaus, wenn er plötzlich, abgehetzt und müde, bei ihr auftauchte, doch ihr Arbeitstag mußte ja ohne Unterbrechung weitergehen. Darauf achtete die Wirtin.

Marie wurde in diesem Augenblick bewußt, daß Gustl sie in letzter Zeit eigentlich recht oft besucht hatte. „War denn der Gustl schon öfter bei Ihnen?" frage sie mißtrauisch.

Der Mann an ihrer Seite druckste herum. Schließlich gestand er, daß Gustl jedesmal wenn er zur Mutter kam, auch ihn besucht habe.

„Er kann schon weben", sagte Franz Lautner eifrig, „und einmal hat er den Webstuhl meiner Schwester ganz allein repariert. So ein geschickter Bursch ist mir noch nie begegnet."

Marie schwieg mürrisch. Was sollte sie dazu sagen? Versuchte der Weber, sie über den „Umweg" namens Gustl zu gewinnen?

Ohne es auch nur zu versuchen, zärtlich zu werden, verabschiedete sich der Weber an der Haustür.

Auf dem Flur erschrak sie – ein Schatten war neben ihr, strebte eilig ins Freie, während Marie erschrocken rief: „Wer ist da?" Sie sah nur noch undeutlich, daß ein Mannsbild ins Dunkel der Nacht rannte.

Im Haus war man wach geworden. Die Wirtin erschien in schmuddeliger Nachthaube, der Hausknecht in Barchentunterhosen – Hanni erschien nicht, weil sie nicht da war. Also konnte der Besucher auch kein Liebhaber der Kellnerin gewesen sein.

Die Wirtin hastete schimpfend in die Gaststube. Dort sah sie die Bescherung: alle Schubladen der Theke waren of-

fen und durchwühlt, die drei Schnapsflaschen vom Wandregal fehlten sowie ein silberner Pokal, den der Standschützenverein hier ausgestellt hatte.
Viel hatte der Einbrecher nicht erbeutet, denn das Bargeld verwahrte die Wirtin im Strohsack, wie es andere sorgsame Bürger auch taten. Marie stieg nach oben. Als sie die Kerze entzündete, schrie sie auf: Auch hier in der Dienstbotenkammer war der Kerl gewesen, hatte alles durchwühlt, sogar den Strohsack, und hatte Maries Reisetasche mitgenommen! In dieser Tasche aber bewahrte sie ihre Schuhe auf. Sie fiel aufs durchwühlte Bett und weinte. Ihre schönen Schuhe, alle ihre fünf Paar Schuhe waren weg, gestohlen! Sie hätte um ihr Bargeld, das die Kranzwirtin verwahrte, weniger geweint als um ihren Schuhschatz.
Da öffnete sich die Tür und Hanni trat herein. Was aber hielt sie in der Hand? Maries gefüllte Reisetasche, ihren Zehker. Hanni warf ihn mit Schwung aufs Bett und lachte: „Was krieg' ich als Finderlohn?"
„Was du willst", erwiderte Marie schwach.
Der Einbrecher war der heimkehrenden Hanni am Gartentor in den Weg gelaufen, hatte vor Schreck die Tasche fallenlassen und war, wie vom Teufel gejagt, davongerannt.
Marie öffnete die Tasche und sagte: „Welche Schuhe willst denn haben, Hanni? Deinen Finderlohn kriegst."
Hanni wählte mit schöner Selbstverständlichkeit die herrlichen Riemchenschuhe Mary McClains aus und erfuhr bei dieser Gelegenheit, wie Marie zu diesen Prachtschuhen gekommen war. „Hast denn du diese Miss auch schon einmal besucht?" fragte Hanni neugierig. Und damit war ein Stichwort gefallen.
Gustl wurde übrigens noch von Marie ins Gebet genommen. Er gab zu, gern bei Franz Lautner zu sein. „Er ist

ein guter Mensch, Mutter. Und er spielt so schön Geige."
„Ja, ja! Und säuft wie ein Rastelbinder. Laß dich von dem ja nicht zum Weintrinken verführen, Gustl, versprich es mir!"
Nein, Gustl rührte den angebotenen Hauswein nicht an. Nur die Webstühle, einer von ihnen war ein ganz neuer, interessierten ihn. Der neue – wie einfach war er zu handhaben, wie vollkommen im Weben! Daß unter Gustls Bubenhänden mit so wenig Mühe die kompliziertesten Bordüren entstanden, erschien dem schöpferisch veranlagten Buben wie ein Wunder. So entstand Gustls Berufswunsch: Ein Weber wollte er werden. Der Mutter zuliebe eine studierter Weber ...
Das Stichwort „Mary McClain" war also aus Hannis Mund gefallen. An einem sonnigen Februartag stand Marie vor der Villa in der Trazenberggasse in Hitzing. Es war von hier nicht weit zur berühmten Schratt-Villa, die der Kaiser der Gefährtin seiner einsamen Tage hatte bauen lassen.
Die McClain-Villa strahlte in frischem Schönbrunnergelb in der Vorfrühlingssonne. Im Vorgarten rechte ein Mann, wohl der Gärtner, den Rasen. Marie sprach ihn an und fragte nach Miss McClain. Der Alte zog die Taschenuhr. „Warten S' noch zehn Minuten, dann ist Besuchszeit", erwiderte er mürrisch.
Marie ging auf und ab, bis die zehn Minuten um waren. Dann öffnete der Mann das Gartentor, geleitete sie stumm zur Freitreppe und gab ihr zu verstehen, nicht am Klingelzug zu ziehen, sondern sich mit dem Türklopfer bemerkbar zu machen. Marie tat, wie ihr befohlen.
Ein hübsches Stubenmädel öffnete, betrachtete Marie neugierig und sagte: „Das gnä' Fräulein wird gleich kommen. Nehmen S' bittschön Platz."
Dann kam alles so, wie es Marie erhofft hatte. Mary um-

armte sie, erfuhr von Maries Tätigkeit in einem Grinzinger „Beisel“ und bot ihr sofort eine Stelle in ihrem Haus an. „Meiner Köchin wird das vielleicht nicht freudenreich sein, aber sie wird sich an Sie gewöhnen.“
Schon drei Tage später packte Marie ihre Sachen, schenkte der Wirtin den ihr, Marie, noch zustehenden Monatslohn, küßte Hanni – mit der Aufforderung, sie besuchen zu kommen, und ließ sich von dem redseligen Fiakerkutscher nach Hitzing fahren. Sie sah sich mit keinem Blick um ...

Miss Mary und ihre Liebhaber

Mary McClains Haushalt wurde im Grunde genommen viel zu aufwendig geführt. Da waren der Gärtner Martin, der Kutscher Wastl, der Hausdiener Stefan, die Gärtnersfrau Erna, die auch die grobe Arbeit im Haushalt machte, das Küchenmädel Tina, schließlich das Stubenmädel Fritzi und die Köchin Elischka.

Marie begegnete Elischka mit gemischten Gefühlen. Sie war eine große, mächtige, noch junge Person aus der Hannakei. Von dorther stammten die hervorragendsten Köchinnen der Monarchie. So stämmig und standhaft Elischka äußerlich wirkte, so sanft und empfindsam war ihr Gemüt. Das erkannte Marie schon bald. Es war Elischka zweifellos nicht „freudenreich", wie es die Hausfrau ausgedrückt hatte, Konkurrenz zu bekommen. Noch dazu durch so eine junge Person wie Marie.

Die Hausherrin, Miss Mary, zeigte sich selten in der Küche. So vergingen Wochen, ehe Miss Mary Elischka fragte, ob sich alles in ihrer Küche schön arrangiert habe.

Elischka wollte – wie Marie – zur sonntäglichen Messe gehen und stand auf dem Gartenweg in ihrer hannakischen Tracht vor Miss Mary: Vier Unterröcke bauschten sich unter dem dicht gefältelten, roten Überrock, der so kurz war, daß man Elischkas stramme Wadeln sehen konnte. Ihr recht hübsches, nur zu rundes Gesicht verschwand fast völlig in dem hochstehenden breiten Kragen, und die riesigen Ärmel ließen Elischkas ohnehin schon bedeutenden Umfang doppelt breit erscheinen.

Marie, einige Schritte vor ihr, hielt den Atem an, um zu hören, was ihre Konkurrentin vorbringen würde. Und sie hörte: „No, mächte ich bitte sagen, daß ich muß bis Heu-

ernte wieder ham nach Predlice und bin ich froh, daß haben S' gute neie Köchin gefunden, gnädige Miss Mary, kocht sich ni schlechter als meine Wenigkeit – nur a bißl zu notig, wenn mir is erlaubt zu sagen ..." Mehr konnte Marie nicht mithören. Schließlich mußte sie weitergehen, weil sie ja nicht ewig an ihrem Strumpfband herumbasteln konnte. Ihr war froh zumute. Ging Elischka, löste das alle Probleme.
Sie ging wirklich. Mit dem Fortgang dieser Köchin wurde Marie Herrschaftsköchin.
Sie „reorganisierte" das gesamte Küchenwesen. Wenn schon so viele, nach ihrer Meinung unnütze Esser mitgefüttert werden mußten, dann wenigstens auf möglichst sparsame Weise. Daß das Essen trotzdem schmeckte, versöhnte ihre Kostgänger. Marie hatte ja Kochrezepte von der sparsamen Anna Pilloni gesammelt, wie zum Beispiel „Erdäpfelplatzky".
Ganz von selbst, ohne Maries Zutun, wurde sie im Hause McClain „Frau Marie" und nicht mehr nur „Marie" genannt.
‚Wie die Toni', dachte Marie glücklich. Sie war am Ziel. Dieser Berufserfolg versöhnte Marie. Ihr gar nicht so kühles, festes Herz, das immer noch heimlich der romantischen Liebesepisode mit Karl Pilloni nachtrauerte, wurde allmählich ruhiger ...
Marie war dem Personal gegenüber freigebig mit ihren sonst streng gehüteten Kochrezepten. Das rechnete man ihr hoch an. Elischka hatte nie eines preisgegeben.
„Sie kochen besser als die Elischka, Frau Marie", sagte die Nawratil überzeugt.
Jeden Tag gab es eine „kräftige" Rindssuppe mit Einlage. Sie wurde aus Suppenfleisch gekocht. Das Fleisch kam nachher durch den Fleischwolf in Form von „Haschee" auf den Tisch. Gewürzt mit Pfeffer, Majoran und geröste-

ten Zwiebeln, gebunden mit nur wenig dunkler Einbrenn, gehörte das Haschee – besonders für zahnlose Alte – zu den beliebtesten österreichischen Gerichten. Was hätte man auch sonst mit dem vielen anfallenden zähen Suppenfleisch tun sollen?
Elischka hatte es dem Hund verfüttert, der davon feist und fett geworden war.
Als Miss Mary nach der ersten Monatsabrechnung die Sparsamkeit der Köchin überschwenglich lobte, war Marie sehr glücklich. Später erkannte sie, daß es Miss Mary recht gleichgültig war, was der Haushalt kostete – alles bezahlte ja das Onkelchen Klugmann.
Dem begegnete Marie nun jeden Nachmittag, wenn er zur Jause kam. Er war fülliger geworden, sein Gesicht strahlte Zufriedenheit aus – mehr als in Davos. Er wirkte nur bekümmert, wenn Miss Mary ohne ihn verreiste. Dann saß er im Wintergarten oder im Sommer im Lusthaus draußen, las unlustig die Zeitung und langweilte sich.
Er bat Marie anfangs des öfteren, ihm Gesellschaft zu leisten, doch da schützte sie gerade dann immer einen dringenden Gang, eine wichtige Arbeit vor, und so ließ er es wieder sein. Marie aber erinnerte sich an die Stunden im Salon des alten gnädigen Herrn Dingelreiter im Eden, an duftende Salben und sacht knisterndes Wohlwollen. Doch war sie nicht mehr das Tschaperl wie damals, sondern eine „gestandene" Herrschaftsköchin.
Marie ist auch wieder fromm geworden. Sie geht wieder allmorgendlich zur Frühmesse, wie damals als Dienstmädchen des Alois Fiedler. Sie betet jeden Morgen um Gottes Segen für ihr Glück und um seinen Schutz vor möglicher Unbill. Und nie vergißt sie, für Schwester Gottfriede und für die arme Seele des Alois Fiedler im Fegefeuer zu beten.
An ihn denkt sie jetzt öfter als früher; sie hat Zeit dazu.

Gustl ist ihr zwar äußerlich ähnlich, doch hat er, das erkennt Marie inzwischen immer mehr, ganz Alois' stilles, geduldiges Wesen. Nicht umsonst hatte jener Verbrecher bei seinem Ausbruchsversuch Alois als schwächstes Glied in der Sicherheitskette erkannt und ihm die Pistole entrissen – weil Alois gezögert hatte, rechtzeitig abzudrücken, als der Kerl auf ihn zustürzte. Der Gefängnisverwalter hatte Marie den Hergang genau erzählt, und seitdem fürchtet Marie, daß ihrem gleichgearteten Sohn ähnliches widerfahren könnte – nicht durch eine geladene Pistole, aber durch den bösen Willen seiner Mitmenschen.

Sie versucht, ihn in den wenigen Stunden des Beisammenseins vor der Schlechtigkeit der Welt zu warnen, ihn dagegen zu wappnen. Und sie weiß doch, daß dies wenig fruchtet: Gustl kann ebensowenig aus seiner geduldigen Haut wie Marie aus ihrer resolut-energischen. Sie kann nur eines, über ihres Sohnes Leben und Dasein wachen. Das empfindet sie als ihren wahren Lebenssinn …

Miss Mary hat in bezug auf Maries Kochkunst wenig Wünsche. Einer davon ist das englisch gebratene Beefsteak, das Marie auf die ihr bekannte Weise herstellt: Rindsfilet klopfen, pfeffern, salzen und rasch abbraten.

Fritzi berichtet Marie erschrocken: „Der Cooky frißt das Beefsteak, Frau Marie."

„Der Cooky?" Marie schätzt den kleinen langhaarigen, dummen Hund Miss Marys sowieso nicht. Wie kommt der zu ihrem Beefsteak? Miss Mary ißt zum Gabelfrühstück alltäglich das gewohnte Beefsteak – das heißt: Sie sollte es essen.

Als Fritzis Aufmerksamkeit auch an den darauffolgenden Tagen nicht entgeht, daß Cooky das Filetstück verzehrt, wird Marie klar, daß mit dem Gebratenen etwas nicht stimmt. Sie brät ein Stück für sich und merkt, daß es zwar

ziemlich zäh ist, doch genauso schmeckt, wie sie es gewohnt ist. Was ist also nicht in Ordnung?
Sie geht zu Miss Mary und erfährt von ihr zögernd: „Das Fleisch ist vielleicht zu wenig aufgehängt?“ Damit meint sie, es sei zu wenig „abgehangen“. Das aber ist es nicht. Ließe man es länger hängen, würde es stinken, ist Maries Überzeugung.
Sie grübelt einige Tage. Da sagt das schwächliche Küchenmädl Tina (fast alle Küchenmädel Wiens, mit denen Marie zu tun hatte, waren unterentwickelt, blutarm und demütig) in breitem Ottakringer-Wienerisch in ihrer schleppenden Sprechweise: „Frau Marie, könnt's net sein, daß die Elischka hat a bißl was anders g'macht mit die Beefsteak als wie Sie? I hab' amal g'sehn ...“
„No, was hast denn gesehen?“ fragt Marie begierig.
„I waaß net, i kumm net drauf, wos des wor. Aber irgendwos hats anders g'macht, die Elischka ...“
Zwei Tage später weiß es die kleine Tina: „Des Fleisch hat s' schon am Abend hergericht'. I waaß jetzt a wie. Geklopft hat sie's, und dann hats des Fleisch mit Öl eingestrichen, ganz dick.“
„Und gepfeffert und gesalzen hat sie es gleich oder erst vorm Braten?“ fragt Marie hastig.
„Dees waaß i net mehr. Aber dees mit dem Öl, dees waaß i g'wiß.“
Und siehe da, die langsame, kleine Tina rettet Maries Köchinnenehre. Das eine Nacht lang in Öl gelagerte Beefsteak ist nun saftig und nicht mehr zäh. Miss Mary ißt es befriedigt und sagt: „Jetzt hat der Fleischhauer Meixner seinen alten Ochsen endlich verkauft, und wir genießen einen jungen.“
Marie will sich ein Eislaufkostüm nähen lassen, denn im Haus Miss Marys hat sie Zeit und Lust, auch wieder zum Schlittschuhlaufen zu gehen. Sie weiß, wo die Haus-

schneiderin der Pillonis wohnt, und geht zu ihr. Fräulein Obermeier erkennt sie nicht sofort, doch dann sagt sie: „Ach ja, die Fräul'n Marie, der i die Rohseidenblus'n mit 18 Biesen genäht hab'. Schaun S', an die Blus'n hab' ich oft denkt – was wohl aus Eahner worden is? Wann i Sie so anschau, san S' no a bißl fescher wordn – i mein', um die Oberweiten herum. Wo sans S' denn jetzt, wann i fragen darf?"
Eigentlich hatte Marie die Absicht gehabt, Fräulein Obermeier über die Pillonis auszufragen. Aber sie erzählt zunächst von ihrem jetzigen Wirkungskreis.
„Bei uns verkehren die besten Herrschaften, von denen oft was in der Zeitung steht. Und jedes Jahr fahren wir zur Saison nach Bad Ischl. Dort beziehen wir eine Etage im ‚Kronprinz', das ist das zweitbeste Hotel dort ..."
Während des Gesprächs ermittelt die Schneiderin Maries neue Oberweite und schnalzt anerkennend mit der Zunge, als sie die Taille mißt. „A Figürl ham S'", sagt sie anerkennend – „das ist schon was anderes als die Taillenweite vom Fräulein Pilloni."
Jetzt ist es soweit – bereitwillig erzählt die Obermeier, was es bei den Pillonigeschwistern Neues gibt: Anna habe noch mindestens vier Kilo zugenommen. Heirat sei keine in Sicht, auch keine des Bruders. Marie fragt beiläufig: „Haben S' denn für die Geschiedene vom Herrn Karl auch genäht?"
„Für die? Die hat sich ihre Garderob' in Paris gekauft, für die war eine Wiener Hausschneiderin net gut genug ..."
Und Fräulein Obermeier erzählt mit so einem Wortschwall, als bekäme sie von Marie ein mächtiges Trinkgeld: Jene Dame habe eine Reiseleidenschaft – nicht nur nach Paris. Und von einer dieser Reisen sei sie dann halt nicht mehr heimgekehrt. Sie habe jemanden gefunden, der ihr Besseres bieten könne als der gutmütige, brave Karl ...

„Sagn S', Fräulein Marie, hat Sie der Herr Pilloni wirklich heiraten woll'n?" fragt die Schneiderin schließlich in gequetschten Tönen, weil sie den Mund voll Stecknadeln hat (Spennadeln sagt man in Wien), um ein Schnittmuster auszuprobieren.
„Ja", sagt Marie schnell. „Machen S' das Kostüm um die Taille net zu eng. I muß mi drin bewegen können." Marie spricht nun auch unverfälschten Wiener Dialekt, wenn sie will, jedoch nie mit „Höhergestellten".
Das Kostüm fällt zu Maries Zufriedenheit aus. Es ist eisblau, hat einen Besatz aus weißem Kaninchenfell am Rocksaum, der den oberen Rand der Stiefelette sehen läßt. Fräulein Obermeier fragt: „Ist er net zu kurz? Verlängern kann i'n Eahna net mehr, wegen dem Pelzbesatz, wissen S'." Doch Marie beharrt auf ihrem sportlich „kurzen" Rock.
Auf dem Eisplatz sieht sie sich vergeblich nach den Kempeny-Mädeln um. Sie ist enttäuscht. Mit Cilli hat sie sich immer gut verstanden, und Cilli war es auch, die den Gustl und die Kranzwirtin aufsuchte und Marie grüßen ließ ...
Marie läuft solo über das Eis, geschickt, sehr geschickt. Sie macht es den anderen Eisläufern nach und probiert Figuren aus. Bald kann sie es. Ihre Schlittschuhe kratzen Kreise, Schlingen und Schleifen in die glitzernde Fläche, bald so exakt, daß man auf sie aufmerksam wird. Auch ein Herr Schinagl. Noch am gleichen Tag berichtet er dem Oberleutnant Hanstein: „Du, dein ehemaliges Pupperl – wie hat s' doch geheißen? –, die hab' ich heut auf dem Eislaufplatz gesehen, wo sie sich produziert hat. Net schlecht, sag' ich dir, wirklich net schlecht –"

Marie war ihrem Wesen nach ein dankbarer Mensch. So schwer es ihr fiel, Menschen zu vergeben, die ihr Unrecht getan hatten, so sehr war sie denen, die gut zu ihr waren, lebenslang verbunden. Dem alten gnädigen Herrn, dem Herrn Sedlatschek, dem Portier des Eden, und Hanna gegenüber empfand sie tiefe Dankbarkeit. Von Hitzing aus war es nicht weit zum Eden. Marie und Hanna besuchten einander, und sogar Herr Sedlatschek fand den Weg in die Villenstraße von Hitzing. Marie sonnte sich in seinem Staunen, als sie ihm ihr Reich zeigte.

„Jessas“, sagte er, „hast du’s aber gut getroffen, Mariedl!“

„Verschrein S’ es nicht, Herr Sedlatschek. Denken S’ an damals – Sie wissen schon, wie ich als Engerl gegangen bin. Das haben Sie gesagt – ich hab’s nicht vergessen –, ich sei halt ein Engel mit schwarzen Flügerln. Das war ich leider auch, bis jetzt. Wenn ich gemeint hab’, ich bin im Himmel, kam immer was und hat mich wieder abidruckt.“

„Ja, ja“, murmelte Herr Sedlatschek, „es war schon manchmal grad’ kurios, das – das ...“

„Das Pech, das ich g’habt hab’, sagen Sie’s nur. Aber vielleicht hat sich’s jetzt endlich ausgepecht bei mir. Zeit wär’s.“

„Und gönnen tät’ ich’s dir, Marie“, sagte Herr Sedlatschek, so wie man in der Kirche ein „Amen“ spricht.

Einige Tage nach Herrn Sedlatscheks Besuch tauchte unverhofft und „außer der Zeit“ Hanna auf. Sie war schwarz gekleidet und Marie erriet, was Hanna ihr bringen wollte: die Parte vom Ableben des alten gnädigen Herrn.

„Es ist so schnell mit ihm gegangen“, seufzte sie. „Gestern hat er noch eine doppelte Portion Saftgulasch gegessen, und heut in der Früh liegt er tot im Bett! Die Gnädige hat mich zu dir geschickt.“ Darüber wunderte sich Marie. Zwischen ihr und Elsa Dingelreiter hatte immer ein kühles Verhältnis bestanden.

„Ich komm’ dich am Donnerstag zum Begräbnis abholen“, versprach Hanna.

Marie war bedrückt. Sie hatte, seit sie bei Miss Mary war, Herrn Dingelreiter öfter besucht. Er war schon recht hinfällig gewesen, hatte sich aber sichtlich gefreut, sie zu sehen. Sein Geist war noch klar gewesen. Er hat mit ihr über das gesprochen, was er aus den Zeitungen erfuhr – über die Politik, die unruhigen Zeiten, den Fortschritt, der allenthalben im alten Wien zerstörte, was Herr Dingelreiter liebte. Und er hatte ihr auch erklärt, was eine „Loge" sei, jener sonderbare Verein, in dem Karl Pilloni und wohl auch Herr Pradel Mitglied waren.

Marie begriff nicht alles. Da handelte es sich bei diesem „Verein" um einen Geheimbund. Die Zugehörigkeit zu diesem verschwieg man den Außenstehenden. „Freimaurer" hießen diese Leute, und sie waren unter der Leitung eines Großmeisters zusammengeschlossen. Es gab unter ihnen drei Grade: Meister, Gesellen und Lehrlinge.

‚Was mochte Karl Pilloni wohl gewesen sein? Er war eigentlich noch jung, vermutlich also ein Geselle', überlegte Marie. Das Judentum, hatte Herr Dingelreiter gesagt, spiele eine Hauptrolle bei den Freimaurern. ‚Aha, vielleicht war auch Dr. Adler dabei?' Das, wovon er so gern sprach, etwa von Menschenrechten und Gleichberechtigung, das war offenbar auch etwas Grundsätzliches in der Freimaurerei.

‚Schön wär's', dachte Marie mit ihrem klaren Köchinnenverstand, ‚aber erreichen werden sie so etwas nie.' Ein Huhn ist kein Hahn, der kleine Cooky nicht der Bernhardiner von Herrn Lewy, dem Nachbarn, Marie war keine Miss Mary, Herr Sedlatschek oder Herr Dingelreiter nicht der Kaiser Franz Josef – Unterschiede hat's immer gegeben, schon zu unseres Herrn Jesu Zeiten. Das ist vom lieben Gott so gewollt und in Geboten festgelegt. Daran können auch die Freimaurer – Millionen sollen es sein –

nichts ändern. Das war Maries Meinung. Herr Dingelreiter hatte den Kopf gewiegt: „Eine Weltregierung möchten s' halt einrichten, bei der alle Bewohner der Welt gleiche Rechte haben sollen. Die Indianer wie die Weißen, die Neger wie die andern Rassen – alle gleich, ganz gleich. Hier in Wien heißen die Freimaurer Schlaraffen, und die sind gegen den Kaiser und gegen die Monarchie."
„Nein", rief Marie erschrocken, „doch nicht auch unser Herr Karl!"
„Marie, was wissen wir über unsere lieben Mitmenschen? Umsonst machen die Freimaurer kein solches Geheimnis aus ihrer Zugehörigkeit zur Loge. Ich weiß Bescheid. Auch bei uns im Eden haben sich die Herren manchmal getroffen. Alle hatten sie unterm Rockaufschlag ein winziges, silbernes Winkelmaß – eines ihrer Zeichen."
„Aber der Herr Karl nicht, bestimmt nicht. Das müßt' ich doch wissen. Ich hab' –" Marie stockte. Natürlich konnte Karl Pilloni das Winkelmaß abgenommen haben, bevor sie in die Wachau fuhren.

Guter, weiser, gnädiger Herr! Jetzt lag er aufgebahrt in der Totenkapelle des Lainzer Friedhofes, und Marie stand vor seinem Sarg. Die Kerzen beleuchteten das vertraute Gesicht, das zwar wachsbleich, aber doch noch so war, wie Marie es vom letzten Besuch her noch in Erinnerung hatte.
„O Herr, gib ihm die ewige Ruhe, und das ewige Licht leuchte ihm", seufzte sie.
Der schmale, lange Lainzer Friedhof war voller Trauernder. Elsa Dingelreiter stand groß und stattlich neben dem offenen Grab. Als Marie ihr – tränenden Auges – die Hand drückte, traf sie ein feindseliger Blick. Einige Tage später erfuhr Marie den Grund: Der gnädige Herr hatte

ihr fünfhundert Gulden vermacht – so stand es in seinem Testament. Und Marie wunderte sich über all das Glück, das ihr widerfuhr.
Sie schrieb in ihr Koch-Tagebuch:

„Es ist mir oft bange, weil es mir so gut geht. Wenn ich morgens in der Lainzer Kirche sitze, denke ich oft: Wie lange noch? Wenn man das nur wüßte, damit es einen nicht immer so unverhofft trifft. Ich habe gestern an Schwester Leonarda in der Besserungsanstalt geschrieben. Jetzt habe ich zu allem viel Zeit, denn die Tina ist nicht mehr so langsam wie früher. Ich war auch im Mai in Tattenitz zum Nachschauen. Aber es geht alles ganz gut. Jetzt wohnt eine Enkelin bei der Binderin, die schaut auf alles. Der Vorsteher hat mir geraten, mein Eigentum zu verkaufen, es wäre jemand da, der es möchte. Aber es soll alles für den Gustl bleiben. Er kann später machen, was er will. Wenn er ausstudiert hat, wird er ja Geld brauchen ..."

Ein Wermutstropfen in Maries glücklichem Leben war, daß Hanna von Wien fortging. Es stellte sich heraus, daß sie schon jahrelang einen Verehrer hatte, den verwitweten Eisenbahner Johann Kaspar, beheimatet in Schönberg in Nordmähren. Zu ihm zog sie nun, da im Eden nach dem Tod des alten Herrn vieles anders wurde.
„Aber ich komme dich besuchen", versprach Hanna der traurigen Marie, und sie hielt ihr Versprechen, da sie ja als Eisenbahnersgattin auf der Bahn Freifahrten bekam.

Den Sinn für Dankbarkeit hat wohl Marie ihrem Gustl vererbt, denn Gustl geht immer noch gern zwei Fußstunden hinüber nach Grinzing, um den Webereiinhaber

Lautner zu besuchen, eine Schale Kaffee zu trinken, am Webstuhl zu sitzen und das „Tschilika-tschilika“ des Arbeitsgeräusches zu hören, das Marie so mißfiel. Sie hatte immer gesagt: „Davon muß ein normaler Mensch ja taub werden.“

„Heut wirst staunen“, sagt der Weber, „wart nur, bis es dunkel wird.“ Als es soweit ist, geht er zu einem Schalter, und ein Licht flammt auf – von einer Sekunde zur anderen, ein elektrisches Licht, eine grellstrahlende Glühbirne!

„Ah geh, so was!“ ruft Gustl begeistert. „Jetzt haben Sie auch schon elektrisches Licht!“

Und der fortschrittliche Webereiinhaber sagt stolz: „Ich bin der erste Private in Grinzing, der das Elektrische hat. Die andern haben alle Angst, daß es den Blitz anzieht – ich nicht. Dabei geht die elektrische Drahtleitung direkt an Grinzing vorbei, es könnte jeder das neue Licht haben. Ich sag' dir, Gustl, das ist das Licht der Zukunft.“ Und verliebt starrt Herr Lautner in die grell leuchtende Glühbirne, nimmt seine Geige und spielt sinnigerweise das Glühwürmchenlied: „Glühwürmchen, Glühwürmchen flimmere ...“

Gustl, der seiner Mutter bisher von den Grinzinger Ausflügen nichts erzählt hat, berichtet ihr schließlich doch vom leuchtenden Fortschritt im Weberhaus.

Marie erwidert kühl: „Wir bekommen in sechs Wochen auch das neue Licht, obgleich unser Gaslicht keine Spur schlechter ist – und weniger gefährlich, denn das Gaslicht zieht den Blitz bestimmt nicht an.“

Miss Mary, davon sind die Dienstboten in ihrem Haus überzeugt, hat drei Liebhaber: das Onkelchen Harry Klugmann, Major Brown, einen Engländer, und einen dritten, den niemand kennt, obgleich man ihn schon des öfteren gesehen hat – als Schatten sozusagen, denn er hat

das Haus noch nie in Gegenwart eines Bediensteten betreten. Er begleitet Miss Mary stets nur bis ans Gartenportal und entzieht sich dort sehr schnell den neugierigen Blicken des Personals. Im Sommer trägt der Fremde einen weißen Anzug, sonst einen dunkelblauen. Er raucht Pfeife und wird deshalb von Marie „Mister Pfeifendeckel" genannt.
Miss Mary führt ein großes Haus. Täglich sind Gäste zu bewirten – Gäste mannigfaltiger Herkunft, Ausländer, aber auch prominente Wiener. Ein Herr Kempeny ist unter ihnen, aber ob er verwandt ist mit „ihren" Kempenys, weiß Marie nicht. Miss Marys Herr von Kempeny ist ein hoher Beamter in der k. u. k. Verwaltung der Monarchie. Und Maries klarer Verstand glaubt zu erkennen, warum sich Miss Mary seinerzeit um Cäcilie Kempeny bemüht hatte – vermutlich hatte sie geglaubt, Cäcilie sei mit diesem Herrn von Kempeny nah verwandt und vielleicht seine Frau gewesen.
In Herrn von Kempenys Begleitung ist stets Herr von Koerber, ein Bruder des Ministerpräsidenten Ernest von Koerber. Das Steckenpferd der beiden Herren ist der Tunnelbau durch die Alpen, und Marie hört im Kabinett nebenan manchmal fasziniert zu, was den Köpfen dieser Leute entspringt. Major Brown – immer in Zivil – spielt wohl eine wichtige Rolle bei diesen Projekten, vermutlich im Zusammenhang mit der Lieferung von Maschinen, wie sie in England zu haben sind …
Miss Mary fungiert bei diesen Gesprächen als Dolmetscherin. Im Augenblick lernt sie Tschechisch, und Marie staunt, daß sie diese gar nicht so einfache Sprache in wenigen Monaten beherrscht.
„Wieso haben Sie denn Tschechisch gelernt?" fragt Marie, weil sie selbst daheim oft mit Tschechen zusammengekommen war.

„Wenn ich eine Sprache der fremden Menschen spreche, so kann ich diese Leute auch fein verstehen", sagt Miss Mary. „Ich möchte die Tschechen verstehen. Ein kleines Volk, ein stolzes Volk und immer gleich so aufgeregt mit einem so großen Mund ..."
Miss Mary weist mit den Händen auf ein großes Schlappmaul hin. „Aber ich liebe sie."

Gustls Weg

Das neue Jahr 1907 wird auch im Haus Mary McClains lautstark gefeiert. Aus dem Orchestrion quäkt Musik, Sektpfropfen knallen. Singen, Lachen. Marie, Tina und der Lohndiener sind bemüht, die Gästeschar zufriedenzustellen.
Auch Gustl ist unter den Eingeladenen, doch er zieht sich zurück, sitzt allein in Maries Zimmer auf ihrem Bett.
„Ja, da bist du ja“, sagt Marie atemlos, „und ich such’ dich schon überall. Gefällt’s dir denn nicht bei uns?“
Marie sagt „bei uns“, und Gustl spürt, wie sehr seine Mutter Teil dieses vornehmen Hauses, Teil dieser Gesellschaft geworden ist. Er, ihr Sohn, aufgewachsen in der Obhut einer einfachen Gastwirtin in einem wenig vornehmen Wiener Bezirk, fühlt sich hier fremd. Zögernd sagt er: „Ich mach’ mir Sorgen um die Tante.“ Er nennt die Kranzwirtin so. „Es geht ihr nicht gut, Mutter. Ich muß deshalb auch gleich nach Hause.“
Er sagt „nach Hause“, und Marie ist gekränkt, daß ihr Bub sein Zuhause bei einer anderen Frau hat. Aber schließlich ist es doch auch Maries Schuld, daß er nicht bei seiner Mutter aufwachsen konnte.
„Es ist ihr schon öfter schlecht gegangen. Sie rappelt sich schon wieder auf. Bleib doch noch eine Weile, Gustl.“
Doch die Kranzwirtin rappelt sich nicht mehr auf. Sie stirbt zwei Tage nach dieser Sylvesternacht, und Gustl steht weinend an ihrem Grab. Auch Marie hat Tränen in den Augen, aber sie trocknen schnell. Insgeheim ist sie auf die Verstorbene eifersüchtig gewesen, hat ihre scharfe Zunge gefürchtet – und weiß doch, daß sie ihr dankbar sein sollte …

Marie hofft mit großer Selbstverständlichkeit, daß Miss Mary Gustl einladen werde, nunmehr in ihr Haus zu ziehen – doch so weit geht Miss Marys soziales Verständnis nicht. Marie fühlt sich gedemütigt und gekränkt und grollt ihrer Dienstherrin. So soll Gustl zu Hanna kommen, die auf einem Bauernhof in Hermesdorf bei Schönberg eine kleine Wohnung hat ...

Maries Tagebuchnotizen merkt man schon seit Jahren an, daß sie – mit moralischen Anmerkungen gewürzt – im Hinblick darauf geschrieben wurden, daß Gustl sie einmal liest. So schreibt sie:

> „... es ist immer schon meine Meinung, daß man im Leben nichts geschenkt bekommt. Jetzt muß ich wieder einmal bezahlen, denn durch den Tod der Kranzwirtin hat mein Sohn keine Herberge mehr und wird zu meiner Freundin Hanna Kaspar übersiedeln müssen. Das fällt mir sehr schwer, denn er wird nun weit von mir fort sein. Ich kann nur für ihn beten, damit er nicht auf mich vergißt ..."

Warum Marie für Gustl keinen Logierplatz in Wien suchte, wissen wir nicht. Vermutlich wollte sie ihn in den treuen Händen Hannas wissen und nicht in der Obhut einer ihr fremden Person.
Marie begleitet Gustl nach Schönberg und hat dabei die Absicht, ihm auch ihren Besitz in Tattenitz zu zeigen.
Das Schneiderhäusel macht jetzt schon von außen einen gepflegten Eindruck. Auch die Stuben sind in bester Ordnung, frisch geweißt, mit blanken Fensterscheiben, weiß gescheuerten Fußbodenbrettern, einem sauber geputzten Herd.
An dem steht ein bildhübsches Mädchen, Loisi, die Enke-

lin der Binderleute, und sieht verlegen Mutter und Sohn entgegen. Beim Kaffee lobt Marie den Kuchen, den Loisi gebacken hat, lobt die Ordnung in Haus, Hof und Stall – nicht ohne Gustl später zuzuflüstern: „Die haben wohl vorher gewußt, daß wir heute kommen. Voriges Jahr haben sie hier in der Stube Erdäpfel sortiert."
Loisi hat für den Wiener Besuch die obere Kammer gerichtet. Die dicken Federbetten sind mit gebleichter Bettwäsche bezogen, am winzigen Fenster bauscht sich ein weißer Leinenvorhang, durchs offene Fenster strömt Maienluft.
Gustl sieht vom Fenster aus in den Hof, an dessen Brunnen das Mädchen Loisi jetzt Wasser pumpt. Er springt hinunter und hilft ihr, die schweren Kübel ins Haus zu tragen.
Als Marie die Küche betritt, stehen die beiden zusammen und unterhalten sich. Gustl hat rote Ohren, ein glückliches Strahlen im Gesicht, Loisi wirkt verlegen.
Marie sagt hastig: „Komm, wir schauen uns jetzt die Äkker an."
Dann gehen die beiden durch den frühsommerlichen Maiennachmittag über die Felder. Üppig steht die Saat, der Himmel wölbt sich blau bis zur Hügelkette der fernen Höhen. Gustl wagt es nicht, nach der Hand der Mutter zu greifen, obgleich er es gern tun würde.
Er sagt: „Mutter, hier ist es so schön."
„Ja", erwidert Marie mürrisch, „im Mai. Da ist's überall schön. Aber im Herbst, wenn hier der Weg so grundlos ist, daß man im Dreck versinkt, da tät's dir wenig gefallen. Hier ist's nur als Sommerfrische schön."
An einem Wegkreuz bleibt Marie stehen. Sie zeigt auf einen Baum. „Da hab' ich immer die Ziege angebunden, wenn ich in Ruh' hab' beten wollen. Sonst hätt' sie sofort das Blumenstöckel abgefressen. Es steht immer noch eins da, schau."
Unterhalb der Füße des Gekreuzigten ist ein kleines Brett

befestigt, auf dem eine üppige, rotblühende Geranie steht. Marie bekreuzigt sich und betet.
„Kehren wir jetzt wieder um?“ fragt Gustl beiläufig.
„Zieht’s dich zur Loisi?“ fragt Marie spitz zurück. Sie bedauert, daß sie Gustl hierher mitgenommen hat. Sie hätte Tattenitz auch allein auf dem Rückweg besuchen können. Ihr kundiges Mutterauge erkennt: Gustl ist im Begriff, sich in die „Bauerntrutschn“ zu verlieben. Du lieber Himmel, nur das nicht!

Hanna begrüßt die Freundin und deren Sohn mit großer, ehrlicher Freude.
„Warum hast denn nicht in der Stadt Quartier genommen, Hanna?“ kritisiert Marie. „Hier draußen ist’s doch unbequem.“
„Marie, ich fühl’ mich hier wohler als in der Stadt. Es ist wie daheim.“
Und ein zweites Mal schwärmt man in diesen letzten Tagen Marie vom Landleben vor: „Weißt, Marie, als Kleinmagd war ich auf einem großen Hof. Wir haben zu zweit in einem Bett geschlafen, einem richtigen Bett, nicht nur auf dem Strohsack, wo einem die Mäus’ in der Nacht übers Gesicht rennen. Und einen Wecker hatten wir sogar auch. Den haben wir uns auf drei Uhr gestellt. Wenn er gerasselt hat, haben wir gelacht und uns gefreut, daß wir noch zwei Stunden länger schlafen konnten ... Wir haben immer etwas zum Lachen gehabt. Heutzutage ist es lang nimmer so lustig auf der Welt.“
In Marie dämmert die Erinnerung an ihr eigenes Jungsein, und ihr scheint, als hätte sie damals, als Ziegenhirtin, auch Grund und Lust zum Lachen gehabt. „Mag schon sein“, sagt sie ungewohnt sanft, „wenn man jung ist, findet man die ganze Welt lustig. Wenn man älter wird, vergeht einem das Lachen.“

Später sieht Marie eine junge Frau mit schwerem Leib – bestimmt schon im achten Monat – einen Futtereimer schleppen. Das Kopftuch bedeckt halb das Gesicht, ein fleckiges, gerötetes, müdes Gesicht. Ein Kind hängt an ihrem Rockzipfel, ein weiteres liegt in einem alten Kinderwagen unter einem Pflaumenbaum, von Fliegen umschwärmt. Marie scheucht die Plagegeister weg. Sie denkt: ‚So wär's mir auch ergangen, wenn ich im Dorf geblieben wäre.'
Die junge Bäuerin tritt heran: „Er ist erst ein Jahr alt", sagt sie stolz, „und schaut schon aus wie ein Zweijähriger."
Marie bestätigt das höflich. Es ist wirklich ein hübsches, dickes Kind.
„Wir sind froh", lächelt die Bäuerin, „daß jetzt Ihr Sohn auf den Hof kommt." Und vertraulich fügt sie hinzu: „Das Meine", sie klopft auf ihren Leib, „kommt grad' zum Heumachen. Da kann uns Ihr Sohn ein bissel helfen." Sie blickt Gustl, der neben der Mutter steht, erwartungsvoll an.
Marie erwidert mit heller Stimme: „Mein Sohn wird hier in die Webschule gehen. Er muß studieren. Zum Heumachen werden Sie wohl jemand anderen suchen müssen."
Gustl schaltet sich verlegen ein: „Das geht schon, Mutter. Das bißl Heumachen kann ich schon noch nebenbei machen."
Später redet Marie eindringlich auf Hanna ein: „Schau drauf, daß er immer fleißig ist, daß er nicht herumflaniert. Deshalb hab' ich ihn dir ja gebracht – sonst hätt' ich ihn gleich in Wien lassen können. Und über Nacht darf er nicht fortbleiben, hörst! Auf meinem Eigentum in Tattenitz da wohnt ein Mädel, das den Gustl empfangen möcht'. Paß ja auf, daß er nicht dorthin fährt."
Marie kommt nicht zu Bewußtsein, daß sie nun selbst das tut, was ihr einmal durch Anna Pilloni widerfahren ist – sie zerstört eine aufkeimende Liebe.

Marie fädelt gerade Bohnen ab, als Miss Mary, was selten geschieht, in der Küche auftaucht.
„Frau Marie, haben Sie erblickt den schönen Tag? Ich möchte mit Ihnen un peu spazierengehen. Kommen Sie."
‚Nichts lieber als das', denkt Marie und eilt, um sich umzuziehen. Längst ist das geliebte grüne Samtkostüm ausrangiert. Die freigebige Miss Mary hat es durch ihre abgelegte, nicht mehr ganz neumodische, aber doch noch elegante Garderobe ersetzt. Jetzt gehen die beiden – wie Zwillingsschwestern – durch den Lainzer Tierpark.
„Warten Sie hier auf dieser sauberen Bank", sagt Miss Mary, „ich werde Sie bald wieder zurückholen."
Auf der Bank liegt kein Herbstlaub, deshalb die Definition „saubere" Bank. Marie sieht Miss Mary nach, wie sie geschwind auf ihren Stöckelschuhen davoneilt. Unter ihren Füßen rascheln die welken Blätter. Marie fröstelt schon, als Miss Mary endlich wieder auftaucht. Wo war sie inzwischen eigentlich?
Diese Spaziergänge zu zweit wiederholen sich nun. Harry Klugmann sieht den beiden jungen Frauen betrübt nach. Marie merkt natürlich, daß sie wieder, wie damals in Davos, als Alibi mitgenommen wird. Einmal geht sie Miss Mary nach, die im Park im Barometer-Pavillon verschwindet. Marie stellt fest, daß Miss Mary sich mit einem Herrn unterhält. Siehe da, es ist der Mister Pfeifendeckel, den man schon lange nicht mehr am Gartentor der Villa gesehen hat.
Marie pirscht sich heran, aber sie kann nichts verstehen, weil man Englisch spricht.
An dieses Vorkommnis erinnert sich Marie, als man Jahre später Miss Mary – allerdings ohne konkretes Ergebnis – der Spionage für ihr Land beschuldigt. Marie zieht sich wieder auf den Nebenweg zurück. Keinen Moment zu früh, denn schon taucht Miss Mary auf und sagt: „Tum-

meln wir uns, Frau Marie, ich hab' nasse Füße, und Onkelchen wird auf meine Ankunft warten."
Das tut Onkelchen immer – warten auf Miss Mary. Er tut es geduldig, eben mit der Geduld eines nicht ganz Gesunden. Seine Tuberkulose macht ihm zwar wenig zu schaffen, doch lähmt sie seine Lebensfreude.
Marie ordnet einen Strauß Rosen. Das ist zwar die Aufgabe des Stubenmädels Fritzi, aber die stellt die Rosen immer so lieblos in die Meißner Vase, daß sie wie ein Reiserbesen emporstehen. Fritzi blickt kritisch, als Marie die Hälfte der Rosen beiseite legt und den Rest lose zwischen den Rispen des Asparagus ordnet.
„Und die andern Rosen?"
„Die nehm' ich mit in die Sakristei", sagt Marie ungehalten, „hast was dagegen?"
Da kommt Tina in die Küche.
„Besuch ist für Sie oben, Frau Marie."
„Was für einer?"
„Ein Offizier. Sehr fesch. Er wartet in der Halle."
‚Otto Hanstein!' denkt Marie.
Dann sitzt sie in der düsteren Halle ihrem früheren Geliebten gegenüber. Sie weiß schon, warum sie Otfried nicht weiterbittet, obgleich Miss Mary nicht daheim ist und ihr der Salon zur Verfügung stünde. Das rötliche, sanfte Licht, das durch das große Fenster der Halle fällt, läßt die Gesichter weicher und jünger erscheinen. Da sagt Otfried auch schon: „Marie, du bist ja noch schöner geworden! Und es geht dir gut? Ich soll dir Grüße von meinen Schwestern bestellen. Wir suchen schon lange nach einer Stütze im Haus. Ach, Marie, könntest du nicht wieder zu uns kommen? Ich wär' so glücklich darüber."
Ein paar Herzschläge lang zögert Marie, kostet den kleinen Triumph aus, von Otfried immer noch begehrt zu werden. Begehrt – doch nicht geheiratet. Seit Karl Pilloni,

ein Herr, dazu bereit gewesen war – es war ja nur seine Schwester Anna gewesen, die das verhindert hatte –, ist Maries Selbstbewußtsein gewachsen. Sie erwidert deshalb spitz: „Was glaubst du, wie viele Posten ich schon hätte haben können in der Art, wie du es meinst! Und ich möcht' nicht wissen, wie viele Stubenmadln und Köchinnen in Wien ein Techtelmechtel mit ihrem Dienstherrn haben. Aber ich? Ich taug' dazu net. Und du doch auch net, Otfried. Mich wundert, daß du immer noch ledig bist."
So hatte sich Otfried Hanstein den Verlauf des Gesprächs nicht vorgestellt. Er sagt: „Daß du mich so etwas fragst, Marie! Vielleicht geht mir halt die eine nicht aus dem Kopf. Lang genug kenn' ich sie ja schon. Ach, Marie, denkst denn gar nimmer an früher? An die alte Kapelle in Lainz? An ..."
Er zählt die Plätze auf, an die sich Erinnerungen knüpfen – Erinnerungen, an die Marie nicht mehr denkt, nicht mehr denken will. Was war sie doch für ein Tschaperl, als sie mit diesem noch immer gut aussehenden Herrn Offizier zwischen dem Gerümpel der aufgelassenen alten Kapelle kleine Zärtlichkeiten tauschte – Zärtlichkeiten, die beiden genügten. Ihre Stimmung wird weicher. Er gehört ja doch zu ihrem Leben, zu ihrer schweren Jugend, die sich durch ihn leichter hatte ertragen lassen. Aber die weiche Stimmung verfliegt, als er beschwörend weiterredet: „Ich richte dir ein schönes Zimmer ein, Marie – nicht in unserem Haus, aber nicht sehr weit von ihm. Dort wären wir ungestört. Willst du?"
„Nein", sagt sie ruhig, „lieber Otfried, wenn du mich das damals in Grinzing gefragt hättest, als es mir so miserabel ging, da hätt' ich mit Freuden ja gesagt. Aber heute? Heut ist es zu spät."
Sie sagt das mit solcher Bestimmtheit, daß Otfried auf-

steht. Er setzt die Offiziersmütze auf, verneigt sich vor ihr, küßt die Hand, die sie ihm zum Handschlag entgegenstreckt, und geht. Marie sieht ihm vom Fenster aus nach, wie er, in den Schultern leicht vorgeneigt, mit dem langen Säbel unter dem Mantel, der im Gehen bei jedem Schritt mitschwingt, über den Kiesweg davongeht.
Da ruft Miss Mary, die eben heimgekehrt ist: „O Marie, wie es duftet! Es wird Vanillebuchterl geben? Oh, ich liebe sie!“
Vermutlich hat Miss McClain mit der Liebeserklärung das Backwerk gemeint, aber der Doppelsinn tut Marie wohl.

Später, als Fritzi nach dem Servieren in die Küche kommt, weiß Marie, daß nicht sie, sondern die duftigen Vanillebuchterln Miß Mary zu der schmeichelhaften Feststellung veranlaßten.
„Alle hat s' zsammgessen“, brummt Fritzi, die sich schon auf das eventuell zurückbleibende Buchterl gefreut hat.

Glückliche Wiederbegegnung

Wieder kommt der Frühling in die große Wienerstadt und läßt sein blaues Band lustig flattern. Im Garten – für Miß Mary ist es der Park – blühen in dem noch bräunlichen Rasen die Schneeglöckchen, und Tina singt in der Küche: „Der Mai ist gekommen, die Bäume schlagen aus“.

„Paß auf, daß sie dich nicht treffen“, macht Marie den alten Witz. Aber ihr selbst ist auch frühlingshaft zumute. Sie denkt an ihren erlebten Traum in der Wachau – an den Traum, in dem sie mit Karl Pilloni am Donauufer spazierenging und er ihr ein paar Vergißmeinnichtchen gepflückt und überreicht hatte: „Als Symbol unserer Liebe!“

Diese Gedanken haben einen Hintergrund: Letzten Sonntag war Herr Sedlatschek aus dem Eden unverhofft in der Villa McClain aufgetaucht, hatte Marie zu sprechen begehrt. „Ja, der liebe Herr Sedlatschek!“ hatte ihn Marie, ehrlich erfreut, begrüßt. „Kommen S’ doch weiter, kommen S’ nur!“ Irgendwie machte der Portier einen zufriedenen, ja fröhlichen Eindruck. Das paßte allerdings nicht so recht zu seiner Trauerbotschaft: „Mariedel, das wirst bestimmt noch net wissen: Das Fräul’n Pilloni, also dem Herrn Pilloni seine Schwester, die haben s’ am Freitag begraben. Ich hab’s zufällig in der Zeitung gelesen.“

„Gott schenke ihr die ewige Ruhe“, erwiderte Marie nur mäßig bedauernd. Schließlich war es Fräulein Anna Pilloni, die Maries Liebesglück so ein rasches Ende gesetzt hatte. Maries Eitelkeit gaukelte ihr ja immer noch vor, hätte es damals Karls Schwester nicht gegeben, hätte er sie geheiratet. Da sagte auch schon Herr Sedlatschek:

„Weißt, an was ich denke? Daß der Herr Pilloni dich bald aufsucht."
„Warum denn?"
„Kannst es dir nicht denken, Marie?"
Natürlich konnte sie sich das denken, mehr noch, es sich innigst wünschen, daß Karl, eingedenk seiner Liebesbeteuerungen und seines Heiratsversprechens, zu ihr kommen werde, um sie, da ja nun der Heiratshinderungsgrund weggefallen war, endlich „heimzuführen".
„Wirst schon sehen, Mariedl, er wird kommen."
„Ach gehn S', Herr Sedlatschek, der denkt doch längst nicht mehr an mich. Der hat mich längst vergessen."
Herr Sedlatschek überlegte: Sollte er jetzt Marie von den vielen Anrufen Herrn Pillonis erzählen, der sich in den letzten Jahren bei ihm immer wieder nach Marie erkundigt hatte? Sein Hauptinteresse galt der Frage, ob Marie noch „frei", ledig sei. Um Marie „zur Ruhe kommen zu lassen", in ihr keine weiteren Hoffnungen zu nähren, hatte Herr Sedlatschek geschwiegen. Und vielleicht hatte sie recht, und Herr Pilloni dachte gar nicht daran, Marie jetzt zu heiraten und hatte sie sogar vergessen. Immerhin war seit seinem letzten Anruf ein halbes Jahr vergangen. Herr Sedlatschek schwieg also im Zusammenhang mit dem Fabrikherrn Pilloni und erzählte stattdessen von den Neuigkeiten im Hotel Eden.
„Die Gnädige wird heiraten!" verkündete er düster.
„Wieder einmal?" fragte Marie spöttisch zurück. Denn Gerüchte dieser Art hatte es schon viele gegeben, immer waren sie wie Seifenblasen zerplatzt – zur großen Erleichterung des Personals, denn man wußte, was man hatte, und hatte sich dementsprechend arrangiert. Was kommen würde, war jedoch unbestimmt. „Diesmal aber ist's ernst. Es ist der Sohn vom ‚Continental'."
„Der dicke Kleine?"

„Ja. Aber jetzt ist er nicht mehr dick, abgenommen hat er, und so klein ist er auch nicht mehr. Er trägt Spezialschuhe. Nur aufpassen muß er beim Gehen. Er ist schon einmal übern Fußabstreifer gestolpert. Jetzt hat die Gnädige einen dünneren hinlegen lassen."
Das Gespräch plätscherte dahin, aber Marie konnte ihm kaum folgen. Etwas in ihr hatte zu jubeln begonnen. Das durfte man doch nicht, sich über den Tod eines Menschen freuen! Sie begleitete Herrn Sedlatschek bis zum Hotel und ging dann hinüber zur alten Kapelle. Die war keine Gerümpelkammer mehr, man hatte sie wieder renoviert und einen Altar aufgestellt. Dort kniete Marie nieder und bat Gott um Verzeihung wegen ihrer unchristlichen Freude über Anna Pillonis Tod.

Heute, da Tina mit heller Mädchenstimme den Mai besingt, ist eine andere Freude in ihr: eine stille Vorfreude auf das Kommende. Beschwingt geht sie durch die Tage. Jeden Morgen zieht sie eine frische, blütenweiße, spitzengerüschte Schürze an und brennt sich die Ringellöckchen über der glatten Stirn. Das geschah bisher nur jeden dritten Tag, und Fritzi spöttelt dabei ohne Respekt: „Frau Marie, möchten S' vielleicht dem gnädigen Herrn gefallen?" Es scheint fast so. Aber es ist lediglich ihr gutes Herz, das ihr befiehlt, sich des traurigen Herrn Klugmann anzunehmen, wenn er – wie leider oft bei seinen Besuchen – Miss Mary nicht antrifft. Dann nimmt sie sich Zeit, um sich in einem abgelegenen Bereich des Wintergartens zu ihm zu setzen und „Mensch ärgere dich nicht" zu spielen. Das ist ein ganz neues, lustiges Spiel, bei dem man munter lachen kann.
Jetzt ist ihr Lachen jedoch gezwungen, denn ihre Gedanken sind weit weg von dem kindischen Spiel. Sie denkt Tag und Nacht an Karl, betet, er möge sich doch endlich

melden, denn Woche um Woche vergeht ohne ein Lebenszeichen von dem einstmals so Geliebten.
Miss Mary fällt Maries derzeitige, gedrückte Stimmung auf, und so fragt sie: „Warum sind Sie so wenig freudig, Frau Marie?“ Niemand weiß genau, ob Miss Marys deutsches Kauderwelsch tatsächlich echt ist, oder ob sie, die so Sprachbegabte, dem Gesprächspartner nur ein amüsiertes Schmunzeln entlocken möchte. „Haben Sie heimliche Schmerzen?“ setzt Miss Mary fort.
Diesmal hat aber Miss Mary es richtig formuliert! Marie hat heimliche Schmerzen, muß die ihr schmerzliche Angst und Hoffnung in sich verschließen. Nur dem Tagebuch vertraut sie sich an:

> „Es ist Fräulein Pilloni vor vier Wochen verstorben. Ich hoffe, sie hat einen leichten Tod gehabt. Aber es könnte auch anders sein, daß es kein leichter Tod war, denn sie hat mein Glück auf dem Gewissen gehabt. Es ist Gottes Gerechtigkeit, daß sie so früh hat sterben müssen. Vielleicht kann Gottes Gerechtigkeit auch bewirken, daß Karl zu mir zurückkehrt?“

Marie ringt mit ihrem Stolz, der ihr verbieten will, an Karl zu schreiben. Dann aber tut sie es doch, schreibt an ihn in trockenen, steifen Worten, daß sie ihm zum Tod der Schwester kondoliere: „Ich erfuhr durch Zufall erst so spät von Deinem Trauerfall. Eines jeden Menschen Tod ist für die Angehörigen ein Verlust. Der Herr lasse sie selig ruhen in Frieden!“ schließt sie mit dem alten dörflichen Kondolenzwunsch.

Schon zwei Tage später geht Karl Pilloni auf dem Kiesweg vom Gartentor zum Eingang der Villa McClain. Da das Küchenfenster in diese Richtung zeigt, hat Marie ihn schon entdeckt, bevor er läutet. Sie fährt sich mit ihren zehn Fingern hastig durch das helle Lockenhaar – immerhin ist es zu Maries Genugtuung im Laufe der Jahre etwas nachgedunkelt – und läuft zur Haustür, bevor Fritzi zum Öffnen auftaucht.

Dann stehen sich beide in der Halle gegenüber, sie tiefrot vor Aufregung, er aus demselben Grund sehr blaß. Beiden fehlen die Worte – sie stehen stumm. Dann tut Karl etwas Überraschendes: Er nimmt Marie einfach in die Arme und küßt sie. Zunächst auf beide Wangen und dann immer wieder auf den Mund. So als wären nicht viele Jahre der Trennung dazwischen gewesen, so als würden sie sich am Morgen, nach einer getrennt verbrachten Nacht, wieder begegnen. Zwischen zwei Küssen sagt Karl atemlos: „Ach Marie, wenn du wüßtest, wie oft ich mir das gewünscht habe!“ Später sitzen sie nebeneinander in Maries hübschem Zimmer. Seit Herrn Sedlatscheks Besuch wurde es täglich überpenibel aufgeräumt, das Bett mit einer neuen blauseidenen Bettdecke zugedeckt, wie es sich gehört, wenn man männlichen Besuch erwartet. Karl wird zum Teetisch komplimentiert, zum Sitzen genötigt, dann fragt Marie wohlerzogen, was er wünsche: „Tee, Wein?“

„Dich wünsche ich mir, sonst nichts!“ Und er zieht sie neben sich auf das Sofa. Seine Hand umfaßt ihre Schulter. Die Hand ist heiß, Marie spürt es erschauernd durch den dünnen Blusenstoff. Und dann beginnt Karl zu sprechen, ruhig, wohlüberlegt: Er spricht davon, daß ihm Anna den Schwur abgenommen habe, sich nie mehr mit Marie in Verbindung zu setzen – weder persönlich, noch schriftlich. „Sie drohte, im anderen Fall ihr Kapital zurückzufordern. Und das wäre mein Ruin gewesen. Im stillen hoffte ich immer wieder, es würde sich ein Ehemann für meine Schwester finden und sie gefügiger machen.“

„Warum hat sie mich denn so gehaßt?“ fragt Marie beklommen.
„Wahrscheinlich, weil du alles hattest, was ihr fehlte: die Jugend, Schönheit, Gesundheit, die Liebe eines Mannes, den sie ebenfalls liebte. Daß sie eifersüchtig auf dich war, wollte sie später entkräften, ich sollte eine ihrer Freundinnen heiraten. Aber da weigerte ich mich natürlich. Ich hatte nur Angst, daß du dich inzwischen verheiraten könntest. Ich war immer mit Herrn Sedlatschek in Verbindung, was er über dich wußte, das wußte ich auch.“
„Aber er hat mir nie etwas davon gesagt.“
„Das wundert mich. Eigentlich wollte ich, daß du weißt, daß ich an dich denke, und zwar immer.“
„Seit wann ist denn deine Schwester krank gewesen?“
„Seit zwei Jahren. Sie hatte Krebs und hat sehr gelitten, aber als ich sie bat, dich als Köchin ins Haus kommen zu lassen, da sagte sie: ‚Nicht einmal über meine Leiche!‘“
Marie erschrak, rückte von Karl ab, der sagte: „Sie war schon längere Zeit in psychiatrischer Behandlung, sie war gemütskrank. Aus dieser Sicht mußt du es sehen. Aber es ist vorbei, Marie.“
Aber ganz so problemlos war die neue Situation trotzdem nicht. Anna hatte testamentarisch verfügt, daß ihre Besitztümer, die Hälfte der Fabrik, an die Stadt Wien falle, falls ihr Bruder die Köchin Marie Portisch nach ihrem Tode heirate.
„Deshalb bin ich auch nicht früher zu dir gekommen – ich wollte dir geklärte Verhältnisse vorweisen. Das Testament wurde angefochten und mein Anwalt ist sicher, daß Annas Klausel wegen ihrer Geisteskrankheit gestrichen wird. Und wenn nicht, wir könnten heute auch ohne Annas Geld leben. Nimmst du mich, Marie? Auch wenn ich in den Jahren älter und häßlicher geworden bin, und du nur schöner?“

Er wartete ihre Antwort nicht ab, er spürte ja, wie sie ausfallen würde, fragte stattdessen nach Gustl, Maries Sohn, den er liebte wie einen eigenen.
Und Marie erzählte – umschlossen von seinen Armen – von den vergangenen Jahren, von ihrer Krankheit und der schlimmen Zeit draußen in Grinzing und schloß nachdenklich: „Zuerst muß ich aber Miss Mary eine gute Köchin besorgen. Und ich weiß auch schon, wen."
So kam es, daß sich Miss Mary relativ schnell damit abfand, ihre „kochtüchtige" Frau Marie zu verlieren, denn vollbusig und breithüftig in ihrer hannakischen Tracht stand eines Tages Elischka vor ihr, knickste verlegen und küßte ihre Hand.
„Ja Elischka! Du wirst zu mir kommen? Oh, ich habe deine Steaks nie vergessen!"
Die letzten Tage in Miss Mary Haus verbrachte Marie in stolzer Selbstsicherheit. Die kleine Tina sagte: „Ach Frau Marie, jetzt werden S' ja selber bald eine Gnädige sein. Wer hätte das gedacht?"
„Ich", versicherte Marie, „ich hab' mir das immer ganz gut vorstellen können."
Und Fritzi, keck wie immer, bekundete: „No, da werdens ja bald auch die Dienstboten schuhriegeln und sekieren können."
„Nur wenn es jemand verdient", erwiderte Marie kühl. Und dachte dabei an Frau Toni und ihr strenges Regiment. „Ich sage nur FFF!" lautete meist deren Beurteilung der Küchenmadln. Das bedeutete: Frech, faul, verlogen. Marie, die im Rechtschreiben dank dem alten gnädigen Herrn Dingelreiter recht perfekt war, mutmaßte, daß Frau Toni „ferlogen" statt verlogen schreiben würde …

An Maries Hochzeitstag regnete es, aber Marie strahlte. Ihr Sohn Gustl, der Wohlgeratene, sah sie bewundernd an, und die gute Hanna sagte zu ihm so laut, daß es die Umsitzenden an der Hochzeitstafel hörten: „Deine Mutter, Gustl, ist eine sehr schöne Person. Kannst stolz auf sie sein.“ Ja, das war er auch. Das beste an der späten Heirat der Mutter war aber, daß Gustl endlich einen Vater hatte und mit Mutter und Vater, was er sich sein Leben lang ersehnt hatte, zusammenwohnen konnte.

Die kleine Hochzeitsgesellschaft, die heute in jenem Landgasthof in der Wachau tafelte, in dem Marie verfrühte Flitterwochen erlebt hatte, bestand aus Karls engsten Freunden. Sie kannten Marie als Karls Köchin und hatten sie seinerzeit auch schon als seine Braut anerkannt. Einer von ihnen stand auf, hob das Glas und sagte: „Ich trinke auf die neue Zeit!“ Und alle wußten, was er damit meinte, auf eine Zeit, in der Arm und Reich im Begriff waren, einander so nahe zu rücken, daß ein Aschenbrödel auch ohne Verwandlung einen Prinzen zum Mann bekommen konnte …

Umschlaggestaltung: Wolfgang Felber, Ottobrunn,
unter Verwendung eines Gemäldes von Franz von Defregger

Satz: Buch-Werkstatt GmbH, Bad Aibling
Druck und Bindung: Wiener Verlag, Himberg b. Wien

ISBN 3-475-52853-3